Herbert Fehrmann

Geleitzug PQ17

Roman

Bibliografische Information der Deutschen Nationalbibliothek:
Die Deutsche Nationalbibliothek verzeichnet diese Publikation in
der Deutschen Nationalbibliografie; detaillierte bibliografische
Daten sind im Internet über http://dnb.dnb.de abrufbar.

©
2017
Herbert Fehrmann

Herstellung und Verlag: BoD – Books on Demand, Norderstedt.

ISBN: 9783743153929.

Dies ist die Geschichte der größten Geleitzugschlacht des Zweiten Weltkrieges: bei der deutsche Unterseeboote, Torpedoflugzeuge und Sturzbomber in tagelangem Kampf versuchen, den alliierten Nachschubweg der Geleitzüge über das Nordmeer nach Sowjetrussland zu sperren.

Es ist die Geschichte einer Liebe, die bedingt durch einen Zufall die Reporterin Samantha McCancy und den Marinekanonier Brian Thomson auf einem dieser Frachter aufeinander treffen lässt.

Fortan muss sich Brian Thomson auf Geheiß des Captains an Bord um diese Reporterin kümmern: doch nicht gut gelaunt, denn er hat bei weitem Wichtigeres zu tun.

Dennoch weiht er sie ein in eine Welt, von der sie nichts weiß: weit weg jeglicher Propaganda, für welche sie insgeheim von der Washington Post auf diese Fahrt geschickt wurde.

Denn mit den Angriffen der Deutschen lernt sie: nichts hat mit dem zu tun, welches sie euphorisch niederschreiben soll. Es geht ums nackte Überleben: *sie* muss mit überleben.

Und so heftet sie sich, während dieser für zwei Wochen angesetzten Überfahrt von Reykjavik nach Archangelsk, stetig an die Fersen von Brian, der sie während immenser Angriffe immer wieder unter Deck schickt: da wo es sicher ist.

Doch sie missachtet seine Befehle…und kommt so einem Geheimnis - von Brian an Bord versteckt - auf die Spur. Erst jetzt begreift sie: seine schroffe Art ihr gegenüber, diente dem Schutze dieses Geheimnisses um Gutes zu tun.

Und sie bemerkt, wie sie sich unsterblich in ihn verliebt.

Zitate zweier Zeitzeugen:

„Das düstere Geschick eines jeden Schiffes (von PQ17) gäbe Stoff zu einer Saga..." „Es war eine der schlimmsten Episoden des gesamten Seekrieges." (Winston Churchill.)

„Die Englische Flotte hatte versprochen uns zu schützen."
„Aber als es ernst wurde, ließ sie uns im Stich."
(Edward C. Petterson)
(Amerikanischer Seemann im Geleitzug PQ17.)

Route des Geleitzug PQ17

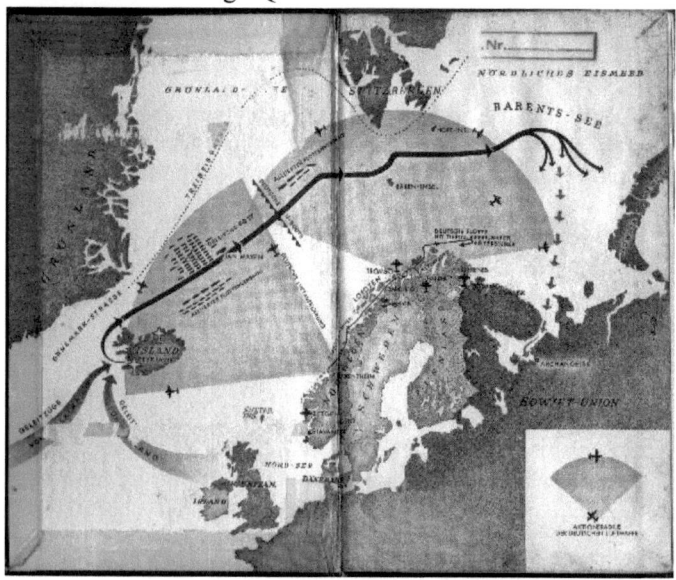

Geleitzug PQ 17

...es war das Klingeln an der Haustür, welches die alte Frau während ihrer Gartenarbeit in der warmen Mittagssonne von Houston/Texas hinten im Garten ihres Hauses aufhorchen ließ. Und sogleich war sie dennoch unsicher: hatte es wirklich geklingelt - oder hatte ihr altes Gehör ihr einen Streich gespielt?
Doch die Antwort kam prompt: gleich darauf klingelte es ein weiteres Mal.

Sie unterbrach ihre Gartenarbeit, mühte sich aus den Knien an ihrer Harke gelehnt hoch - denn sie war schon den halben Vormittag dabei Unkraut im Gemüse zu jäten - und stellte die Harke mit einem Eimer mit gezupftem Unkraut vor einem kleinen Gewächshäuschen zur Seite.

Erst dann steuerte sie mit langsamen Schritten auf den Hintereingang ihres Hauses zu: *„Eine Sekunde bitte."*, sprach sie, während es derweil vorn an der Haustür nochmals klingelte: *„Ich komme schon."*

Beschwerlich erreichte sie über drei Stufen den Hintereingang ihres Hauses...und rief fragend aus der dortigen Küche heraus: *„Deborah, hörst du das Klingeln nicht?"*

Sie verharrte für eine Sekunde, doch es kam keine Antwort. Stattdessen vernahm sie aus den Nachrichten im laufenden Fernseher in der Küche: wie sehr sich die Welt darüber Gedanken machte, dass mit dem kommenden Jahrtausendwechsel in einigen Monaten alle Computer zusammenbrechen würden - und somit auch kein Strom mehr vorhanden wäre, wenn dadurch sogar Kraftwerke lahmlägen. Sie stöhnte, selbst für sie als ältere Person - die keine Ahnung von Computern hatte - war dies Unsinn. Sie stellte das Gerät aus, begab sich in den Flur hinein und sprach die Treppe im Flur hinauf: *„Kind, lass den Fernseher nicht immer laufen."*

Endlich erreichte sie vorn die Haustür, öffnete diese und begrüßte gut gelaunt einen Postboten: *„Junger Mann, eine alte Frau mit 69 ist kein D-Zug."* Der Postbeamte nickte freundlich: *„Bitte entschuldigen Sie, Mam."* Er räusperte und kam gleich zu der - für ihn - bis zu diesem Tage einmaligen Situation, während er in seiner Posttasche kramte. *„Ich habe für Sie einen Brief. Und...",* er hielt ihr ein Unterzeichnungsformular entgegen: *„...benötige jedoch vorher kurz eine Unterschrift."* Er übergab ihr das Unterzeichnungsformular...und während sie unterschrieb, fügte er staunend etwas Besonderes hinzu: *Also: wenn dieser Brief keine kommende Millenniumsüberraschung ist, dann...",* er unterbrach. Dieser Brief musste wirklich etwas Einmaliges sein: *„Selbst unserem dienstältesten Mitarbeiter im Postamt war ein unglaubliches Staunen in seinem Gesicht geschrieben."* Der Postbote kramte erneut in seiner ledernen Posttasche und fuhr weiter fort: *„Denn heute erreichte uns dieser Brief: der sage und schreibe 32 Jahre unterwegs war."*

Erst jetzt zauberte er einen alten, abgenutzten Brief vom Roten Kreuz hervor.

Zeitgleich entglitten der alten Dame mit dem Blick auf den vergilbten Brief jegliche Gesichtszüge.

Sie war geschockt.
Sie war baff.
Sie war sprachlos.

Und erst nach einer weiteren Sekunde wagte sie es, mit beginnenden, zitternden Händen, es nicht glauben könnend, diesen Brief entgegenzunehmen.

Der Postbote las aus ihrer Reaktion und erkundigte sich höflich, besorgt: *„Mam, kann ich Ihnen irgendwie helfen?"* Die alte Frau blickte ihn benommen an, um dann ihren Blick wieder auf den Brief zu senken: *„...ist schon gut junger Mann. - Es ist nur, ...es..."*

Sie blickte auf ihre zitternden Hände mit diesem Brief vom Roten Kreuz und musste lügen: *„Es ist alles in Ordnung. Ich danke Ihnen."*

Der Postbote erkannte die Situation und wusste, dass er ab diesem Augenblick nur noch mit seiner Anwesenheit stören würde. Freundlich setzte er die Hand zum Gruß an seine Mütze: *„Okay, Mam."*
Und ging.

Tief in Gedanken betrat die alte Frau im hinteren Bereich ihres Hauses das dort angrenzende Wohnzimmer, welches mit isländischen Bildern und Skulpturen versehen war...
...wobei sie ängstlich, sehr verängstigt sogar, diesen Brief anblickte: irgendwie schien sie etwas zu erahnen.
Um dann mit zitternden Händen sich daran zu machen, das Schreiben behutsam zu öffnen.

Endlich gelang es ihr den Inhalt hervorzuholen - und sogleich bemerkte sie, wie sehr ihr Herz begann unkontrolliert und pochend zu schlagen. Wobei sie mit angsterfülltem Blick begann, eine Zeile nach der anderen zu verschlingen.

Augenblicklich unterliefen ihre Augen rot. Gar Tränen musste sie unterdrücken, während sie im Hintergrund bemerkte, dass ihre Tochter die Treppe hinunter kam:
„Mum, hattest du mich gerufen?"

Im tiefen Schmerz ließ sich die alte Frau abstützend auf ihr antikes Sofa nieder, während vom Flur aus ihre erwachsene Tochter im Bademantel und mit einem Handtuch über den Kopf in der Tür erschien, wobei sie sofort bemerkte, dass mit ihrer Mutter etwas nicht stimmen mochte: *„Mum, alles in Ordnung?"*
Mit feuchten Augen blickte die alte Frau ihre 30 jährige Tochter an und erklärte, mit dem Brief in der Hand:
„Deborah, sage Mike und deinen Kindern, du kehrst erst eine Woche später zurück nach New York."
Sie hatte längst eine für sie große Entscheidung gefällt.
„Ich, ich muss verreisen. Und..." Sie strauchelte ein wenig:
„...und werde es alleine nicht schaffen."

Behutsam näherte sich Deborah ihrer Mutter und blickte auf den alten und abgenutzten Brief mit dem Briefkopf des Roten Kreuzes: *„Mum, was ist das für ein Brief vom Roten Kreuz?"*

Die alte Frau wandte ihren Blick in den Garten hinein, holte mit ihren von der Gartenarbeit noch verschmutzten Händen ein besticktes Taschentuch aus der Schürze hervor...-...und tat sich schwer.
Deborah beobachtete dies. Doch sie vermochte nicht einen weiteren fragenden Satz auszusprechen: denn sie sah, wie sich ihre Mutter von Augenblick zu Augenblick weiter in wohl tiefgehenden Erinnerungen verschlang.

Dann wandte die Mutter den Blick hin zur Wand, zu einer alten s/w Fotografie: es war ein sehr altes s/w Foto, auf welches ein Ehepaar mit Sohn und Tochter in einem Raum abgebildet worden waren. Sie waren der damaligen Zeit, des einfachen Volkes, dunkel gekleidet. Die Gesichter teils verschmutzt. Wobei das junge Mädchen auf dem Schoß des Vaters saß und die Mutter auf einer Holzkiste Platz genommen hatte, während der Teenager Sohn hinter ihr stand und alle einmal lächelten. Dann wanderte der Blick der alten Frau weiter zu einer zweiten s/w Fotographie: es war ein großer Hafen mit ungezählten Frachtern und Kriegsschiffen. Sowie einem Bild: wo ein Mann auf einem Frachter - hinter einer Kanone stehend - mit dieser soeben schoss.
Dann weiter über isländische Bilder und Skulpturen in ihrem Wohnzimmer, bis hin zu einer kleinen, eingerahmten, amerikanischen Tischflagge und einem alten, sehr alten kleinen Fotoapparat...um dann endlich bei ihrer Tochter zu enden.

Mit besorgtem Blick kniete Deborah sich zu den Füßen ihrer Mutter und forderte wortlos: irgendwie etwas Schlimmes erahnend, die Mutter möge bitte endlich sprechen.

Tief in Gedanken bemerkte die Mutter, wie sehr Deborah ihr beistand: denn so in sich gekehrt und aufgelöst hatte sie sich ihrer Tochter gegenüber noch nie gezeigt.

Es verging ein weiterer Moment der Stille.
Des Nachdenkens.
Der Erinnerungen.

Und dann, nach einer gefühlten Ewigkeit, unterbrach die Mutter das Schweigen…um mit ihrem Versuch zu beginnen, vorsichtig und zitternd zu sprechen: *„Schatz,…"*

Doch ein Kloß in ihrem Hals unterbrach diesen Versuch. Und Deborah bemerkte, dass das, was ihre Mutter so sehr beschäftigte…unermesslich sein musste.

Trotzdem mühte sich die Mutter um einen zweiten Versuch, den sie dann mit einem tiefen Atemzug begann: denn dies war der Moment. Sie fühlte es.
"...ich...-...ich bin durch die Hölle gegangen..."
"...und dieser Brief...", sie stockte erneut, um Mut zu finden: *"...er ist die Antwort, an welche ich nicht mehr geglaubt habe."*

Die alte Frau verstummte und wandte ihren Blick nochmals nach draußen in den Garten, während sie in wehmütigen Erinnerungen endlich die Kraft fand weiterzusprechen:
"Es war Ende Juni 1942..."

- - -

Warm und angenehm überfluteten an diesem Tag die Sonnenstrahlen den Hafen von Halifax / Kanada, während langsam über verschiedene Landungsbrücken hinweg ein Taxi heranfuhr…-…um letztendlich über eine lange massive Kaimauer fahrend, am Ende eines Piers - der weit in das Hafenbecken hinein führte - zu stoppen.

Kaum stand das Taxi, welches schon längste die besten Jahre hinter sich liegen hatte, entstieg eine junge Frau diesem Oldtimer und hob beeindruckt ihren Blick hinauf zu den Frachtern und Kriegsschiffen auf beiden Seiten des Piers um sie herum, inmitten welche der Fahrer gehalten hatte.

Gekonnt lehnte sie sich mit der Hand an ein Schild mit der Aufschrift: Halifax / Harbour / Militärisches Sperrgebiet, während sie mit der anderen Hand ihren Damenschuh justierte: irgendetwas schien nicht in Ordnung zu sein. Wobei sie jedoch gut gelaunt einen dieser Songs von Glenn Miller mitsummte, welcher weiterhin hohl und hölzern aus dem Wageninnern schimmerte. Nochmals hob sie daraufhin den Blick, während sie mit der Hand durch ihr dunkles, welliges, schulterlanges Haar fuhr und gleichzeitig beobachtete, wie verschiedene Frachter und Kriegsschiffe vom Pier aus mit Kränen beladen wurden.

Unmengen an Munition schwebten da durch die Lüfte - und speziell bei den gut 100m langen Frachtern bemerkte sie, dass diese mit schwerem Kriegsgerät wie Panzern, Flakgeschützen und selbst mit Flugzeugen beladen wurden. Sie war beeindruckt.

Derweil kümmerte sich der ältere farbige Taxifahrer um gleich drei Koffer, die er zwischenzeitlich aus dem Kofferraum hervorgeholt hatte. Wobei ein kleinerer der Koffer eher den Anschein hatte, nicht für Kleidungsstücke bestimmt zu sein. Höflich ging die junge Frau dem älteren Mann zur Hand und faxte mit ihren dunklen funkelnden Augen: *„Lassen Sie mal, den Koffer mit dem Equipment trage ich gerne."*

- - -

Mit leichter Erschöpfung und in Erinnerungen vertieft, ließ sich die alte Frau in Houston/Texas auf ihr Bett nieder, während ihre Tochter Deborah sie stützte, um sich dann zu ihr zu setzen: *„Mum, ich denke wir sollten nicht fliegen. Der Flug nach Europa - und dann noch durch Europa - dauert mit den Umsteigemöglichkeiten beinahe an die 11 Stunden."* Doch die Mutter wiegelte seicht ab: *„Lass nur, mein Kind."*

Deborah vernahm wortlos diesen Satz und blickte auf den Brief, der nun hier im Schlafzimmer auf dem Bett lag: *„Und du glaubst wirklich, dass du diese Reise antreten möchtest?"*

Die alte Frau nahm gebrochen die Hand ihrer Tochter, um ihr zu verdeutlichen, dass das, was nun folgen sollte, sehr wichtig war: *„Deborah, diese... ...diese Reise in die Vergangenheit* muss *ich antreten."*

Die Mutter nahm den Brief vom Roten Kreuz in die Hand und erinnerte sich weiter.
Sie sah das Vergangene vor ihrem geistigen Auge:
„Es ist eine Frage des Anstandes und Ehre."

- - -

Vorsichtig überwand die junge Frau mit dem farbigen Taxifahrer das Ende einer Gangway, die sie hoch oben an Deck eines Frachters geführt hatte - wobei beide direkt von einem jungen Marinemaat entdeckt und schon über die Entfernung hin angesprochen wurden: *„Sorry, Mrs! Sorry!"* Pflichtbewusst eilte er mit großen Schritten und wichtig auf die beiden zu. *„Zivilpersonen haben auf diesem Frachter keinen Zugang. Dieser Frachter ist militärisches Sperrgebiet."* Die junge Frau verstand und erklärte: *„Mein Name ist McCancy."* Der Marinemaat bekam unglaubwürdig groß werdende Augen: *„McCancy? Der, äh..."* er blickte in einigen Unterlagen: *„Es wurde mitgeteilt, dass da jemand kommen würde...",* er verstand es nicht. *„Sie, Sie sind eine Frau?"* Die junge Frau blickte an sich selbst herunter. *„Sieht beinahe so aus."* Sie lächelte zum farbigen Taxifahrer: *„Was denken Sie?"* Der ältere Mann spielte gekonnt mit - und erlaubte sich als Farbiger mit einem Blick die attraktive Frau abzutasten, um dann erst charmant zu reagieren. *„Oh well, Mam. Wenn's erlaubt ist...-...wäre ich doch 35 Jahre jünger."*

Der Marinemaat blickte verblüfft: nicht ein einziges Wort verließ seine Lippen. Sie bemerkte es und wiederholte lächelnd ihre Antwort: *„McCancy. - `Mrs.´ McCancy."*
Der Marinemaat sah ein, dass es wohl irgendwo einen Fehler gegeben haben musste, über welchen er nicht informiert worden war - und gab sogleich zu verstehen: *„Mrs. McCancy. Ich bitte hiermit um Entschuldigung."* Er wies auf den kleinen der drei Koffer: *„Übergeben Sie mir doch bitte Ihren..."* Doch sie unterbrach fürsorglich: *„Bitte nehmen Sie doch die schweren Koffer."* Wobei sie nett auf den älteren Taxifahrer wies. Der junge Maat gehorchte. Und während sie sich bedankend vom Taxifahrer verabschiedete, wies der junge Seemann der Frau den neuen Weg: quer über deren Frachter, auf welchem sie standen, einen zweiten längsseits verlaschten Frachter, bis hin zu einem dann folgenden Zerstörer: *„Bitte hier entlang. Mrs. McCancy."*

Nachdem sie bereits mit ersten Schritten begonnen hatten den Frachter durch an Deck arbeitende Seeleute zu überqueren - hin zur Verschanzung der Reling auf der anderen Seite des Frachters - blickte Mrs. McCancy von hier oben, mit der besseren Übersicht über den Hafen, ergriffen über die geordnete Hektik des Beladens dieser Frachter und Kriegsschiffe und war nochmals beeindruckt.
Dies bemerkte der junge Marinemaat und begann mit einer kleinen Konversation: *„Ein imposanter Anblick. Ich weiß."*
Er lächelte und schaute sie an: *„Ich hoffe, Ihre Anreise aus Washington ist soweit angenehm verlaufen."*
Mrs. McCancy nickte einmal - und wies auf die insgesamt drei längsseits verlaschten Schiffe, die sie begehen mussten: *„Ein Bekannter meinerseits hat mich gewarnt: er war der Meinung, diese Reise könnte nicht so angenehm verlaufen."*
Jedoch überwältigt - nach dem Motto `was Spannendes´ mag noch kommen - sprach sie weiter: *„Es soll in den vergangenen Geleitzügen sogar Luftangriffe gegeben haben."*

Beide erreichten wenige Schritte darauf die Steuerbordseite des Frachters, woraufhin der Marinemaat vortrat, um vorangehend vier hölzerne Stufen hinauf, über einen hölzernen Gehsteig zu balancieren - der von der bis zum Bauchnabel hin reichenden Verschanzung ihres Frachters, hinüber zur Verschanzung des zweiten Frachters reichte.
„Mam. Ich bin zwar noch in der Ausbildung...", auf dem zweiten Frachter ging er die vier Stufen wieder hinab: *„...doch kann ich Ihnen überzeugt das eine mitteilen: Geleitzug PQ17 wird in seiner Größe einmalig sein. Und gemeinsam sind wir stark."*

Auch sie balancierte von Frachter zu Frachter, während sie ihm weiter zuhörte. *„Außerdem fahren Sie auf unserem Zerstörer. Und von dem lassen die Krauts die Finger."*

Sie nickte und wies - vor den vier Stufen hinab - derweil auf einen in der Luft an einem Kran hängenden Panzer:

„Bis wann müssen die Frachter beladen sein?"

Der Marinemaat konterte nahezu mit etwas Stolz: *„Mam, unser Zerstörer und diese beiden Frachter legen heute Abend um 20 Null Null ab. - Und das pünktlich."*

Er hielt ihr die Hand hin, damit sie die hölzernen Stufen auf dem neuen Frachter hinabsteigen konnte.
Was sie gekonnt mit ihren Damenschuhen meisterte.

Dann begaben sie sich auch hier quer über den Frachter …hin zum eigentlichen Ziel ihrer Wanderschaft: dem imposanten Zerstörer…auf welchem sie Augenblicke später gemeinsam ebenfalls über einen hölzernen Gehsteig übersetzten.

Militärisch korrekt meldete sich der Maat auf der Brücke: *Captain: Mrs. McCancy."* Der alte Captain - der noch abgewandt und vertieft mit einem Offizier über eine überdimensionale Seekarte gelehnt eine Route ausplottete - drehte sich in Richtung Maat und erblickte zeitgleich und überrascht diese Frau.
Eher ungläubig - obwohl er es doch sah - wiederholte er die Worte: *„Mrs.(?) McCancy ...von, von der...?"*

Sie unterbrach. Allmählich brachte ihr diese Verwechslung Vergnügen: *„Mrs. McCancy, von der..."* Doch der Captain fiel ihr ins Wort: *„Mrs. McCancy."* Er war von ihrer Schönheit angetan *„Es ist mir eine Ehre Sie auf meinem Schiff begrüßen zu dürfen."* Er kam auf sie zu und fuhr angenehm fort: *„Ich denke, die Planken dieses Zerstörers haben niemals zuvor etwas derartig anmutendes wie Ihre Person getragen. Und dies nehmen Sie bitte persönlich."*
Sie lächelte und gab dem Captain die Hand: es war nett, dass der Captain sie derart vor der Brückencrew begrüßte - und er in seiner Betonung dennoch darauf geachtet hatte, dass es nicht übertrieben gesprochen herüberkam, sondern mit einem Augenzwingern. Denn eigentlich - und das wusste sie - sind Frauen an Bord eines Schiffes - welcher Art auch immer...aber besonders eines Kriegsschiffes - verpönt.

Gleich darauf wandte sich der Alte, wieder in Dienst gestellt, an den Marinesoldaten: *„Maat. Informieren Sie den Ersten Offizier: unser Mann von der Zeitung ist da."* Er wandte sich an die junge Frau, um sie über ein wohl aufgekommenes Missverständnis aufzuklären: *„Nun, bei allem Respekt, Mam: wir gingen davon aus, dass die Washington Post uns einen männlichen Reporter für unseren Geleitzug PQ17 schickt. - Nichts für ungut."*

In dieser Sekunde unterbrach ein Obermaat auf der Brücke die Konversation. Er machte eine wortlose Geste: er musste den Captain mit einem Frachtpapier in der Hand dienstlich in Anspruch nehmen.

Sogleich entschuldigte sich der Captain bei Mrs. McCancy - ebenfalls mit einer wortlosen Geste - und wandte sich dem Marinesoldaten zu, um sich gemeinsam mit ihm einige Schritte zur großen Fensterfront hin zu entfernen.

Mrs. McCancy beobachtete für einen Moment und hinterherblickend die beiden Männer. Dann die restlichen Seemänner auf der Brücke, die ebenfalls alle ihrer Arbeit nachgingen. Wie bestellt und nicht abgeholt stand sie da…-…um dann jedoch ungefragt…einfach einige erste Schritte über die Brücke zu schlendern. - Und niemand hielt sie auf.
Und erst einige Schritte später bemerkte sie, dass ihre Neugierde sie unwirklich und langsam sogar auf die andere Seite der Brücke - durch eine dort offen stehende Tür - hinaus auf die nach außen hin stehende Brücken-Nock geführt hatte.

Neugierig staunte sie von dort aus über das Treiben im Hafen. Besonders aber über die Hafenarbeiter und Marinesoldaten unter ihr - die auf diesen drei längsseits aneinander verlaschten Schiffen ihrer Arbeit nachgingen - während Mrs. McCancy noch im Hintergrund den Captain leise vernahm, da dieser sich plötzlich etwas lauter sprechend von seinem Seemann verabschiedete: *„Obermaat: achten Sie auf die korrekte Durchführung des gesamten Munitions-Ladevorganges."* Daraufhin wandte sich der Captain im militärischen Drill an einen weiteren Soldaten: *„Und Sie, Sir. Bringen die Koffer von Mrs. McCancy in die dafür bereits vorgesehene Kabine."*

„Aye, Aye. Sir.", hallte es zackig zurück. Zeitgleich kam ein weiterer junger Offiziersanwärter auf den Captain zu und verwies auf einen Dienstzettel mit handschriftlichen Notizen: *„Captain, ein Funkspruch..."*

Mrs. McCancy beobachtete sehr wohl, wie der Captain weiter in Anspruch genommen wurde - folglich begab sie sich zu dem hier auf der Brücken-Nock festinstalliertem MG, um dieses einmal zu begutachten - und um sich danach wieder dem Treiben der Schiffe im Hafen zuzuwenden.

Doch erst als sie sich wieder von der Backbord Brücken-Nock blickend den Lademanövern ihrer drei aneinander verlaschten Schiffe widmete, fiel ihr ein Kanonier unten auf - direkt auf dem Frachter längsseits ihres Zerstörers, an dessen Heck die englische Flagge wehte - wie dieser sich langsam von der Arbeit abwandte und ging.

Nach 15 Metern abseits öffnete der Kanonier mit freiem Oberkörper inmitten verschiedenster Kisten mit Werkzeugen an Deck, eine dieser Kisten - und holte einen Stoffsack mit Inhalt an einem Seil gebunden hervor. Diesen Stoffsack ließ er einige Meter neben der Bordwand herunter, woraufhin er diesen Stoffsack einmal gegen ein eisernes Bullauge pendeln ließ. Das eiserne Bullauge, welches nicht mit Glas versehen war, öffnete sich - und eine Hand nahm den Sack entgegen.
Mrs. McCancy war sich sicher: überall auf dem Frachter wurde gearbeitet und geschraubt. Demnach natürlich auch binnenbords, dort, wo die Hand aus dem Bullauge heraus den Sack angenommen hatte. Sicherlich war es ein Stau-Raum oder ähnliches.

Daraufhin begab sich der Kanonier die 15 Meter zurück zu einem farbigen dicken Seemann, welcher - mit einem enorm großen Maulschlüssel und den wohl letzten Handgriffen - eines der mächtigen, installierten, schweren Browling-Maschinengewehre auf diesem Frachter anmontierte.
Mrs. McCancy konnte vergleichend sehen: es war bedeutend größer und mächtiger, als das anmontierte Maschinengewehr neben ihr auf der Brücken-Nock.

Der Kanonier feixte mit wortloser Geste dem Farbigen grienend zu: man sah, er schien keine Berührungsängste mit anderen Hautfarben zu haben. Keine Sekunde darauf sprach der Farbige den Marinekanonier jedoch gequält an. *„Also, ich hab jetzt überlegt...und verstehe es trotzdem nicht."*

Mrs. McCancy spitzte die Ohren: selbst hier oben, 20m entfernt, konnte sie die Männer verstehen.
Der Farbige sprach weiter:
„Erklär's mir, du Aufschneider: was hat der Name des Frachters Enterprise mit deiner Marinelaufbahn zu tun?"

In Achtung seiner Person, vernahm Samantha irgendwie: so wie er sprach, war er nicht unbedingt die hellste Kerze auf der Torte. Doch deutlich sah sie in seinem Gesicht und seiner Gestik: er hatte sein Herz auf der richtigen Seite. Seine Wärme, wie er sprach. Seine Ausstrahlung. Er war sicherlich ein feiner Kerl. *„Und außerdem: hey, ich muss hier alles alleine erledigen. Wo warst du wieder, Brian?"*, hörte sie weiter.

Der Marinekanonier bekam vom farbigen Dicken den enorm großen Maulschlüssel zugeworfen. Er fing diesen und griente zurück: „*Ted, alter Urahne aus Onkel Toms Hütte. Erstens: du willst was über den* Frachter *Enterprise wissen? Dann wird Zweitens: noch verdammt viel Wasser an den Baumwollfeldern deines Ur-Ur-Onkels den Mississippi entlang fließen - sprich: es wird noch verdammt viel geschehen müssen, bis wir beide einer Hautfarbe angehören...*", er machte eine schmunzelnde Pause des Nachdrucks und wies mit dem Finger um sich an Bord: „*...und ich dir hier meine Schwarzgeschäfte an Bord und oder auf allen Schiffen auf denen ich diente, anvertraue.*" Der farbige Ted blickte ihn an...überlegte...und beschmierte den freien Oberkörper des Kanoniers einmal mit schwarzem Fett, um ihn trocken wissen zu lassen. „*...geschehn.*"

Derweil erschien auf der Brücke des Zerstörers der Erste Offizier und machte Meldung beim Captain: „*Captain, Sir. Sie hatten mich gerufen?*" Der Captain wandte sich - noch mit dem Funkspruch in der Hand - an seinen Ersten Offizier: „*Ja. Ihr Mann von der Zeitung, Ihr Namensvetter ist an Bord.*"
Der Captain winkte den Offizier mit einer Geste weiter zu sich: „*Und da Sie sich um ihn zu kümmern haben...*" der Captain wies über die Schulter auf die Brücken-Nock hinter sich, wo Mrs. McCancy jedoch aus dieser Richtung in diesem Moment heraus nicht zu sehen war: „*...werde ich Sie mit Ihrem Schützling vertraut machen, nachdem ich diesen Funkspruch bearbeitet habe.*"

Mrs. McCancy hatte währenddessen die Situation auf dem Frachter, von der Brücken-Nock des Zerstörers, in aller Ruhe von dort oben aus weiter beobachten können...und sprach angetan die beiden mit Öl verschmierten Männer schräg unter sich an: *„Was machen Sie da?"*

Verwundert über die Stimme einer Frau an Bord eines Zerstörers, blickten beide Männer von ihrem Frachter aus hinauf zur Brücken-Nock des längsseits liegenden Kriegsschiffes, während der Marinekanonier mit seinem makellosen freien Oberkörper seine Hand gegen die Sonne richten musste - um überhaupt die junge Frau auf der Brücken-Nock erkennen zu können, wobei er kess einfach die gestellte Frage wiederholte: *„Was machen Sie da?"*

Mrs. McCancy war ein wenig über die kecke Gegenfrage überrascht: *„Nun, ich fahre auf diesem Zerstörer im Geleitzug mit. Und Sie?"* Der Marinekanonier ließ die Arbeit ruhen und legte seine Arme auf das schwere Browling-Maschinengewehr: *„Ich fahre auf diesem Frachter ebenfalls im Geleitzug mit."* Genau das wollte Mrs. McCancy gar nicht hören: *„Hatt ich mir beinahe gedacht."* Der Marinekanonier auf dem Frachter blieb forsch: *„Wieso fragen Sie dann?"* Mrs. McCancy lächelte ein wenig verlegen, ihre Neugierde war mit ihr wieder einmal durchgegangen: *„Ich wollte nur höflich sein."* Der Kanonier griente in seiner kecken Art zurück: *„Das waren Sie."*

Jedoch beobachtete er genau in diesem Augenblick, dass hinter ihr auf der Brücken-Nock der Captain mit einem steif stolzierenden Ersten Offizier erschien.

Der Captain sprach die junge Lady an: *„Mrs. McCancy?"* Erst daraufhin drehte sie sich um...und blickte erschrocken dem an der Seite des Captains stehenden Ersten Offizier in die Augen. Mrs. McCancy und der Erste Offizier trauten beide ihren Augen nicht: die Überraschung war perfekt! Der Captain bemerkte die Sprachlosigkeit beider: *„Man kennt sich? Flüchtig?"* Der Erste Offizier gab baff die Antwort: *„Meine Frau, Sir."*

Der Captain blickte Mrs. McCancy staunend an.
Sie konnte nur bestätigen: *„Mein Mann, Sir."*

Verdutzt und erstaunt hob der Captain eine Augenbraue: *„Ich kann's beinahe nicht glauben."* Und wandte sich an seinen Ersten Offizier: *„Nun denn, Mr. McCancy: Sie haben bereits vor einer Woche von mir den Befehl erhalten sich um unseren Reporter* Sam McCancy *zu kümmern. Also tun Sie Ihren Job."* Dem Ersten Offizier war es deutlich anzusehen wie delikat, prekär und peinlich ihm diese Situation war: was hier gerade mit ihm vor seinem Captain geschah. Arg musste er sogar seine Gesichtszüge unter Kontrolle halten, bis er sich dann - um die Situation zu retten - zu seiner Frau vorbeugte und ihr einen, eher als offiziell gemeinten Kuss auf die Wange gab: *„Sei gegrüßt, Samantha."*

Der Marinekanonier beobachtete dies, konnte das Gesprochene jedoch nicht vernehmen. Denn im Gegensatz zu dem Gespräch welches er mit der fremden Frau geführt hatte, sprachen die beteiligten Personen da oben untereinander bei weitem zu leise.

Der Captain war nach wie vor irritiert und wandte sich an seinen Ersten Offizier: *„Mr. McCancy, begleiten Sie Ihre Frau in die von uns vorgesehene Kabine."* Der alte Seemann blickte zu Samantha und unterstrich höflich seinen Befehl: *„Und Abflug."*

Augenblicke später betraten beide Eheleute unter Deck und unter Strom stehend die für Samantha angedachte Kabine. Beide hatten sich bis hierher unter Kontrolle gehalten, da ihnen stets auf dem Schiff und den Gängen Matrosen entgegen gekommen waren.

Doch kaum hatten sie die Kabinentür in der Kabine bis auf einen Spalt zu gelehnt, fielen sie im aufgebrachten Wortwechsel übereinander her: *„Andrew, wieso bin ich Schuld daran?"* Andrew war einfach nur sauer: *„Weil es nicht geht: eine Frau an Bord eines amerikanischen Zerstörers. Und dann auch noch meine."*

Sie traute ihren Ohren nicht und entgegnete, blieb aber sachlich: *„Hey, es stellt sich die Frage: wer von der Washington Post hat bei euch angerufen?"* Andrew griff einen - der dort bereits stehenden Koffer - und schwieg, während Samantha versuchte weiter aufzuklären: *„Wenn es mein Boss persönlich war - und davon gehe ich aus - so weißt du ganz genau, dass er immer nur sagt: ich schicke unsern Reporter Sam vorbei."*

Der gut zehn Jahre ältere Andrew entgegnete: *„Sam. Wir erhielten den Befehl einen Reporter mit auf diesen Einsatz zu nehmen von der Militärbehörde. Unser Funker hat niemals mit jemanden von einer Zeitung gesprochen. Deshalb wäre es mir auch niemals in den Sinn gekommen, nachzufragen, ob dieser Namensvetter von der Zeitung eventuell meine Frau ist."* Er legte den Koffer muffig aufs Bett und öffnete diesen: *„Du hättest mich informieren müssen."* Samantha wies diesen Vorwurf zurück: *„Wenn mein Boss bei der Militärbehörde angekündigt hat, er schickt Sam McCancy mit auf diesen Einsatz - und ich gehe davon aus, dass er nicht von einer Samantha sprach - so ist das Missverständnis hiermit für mich geklärt."*

Doch Andrew wollte seinen Frust loswerden:
„Sam, glaubst du etwa..."

Sie unterbrach und blieb hart: *"Andrew, ich habe selbst erst vor einer Woche erfahren, dass ich als Kriegsberichterstatter über diesen Geleitzug schreiben soll. Und: ich wusste nicht auf welches Kriegsschiff ich komme."*

Die ganze Situation, es ärgerte sie: *"Außerdem hast du mir noch vor drei Monaten gesagt: man könne dich in den nächsten Monaten äußerst schlecht erreichen, da du mehrere Male das Kriegsschiff wechseln wirst. - Ich wusste nicht, dass du überhaupt einen Geleitzug eskortierst."* Andrew unterbrach seine Tätigkeit am Koffer: *"Wir hatten miteinander telefoniert."* Sie blickte ihn an und antwortete sanft und ruhig: *"Das war vor neun Wochen. Und wir vereinbarten Funkstille...-...um unsere Ehe zu retten."*

Dieser Satz. Diese Aussage. - Beide waren plötzlich selbst ergriffen und enttäuscht darüber, dass sie es beide in der Vergangenheit nicht geschafft hatten ihre Ehe zu retten.

Für einen Moment herrschte Stille, den Samantha dann nutzte um ihren Ärger und die eigentliche Enttäuschung über dieses Streitgespräch zurückzuschrauben, woraufhin sie sich an die Brust ihres Mannes lehnte: *"Liebling."* Sie sah die Möglichkeit für einen Neuanfang: *"Sicherlich ist dies für uns die Chance: die Chance für einen Neubeginn."* Andrew wollte sich um die Koffer kümmern: *"Sam, ich bitte dich."*

Doch sie schmiegte sich erneut - aber irritiert - an ihn: *"Andrew, in diesen drei Jahren unserer Ehe hatten wir nie richtig Zeit füreinander. Die Überfahrt ist für zwei Wochen angesetzt: sehen wir sie als unsere Hochzeitsreise an, die wir nie hatten. Wir reißen uns zusammen und erkennen, wieso wir damals geheiratet haben: eben aus Liebe."*

Andrew war hin und her gerissen: all das Geschehene der Vergangenheit. Und nun auch noch die Tatsache, dass seine Frau auf einem Militärschiff - auf welchem er Dienst tat - mitfuhr. Er atmete tief...-...um sich dann doch zu überwinden, zögernd die Umarmung zu erwidern: denn es war ihre Wärme und ihre Art weiterhin an das Gute zu glauben. Es war ihr Herz, welches ihn weich kochte.

Eine Sekunde darauf unterbrach klopfend ein junger Maat an der Kabinentür und machte Meldung: *"Sir."* Andrew warf sich verärgert um - und sah, die Tür hatte sich mit dem Spalt wieder geöffnet: der Maat musste die Umarmung gesehen haben. *"Was?"*, zischte er den Verunsicherten an.
Samantha zuckte: sie wusste, dies war genau das, was Andrew niemals wollte. Der junge Maat sammelte sich: *"Das Beladen der Frachter ist abgeschlossen. Und der Captain wünscht, dass Sie nochmals alles kontrollieren bis wir um 20 Einhundert in See stechen."*

Samantha sah die Nervosität des jungen Mannes: doch wieso? Die Antwort kam prompt, kritisierend und unvorhergesehen: *"Rühren! - Hören Sie zu Maat: bei der nächsten Meldung berühren sich die Hacken Ihrer schlecht polierten Stiefel. Ansonsten gibt's einen Verweis."*
Der junge Maat war unvermittelt noch mehr verängstigt: *"Jawohl, Sir."* Samantha beobachtete dies mit schlechtem Gewissen: war sie der Auslöser? Befehlend sprach ihr Mann weiter: *"Und teilen Sie dem Decksoffizier mit, ich möchte ihn umgehend mit allen Papieren an Deck sehen. Umgehend."*

Der junge Maat nickte, verabschiedete sich militärisch und verschwand...erleichtert diese Prozedur durchgestanden zu haben: das war das, was Samantha in seinem Gesichtsausdruck noch vernehmen konnte.

Und plötzlich hatte sie einen konfusen Gedanken: wer weiß, vielleicht hatten sie gelost, wer hierher runter zu ihrer Kabine sollte.

Andrew wandte sich zurück zu Samantha - und bemerkte ihren kritischen Blick. Doch er untermauerte sofort hart und unwiderruflich eine mögliche Diskussion Seitens seiner Frau: *„Dies ist ein Kriegsschiff der Vereinigten Staaten, Sam. Disziplin ist alles."*

Samantha verschwieg ihre eigene Meinung: sie hatte es auch nicht vorgehabt eine Diskussion anzuregen. Sie war froh, die erste Auseinandersetzung mit ihm beinahe glimpflich überstanden zu haben. Folglich vermochte sie nur ein kleines: *„Ich habe nichts gesagt.",* hauchen.

Andrew atmete daraufhin tief ein: er wusste, er war zu gefühllos zu Samantha gewesen. Folglich arbeitete er daran, sein Gemüt zu wandeln...wobei er es dann in einem persönlichen und verständnisvollen Ton versuchte sein Denken, seine Art erklärend an den Tag zu legen: *„Samantha. Ich kann es nach wie vor nicht gut heißen, dass du auf diesem Zerstörer bist. Es ist zu gefährlich."*

Samantha sah diesen Versuch seinerseits, der ihm viel Überwindung gekostet haben musste - und versuchte ebenfalls zu beschwichtigen, wobei sie ihn ein weiteres Mal umarmte: *„Was soll schon passieren."*

- - -

Eine leichte, kühle Brise hauchte während der Abenddämmerung über den Atlantik. Die See war ruhig. Und zwei Frachter mit dem Zerstörer Wainright durchkreuzten das beinahe spiegelglatte Meer, während diese drei Schiffe von zwei weiteren Korvetten begleitet wurden.

Mit Genuss erlebte Samantha diese Ruhe und das rhythmische brechen der seichten Wellenbewegungen am Bug unter ihr, wobei sie kurz mit ihren Notizen inne hielt, einmal auf die Initialen an der Bordkanone blickte - sie las *Wainright* - um dann jedoch über die Reling in die weite Ferne zu blicken.

Ein Augenblick verging, bis sie dann unangemeldet von hinten angesprochen wurde: *„Mrs. McCancy."* Samantha drehte sich um - und erblickte überrascht den Captain: *„Captain, Sir."* Der Captain trat auf sie zu: *„Sie baten um ein Gespräch?"* Samantha legte den Bleistift in ihre Notizmappe: *„Sir."* Sie tat sich schwer - doch es musste sein: *„Es geht um das Folgende: wenn wir in zwei Tagen Island erreichen, wie lange werden wir dann im Hafen von Reykjavik liegen bleiben?"* Der Captain runzelte die Stirn: *„Nun, eigentlich ist diese Frage leicht - jedoch zum jetzigen Zeitpunkt - eher nicht so leicht zu beantworten."* Sie blickte ihn zuhörend an, was meinte er? Der alte Seefahrer bemerkte ihren fragenden Blick und holte aus: *„Festgesetzt wurde ein Tag. Es kann aber sein, dass es zwei Tage werden: es kommt eben darauf an, ob Nachzügler noch unterwegs sind oder nicht. Denn wenn, so fährt unser Geleitzug von dort aus, nur im ganzen Verband weiter nach Russland. - Wieso fragen Sie?"* Samantha legte gebannt die Karten auf den Tisch: *„Sir, selbst wenn wir nur einen halben Tag im Hafen von Reykjavik liegen bleiben, so möchte ich die Gelegenheit nutzen, um mit einem Lotsenboot auf einen der Frachter überzusetzen."* Der Alte traute dem Gehörten nicht: *„Mrs. McCancy, wieso?"*

Samantha verharrte…: diese schwerwiegende Entscheidung. Was war wichtiger?
Andrew? Oder eine Dokumentation für die Washington Post? Sie selbst wollte diese Reise doch als Chance ihrer Ehe ansehen. Aber sie wusste um Andrews Art: würde er sich je ändern? Oder anders ausgedrückt, er hatte sich geändert. In all den Jahren. - Vielleicht war es besser, doch noch einmal etwas Abstand zu finden. Sie war sich uneins. Und doch konnte und wollte sie in diesem Augenblick dem Captain gegenüber nicht zurück. Demnach erklärte sie kurz und bündig: *„Nun: meine Aufgabe als Redakteurin der Washington Post ist es, als Kriegsberichterstatter die Gefahren eines Geleitzuges zu dokumentieren.*
Aus diesem Grunde muss ich direkt auf einem Frachter…
…einen Angriff miterleben." Der Captain traute seinen Ohren erneut nicht: *„Mrs. McCancy, das ist unmöglich."*
Er wusste um die Naivität dieses Gesuchs. Samantha nicht. Folge dessen nahm sie einen zweiten Anlauf: *„Ich kann nur über die Gefahren berichten, wenn ich sie selber auf den Frachtern sehe, erlebe."*
„Außerdem war es mit der Redaktion abgesprochen."

Der Captain widersprach: *„Mam, was Sie mit Ihrer Redaktion beratschlagt und abgesprochen haben, interessiert auf diesem Schiff überhaupt nicht: denn niemand hat eine solche Petition der Militärbehörde vorgelegt. Geschweige, dass eine solche mit mir besprochen wurde."* Er glaubte es nicht. *„Welche die Militärbehörde und meine Person sowieso abgelehnt hätten. Und es zeigt mir, dass Sie und Ihre Zeitung anscheinend überhaupt keine Ahnung haben: denn bereits hier auf diesem Zerstörer befinden Sie sich in sprichwörtlicher Lebensgefahr."*

Der erfahrene Seebär musste absetzen - um dann aber doch weiterzusprechen, wobei er auf beide in 100m Entfernung parallel laufende Frachter wies: *"Doch was die da machen..."* Er hielt inne: *"...gebührt aller Ehre. Ohne Zweifel."* Er blickte zu einigen Männern auf den Frachtern. *"Jedoch ist es gegen jeglichen Menschenverstand. - Aber leider muss es sein."* Sie blickte ihn an: *"Sir, ich..."* Doch er unterbrach und wies erneut auf die Frachter: *"Mrs. McCancy. Zwar sind die Jungs mit ihren anmontierten Kanonen und schweren Maschinengewehren nicht ganz wehrlos - aber dennoch sind das fahrende, mit teils tausender Tonnen Munition, bis unter die Frachtluken vollgestopfte, langsame, dicke, fette Silvesterknaller."*

Samantha verharrte wortlos: dieser Vergleich. Des Weiteren haderte sie ab diesem Moment plötzlich mit einer Frage: wurde sie gerade eines Besseren belehrt, als es auf dem Festland in der Presse immer mitgeteilt wurde?
Der Seemann beobachtete ihren gedanklichen Zwiespalt und ließ sie gewähren. Er sah förmlich wie sie nachdachte...
...um dann erst nachzusetzen: *"Die Chancen, dass diese Jungs mit ihren Pötten Russland überhaupt heil erreichen, sind..."*
Samantha unterbrach: *"Aber in den vergangenen Geleitzügen sind so gut wie beinahe keine Frachter angegriffen worden. Und..."* *"Dieser Fehler wird den Deutschen nicht nochmals unterlaufen."*, stoppte sie der alte Seefahrer.
Jedoch deutlicher und mit mehr Nachdruck.
Wohl wissend einer Antwort, d e r Antwort im Hinterkopf, erklärte er ausführend weiter: *"Norwegen ist in deutscher Hand. Und unsere Spionage hat derweil herausgefunden: die Deutschen wissen seit kurzem, wie viel Kriegsmaterial wir mit den vergangenen Geleitzügen an Norwegen vorbei, nach Russland verfrachtet haben. Sie haben diesbezüglich seit einigen Monaten damit begonnen, unzählige U-Boote dort im Nordmeer zu stationieren. Hinzu kommen noch große starke Flottenverbände, die sich alle in den norwegischen Fjorden versteckt halten - und auf Befehl sofort ins offene*

Meer auslaufen, um ihre U-Boote im Kampf gegen uns zu unterstützen. Ganz zu schweigen von der Luftwaffe."
Samantha blickte ihn an und sagte weiterhin kein Wort.
Er bemerkte es und erklärte weiter: *„Und genau da müssen wir durch."* Er holte kurz Luft: *„Mrs. McCancy, die Deutschen... ...sie warten dort im Nordmeer auf uns wie die Hyänen."*

Samantha versuchte es jedoch nochmals: *„Sir, es wird schon irgendwie gut ge..." „Nichts wird irgendwie gut gehen.",* reagierte der Captain leicht erbost.
Und er sah, dass diese Naivität in ihr nur durch die falsche Presse an Land hervorgerufen worden sein konnte - wie sicherlich auch beim Rest der amerikanischen Bevölkerung.
„Lady, die Antwort ist nein. Und ich will es nicht hören: das wird schon irgendwie gut gehen. Glauben Sie dieser Krieg ist ein Spiel? Es wird nicht gut gehen. - Und die Herrschaften in Ihrer tollen Redaktion...-...die sollen endlich aufhören ständig politisch gelenkte Propaganda zu drucken."

Er gestikulierte mit sich selbst...um dann weiterzusprechen: *„Bei allem Respekt, Mam: aber zig tausende amerikanische Seemänner riskieren ihr Leben dafür, dass die Presse an Land der Bevölkerung weismacht, wir fahren mit unseren Geleitzügen in den Urlaub?"* Er konnte es nicht fassen und griff nochmals ihren Wunsch auf: *„Direkt auf einem Frachter. ...als wenn dieses,* mein Kriegsschiff *nicht angegriffen wird? Was bereits mehr als schlimm genug werden wird, denn wir werden um unser Leben kämpfen."*
Er blickte sie wortlos an. Eindringlich. Und glaubte zu sehen, dass sie es anscheinend immer noch nicht verstanden hatte.
„Verstehen Sie überhaupt was ich gerade gesagt habe? Wir werden um unser Leben kämpfen müssen." Er hielt nochmals inne und blickte sie weiterhin fordernd an. Um dann zu entscheiden: *„Ich dulde keine weitere Diskussion."*
Mit einem Blick, der seine Entscheidung unterstrich, wandte er sich daraufhin ab und ging.

Gebeutelt und erschrocken schnellte Samantha in dieser Nacht aus dem Schlaf hoch, während sie verängstigt das Licht einschaltete...und dieses ungezügelte, aufgebrachte Brüllen auf dem Gang vernahm. Es war die Stimme von Andrew: *„...was? - Sie haben keinen Dienst? Hören Sie zu Matrose: Hier an Bord hat jeder Dienst. 24 Stunden lang. Wir befinden uns im Krieg. Und in zwei Minuten sind Sie gefechtsbereit und stehen draußen an Ihrem Geschütz."*

Gebannt horchte Samantha weiter: *„...es interessiert mich nicht, dass wir keinen Alarm haben. Sie haben das zu tun, was ich Ihnen sage: befehle. Und jetzt schieben Sie ab, Mann."*

Ängstlich vernahm Samantha sofort darauf harte Stiefelschritte die sich unweigerlich ihrer Kabine näherten...und Sekunden später flog ihre Tür auf, wobei Andrew sie erbost zur Rede stellte: *„Sam. Was in aller Welt fällt dir ein, unsern Captain mit dieser hirnlosen, selbstmörderischen Idee zu nerven?"* Samantha erhob sich aus ihrer Koje und wusste was er meinte, doch sie war arg verunsichert über diese heftige Reaktion: *„Wie bitte?"* Andrew blieb seinem lauten, harten Ton treu: *„Kannst du dir vorstellen, wie blöd ich jetzt hier an Bord da stehe? Ausgerechnet meine Frau muss diese hirnlose Frage stellen?"*

Er drückte sauer und aufgebracht die Augenbrauen: *„Du bist hier an Bord. Und du bleibst hier an Bord."* Auch Samantha war nun sauer, über diesen Ton: *„Du hast getrunken. Ich möchte nicht mit dir jetzt darüber diskutieren."* Er glaubte wohl nicht richtig zu hören und kam ihr gefährlich nahe: *„W i e   b i t t e? - Los sprich!"*

Samantha sah ein, dass alles total aus dem Ruder gelaufen war.
Und niemals hätte sie gedacht, dass Andrew derart explodieren
würde, sofern er es erfahren sollte. - Nun war es jedoch soweit.

Um die Wogen zu glätten, gab sie vorsichtig und einge-
schüchtert einen Punkt ab: *„Mag sein, dass es irgendwo ein
Fehler war diese Frage dem Captain gestellt zu haben.
Doch..."* „Du *wirst dieses Schiff nicht verlassen.",* wütete er.
*„Es sei denn, wir werfen dich in Reykjavik von Bord
und du bleibst im Hafen. - Hast du das?"*

Gefestigten Blickes unterstrich er diese seine Worte.
Dieser niemals anzuzweifelnden Anordnung.
Diesem Befehl!

Um dann mit zuknallender Kabinentür Samantha mit ihrem
schlechten Gewissen - von dem er wusste dass es da sein würde -
allein zu lassen.

Getroffen stand sie da und starrte vor sich hin: was war das?
Und im gleichen Augenblick war ihr klar: sie war es, die
alles kaputt gemacht hatte. Und sie schämte sich bezüglich
ihrer Worte: dass sie beide es versuchen sollten diese Reise
als Neuanfang zu sehen. Da sie selbst diesen so wichtigen
Gedanken für ihre Ehe, mit der Frage an den Captain, in Gefahr
gebracht - und in einer gewissen Art und Weise auch noch
Andrews Stellung und Ansehen an Bord zusätzlich unter-
graben hatte.

Tränen ließen ihre Augen rot unterlaufen.
Und entkräftet ließ sie sich auf ihre Koje nieder.
Es war der absolute Super-Gau.

- - -

Nachdenklich beobachtete der Captain am nächsten Vormittag von seiner Brücke aus Samantha, wie sie gedankenverloren an der Reling seines Kriegsschiffes stand…und einsam hinaus aufs Meer blickte. Über Nacht war es noch kälter geworden, so dass Samantha in Strickjacke an da stand. Was der Captain von der Entfernung heraus jedoch nicht sehen konnte war: sie stand dort Tränen unterdrückend allein für sich…-…und versuchte, bezüglich des Streitgespräches des gestrigen Tages mit Andrew nach wie vor einen klaren Gedanken zu finden.

Gelassen rührte der Captain gegen Mittag auf seinem Steuersitz sitzend seinen Tee, während er mit einem Augenaufschlag bemerkte, wie Samantha verunsichert die Brücke betreten wollte. Zögernd stellte sie dem Alten mit einer Geste die Frage: *„Mann auf Brücke?"* Der Captain flüsterte leicht: *„Mann auf Brücke."* Erst jetzt trat sie ein und vernahm überrascht dieses: *„Mrs. McCancy: alles okay?"* Sie nickte einmal: *„Selbstverständlich, Sir.",* in der Hoffnung, man würde ihr nichts anmerken. Doch der aufmerksame Captain hatte etwas bemerkt - und er hatte ein schlechtes Gewissen: *„Nun, Mam: ich habe Sie den halben Vormittag hier von der Brücke aus beobachten können. - Mrs. McCancy, wenn ich Ihnen gestern Abend während unseres Gespräches zu grob war, so entschuldige ich mich."* Er warf einen Blick auf seinen Tee: *„Doch was nicht geht, das geht nicht."* Samantha hätte diese Reaktion des alten Seemannes niemals erwartet: *„Sir, das brauchen Sie nicht."* Doch der Captain hakte bohrend nach: *„Und warum sind Sie dann seit Stunden über so schlecht gelaunt und lassen den Kopf hängen?"* Samantha versuchte es mit einer Notlüge: *„Sir. Ich denke, ich bin es nicht gewohnt mehrere Tage auf einem Schiff zu verbringen…-…die Übelkeit."*
Sie schmunzelte leicht verlegen:
„Ich werde mich aber dran gewöhnen. Versprochen."

Der Captain konnte dieses Schmunzeln nur erwidern: *„Mrs. McCancy, so gefallen Sie mir schon viel besser."* Dann wies er auf ihren Fotoapparat - und mit dem Finger um sich auf die Brücke: *„Und jetzt tun Sie, was Sie nicht lassen können."* Samantha bedankte sich... - ...und während sie bereits Augenblicke später hier und dort mit ihrer Kamera einige Bilder von den Unteroffizieren und der Arbeit auf der Brücke schoss, wandte sie sich danach mit ihrem Teleobjektiv hinüber zu einem der beiden in ca. 100m Entfernung parallel laufenden Frachter: gebannt schwenkte sie mit dem Tele vom Heck des Frachters die dort aufgestellten Panzer, Flaks und Jeeps, etc. ab, bis sie plötzlich vorn an der Bug-Flak gar zwei Männer entdeckte. Mit leichtem Lächeln nahm sie den Fotoapparat herunter, bemerkte kurz darauf auf ihrem Zerstörer einige Marinesoldaten die am vorderen Geschützturm für `klar Schiff´ sorgten... - ...und fotografierte auch diese.

Sekunden später jedoch entdeckte sie in ihrem Okular Andrew, wie dieser mit dem Zweiten Offizier dort entlang ging, während Andrew die Marinesoldaten bei der Arbeit sah.

Irgendwie fordernd und missgelaunt beobachtete Andrew die Arbeit der einfachen Mannschaftsgrade...-...um diese dann unvermittelt vor dem Zweiten Offizier zusammenzufalten. Kaum hatte er seine Kritik ausgesprochen - und die jungen Marinesoldaten schrubbten noch intensiver die hölzernen Decks-Planken des Zerstörers - gingen beide Offiziere weiter ihres Weges, wobei Andrew dem Zweiten Offizier ein Zeichen gab, dieser möge alleine vorausgehen.

Andrew weichte verstohlen einige Schritte zurück, holte einen Flachmann aus der Uniform und setzte zu einem Schluck an.

Samantha riss geschockt den Fotoapparat herunter.

Am Abend wohnte Samantha in der Offiziersmesse einem
Abendessen mit mehreren Offizieren bei. Sie war sich dieser
Aufmerksamkeit des Captains sehr wohl bewusst, eingeladen
worden zu sein - und achtete demnach noch mehr darauf in
der Männerrunde nichts Falsches zu sagen, wenn sie hier und
dort bezüglich aufgekommener militärischer und politischer
Fragen um ihre Meinung oder Einschätzung gefragt wurde.
Ganz besonders im Hinblick dessen, dass ihr das Einzel-
gespräch mit dem Captain noch gehörig in Erinnerung lag:
sie hatte in ihrer Naivität des Nichtwissens so einiges falsch
gemacht, das war ihr mittlerweile bewusst geworden.
Zuzüglich der Auswirkungen des Streitgespräches mit Andrew.

Und so verfolgte Samantha im Laufe des Abends ebenfalls
auch eine Konversation zwischen Andrew und dem Captain,
wobei der Captain seinem Ersten Offizier etwas wissen ließ:
*„...und genau aus diesem Grunde sind die Deutschen, also das
einfache deutsche Volk, ihrem Führer Adolf Hitler teils
sogar ausgeliefert."* Doch Andrew konterte: *„Ausgeliefert?"*

Die umliegenden Gespräche der anderen Offiziere verstummten.
Auch sie widmeten ihre Aufmerksamkeit aufhorchend der
Debatte, da Andrew dieses Wort mit mehr Nachdruck ausgesprochen hatte, als es im Laufe des Abends hier und dort
bei Smalltalks der Fall war. Und es hatte den Anschein,
als hatte er im Verlauf des Abends das eine und andere
nicht einsehen wollen, da er natürlich - in seiner Art -
stets temperamentvoll seine Meinung durchsetzen wollte.

Und tatsächlich führte der Captain das Gespräch verständnis-
ersuchend für seine Ansichtsweise der Situation im
deutschen Reich, mit einem Satz weiter:
„Sie dürfen ihren Mund nicht aufmachen."

Andrew rückte und zupfte seine Uniform zurecht und entgegnete: „*Sir, nein Sir. Ich bleibe da anderer Meinung. Ganz anderer Meinung.*" Er bemerkte die Aufmerksamkeit der Mitanwesenden, die er während dieser Kapitänsmesse endgültig auf sich zog und blickte durch die Runde, um dann entschlossen seine Ansicht kundzutun: „*Die Deutschen selbst waren es, die Adolf Hitler zu ihrem Führer gewählt haben. Folglich stehen sie wie ein Mann geschlossen hinter ihm.*"

Der Captain startete einen weiteren Erklärungsversuch: „*Mr. McCancy, das dürfen Sie so nicht verallgemeinern: wie viel Prozent der deutschen Bevölkerung, glauben Sie, hat ihm seine Stimme gegeben - eben weil sie auch Angst hat.*" Andrew gab einem Ordonanzsoldaten mit stummen Wink zu verstehen: noch ein Glas Wein - und erklärte mit seinem Kopf verneinend: „*Sir. Eine solche angebliche Prozentzahl die Angst hat, gibt es nicht: das Volk steht geschlossen hinter Hitler.*" Dies wollte der Captain so nicht stehen lassen und entgegnete: „*Was glauben Sie, wie viel Menschen eingeschüchtert sind, allein nur wegen dieser angeblichen Arbeitslager für Juden, Sinti und Roma und politisch anders Denkende.*" Er blickte unterstreichend durch die Runde und endete bei Samantha: „*Es soll Augenzeugenberichte geben, dass es mehrere solcher Lager - von denen keiner weiß was dort geschieht - gibt.*" Die Runde blickte ihn an: „*Ich glaube, dass es Umerziehungs-Lager sind. Und aus diesem Grunde: was glauben Sie, wie sehr die deutsche Bevölkerung eingeschüchtert ist, nur weil sie Angst davor hat: sagen wir etwas Falsches, landen wir in einem dieser Umerziehungs-Lager.*"

Samantha war im Affekt angetan dieser Aussage und bekräftigte: „*Sir. Ich sehe es ähnlich.*"

Doch sogleich unterbrach sie sich selbst: verdammt, sie wollte den Mund halten. - Doch nun war es zu spät.

Kleinlaut sprach sie weiter: *„Jedoch mit Einschränkungen."* Sie sah, die Blicke der Männer ringsum forderten Aufklärung. Vorsichtig begann sie demnach in einem längeren Atemzug zu erklären: *„Die Geschichte ist die: ein Verwandter meines Bosses sprach vor einiger Zeit davon, dass in seiner Redaktion vom Daily Telegraph neuerdings ein Deutscher - jüdischer Herkunft, der in Berlin als Journalist tätig war - aufgenommen wurde. Und dieser berichtete, dass Verwandte und Bekannte seinerseits mit Zügen in Richtung Osten transportiert wurden, ohne richtige Angaben wo diese Züge letztendlich halten werden."* Die Männer in der Runde horchten. Samantha fuhr fort: *„Und wie viel weitere Geschichten hat man seit der Machtergreifung von Adolf Hitler seit 1933 gehört, dass so einige politisch Andersdenkende große Nachteile im alltäglichen Leben bekommen haben...-...und teils, irgendwann sogar verschwunden sind. Deshalb hat die Bevölkerung Angst. Und deshalb..."* *„Sam, das ist Blödsinn.",* fiel ihr Andrew unterbrechend ins Wort. Doch überraschend brachte sich der Zweite Offizier mit ein: *„Mr. McCancy."* Er musste Samanthas Aussage räuspernd bestätigen: *„Sorry, aber ich denke ebenso wie Ihre Frau: ein jeder in der westlichen Welt hat ähnliche - wenn auch unbestätigte - Geschichten darüber vernommen."*

Samantha dankte diesem Zwischenwort, riss sich zusammen und besann sich darauf ihren Satz fortzuführen: *„...so glaube ich, dass es a) tatsächlich dort irgendwo solche Lager geben kann. Und b) die wenigen Deutschen, die von diesen Lagern wissen - wenn es sie denn gibt - auf jeden Fall den Mund halten werden. Aber c) der Rest der deutschen Bevölkerung im Reich wahrscheinlich gar nicht weiß, was mit diesen Menschen geschieht. Deshalb haben sie teils Angst."* Sie blickte zu Andrew. *„Aus diesem Grunde kann man nicht alle über einen Kamm scheren und sagen: sie stehen wie ein Mann hinter Adolf Hitler."*
„Sam, du hast keine Ahnung.", nörgelte Andrew unhöflich.

Er nahm einen Schluck Wein mit gedrückten Augenbrauen.
Sie blickte ihren Mann entrüstet an: wie konnte er es wagen?
Und entgegnete: *„Erst vor 14 Tagen gab es in unserer Redaktion ein Telegramm aus London: die BBC hat möglicherweise geheime Luftaufnahmen von der Royal Airforce - und..."*
„Die BBC interessiert mich überhaupt nicht.", knallte Andrew rechthaberisch dazwischen. *„Du lässt dir zu viel einreden."*

Stille überkam den Augenblick.
Blicke kreuzten sich in dieser Runde.
Ein jeder sah die Spannung zwischen den beiden.

Samantha erhob sich daraufhin ... und verließ den Raum.

Die - bis auf Andrew - ebenfalls aufgestandenen Gentlemen setzten sich wieder...und wohnten augenblicklich einer für den Moment weiteren peinlichen Stille in der übriggebliebenen Männerrunde bei.

Die Andrew dann jedoch mit einem gespielten Stöhnen beendete, wobei er sich nach außen hin natürlich keiner Schuld bewusst war: *„Meine Herren..."* Mit einem, seiner Frau nachgeworfenen Blick, äußerte er den Anwesenden gegenüber seine abgehobene Meinung über das andere Geschlecht und hob sein Glas: *„...Frauen."*

Doch während er noch auf den Rest seines Weinglases blickte, bemerkte er, dass keiner der anderen Offiziere ein Glas angehoben hatte. Und erst dadurch wurde ihm klar: er hatte den Bogen eines netten Abends mit dem Captain maßlos überzogen.

Daraufhin erhob er sich...-...und glaubte mit einem gefälschten Lächeln, doch noch irgendwie einen Punkt zurückholen zu können: *„Ich glaube, ich muss da mal was richtig stellen."*

Doch erneut gab es keinerlei Reaktionen seiner Gegenüber.
Woraufhin er gedemütigt die Offiziersmesse verließ.

Auf einem der Gänge unter Deck erhaschte Andrews Blick dann Augenblicke später Samantha, die in Richtung ihrer Kabine schritt.

Er beeilte sich lautlos...-...um Samantha dann einen Decksgang weiter von hinten behutsam an den Arm zu greifen: *„Hey. Was ist denn los?"*
Sie blickte auf ihren Arm: was *los* war?
Wie konnte er nur? Sie war sichtlich verärgert, sehr sogar: *„Andrew, lass meinen Arm los."* Er folgte der Aufforderung, woraufhin sie weiter eilte. Auch er eilte los und begann neben ihr gehend auf sie einzureden: *„Hey. Sei doch nicht geknickt."* Sie riss sich zusammen: *„Andrew, lass mich doch bitte jetzt einfach nur in Ruhe. Okay?"* Andrew blickte nach vorn, schritt an ihr vorbei - um einen entgegenkommenden Marinesoldaten auf dem engen Gang durchkommen zu lassen - blieb einige Meter vor Samantha an einer Tür stehen und sprach sie erneut mit einem überflüssigen Grinsen an: *„Sam. Du bist geknickt, weil ich dich nicht hab aussprechen lassen. Stimmt's?"*
Genervt blieb Samantha vor ihm stehen: *„Andrew, dass allein war's diesmal nicht."* Er begann nachzudenken: *„Wie? Ähm? - Was war's dann?"* Samantha gab ihm die passende Antwort: *„Du hast versucht, mich vor dem Captain und der Kapitänsmesse bloßzustellen."* Andrew winkte ab: *„Blödsinn, Sam. Du kennst mich."* Sie aber blieb sauer: *„Doch Andrew. Wie bereits in der Vergangenheit hast du's wieder Mal versucht. - Ich meine: brauchst du das, wenn andere Personen mit anwesend sind, dass du unbedingt immer zeigen musst, wie sehr du Recht hast? Obwohl du diesmal keine Ahnung hast."* Sie fuhr sich mit der Hand durchs Haar. *„Und immer dann, wenn andere mit anwesend sind."*

Andrew hatte jedoch überhaupt keine Lust auf diesem Thema rumzureiten: *„Apropos, wenn andere mit dabei sind..."*

Er öffnete die Tür zu seiner Kabine, vor welcher er sie zu stehen gebracht hatte: *„...wir sind jetzt allein. Und du hast in diesen ganzen Tagen nicht einziges Mal bei mir übernachtet."* Sie blickte auf die sich langsam öffnende Tür und verspürte großes Unbehagen: *„Andrew, ich..."* , es war beinahe Ekel: *„...ich werde es auch nicht."* Er legte seinen Arm um ihre Taille: *„Sam. Wir waren uns eine lange Zeit nicht mehr nahe."* Doch sie drückte seinen Arm ab: *„Lass es. Du hast schon wieder getrunken."* Er fand diese Abweisung überhaupt nicht richtig: *„Wir sind verheiratet."* Er kam ihr näher und wollte sie küssen...doch sie entgegnete: *„Lass mich bitte in Ruhe."* Gefestigten Blickes schaute sie ihn enttäuscht an: *„Lass es, Andrew."* Er erwiderte einfach nur ihren Blick und wartete - wie wohl immer - denn gleich würde sie sich ihm sicherlich wieder ergeben. So wie es in der Vergangenheit immer der Fall war.

Doch dieses Mal wurde es für ihn ernst, richtig ernst: denn sie ließ sich einige Dinge nicht mehr gefallen: *„Andrew. Weißt du überhaupt, dass du Probleme hast?"*
Er grinste überheblich, er glaubte es nicht:
„Ich? ...was für Probleme?" Samantha wurde deutlicher: *„Verdammt: wo ist der Mann den ich geheiratet habe? So wie du hier bist, so kenne ich dich überhaupt nicht."*

Beide blickten sich an. Doch sie wich dem Blick nach einer Sekunde aus: da war noch etwas...sollte sie es ihm sagen?

Es verging ein kleiner Augenblick, bis sie sich tatsächlich ihr Herz fasste und mutig sprach: *„Du bist ein herrschsüchtiger Mann. Du befiehlst Dinge nur zu deiner eigenen Befriedigung. Du willst und musst immer dein Recht bekommen. Du denkst nur an dich. Und um Gottes Willen Andrew: du bist ein Trinker."*

Er traute seinen Ohren nicht: wohl erst jetzt begriff er, dass sie ihn über all die Jahre stets schweigend beobachtet haben musste. Deutlich lag ihm ein Kloß im Hals…und würgende Stille beherrschte den Augenblick.

Wortlos blickten sie sich weiterhin an…wobei bei ihr dann der Damm brach und erste Tränen unkontrolliert hervorkamen. Und es war ihr egal: er sollte ruhig sehen, wie sehr er sie all die gemeinsame Zeit über verletzt hatte.
Woraufhin sie enttäuscht an ihm vorbei eilte.

Ja, sie ließ ihn stehen.

Und nun wurde es auch ihm bewusst, wie sehr er ihre gemeinsame Ehe stets auf´s Spiel gesetzt hatte.

Mit pochendem Herzen verließ Samantha den Decksgang um eine Ecke herum: in größter Anspannung, dass er nochmals hinterher keifen würde.
Doch erleichtert vernahm sie, dass da nichts mehr kam, als sie den neuen Decksgang betrat…um dort dann einige Meter später endlich in ihrer Kabine weinend verschwinden zu können.

- - -

Im Morgengrauen des nächsten Tages erwachte Samantha in ihrer Kammer. Und nach wie vor spürte sie, wie das Enttäuschte des vergangenen abends - welches sie sogar die ganze Nacht über hatte schlecht schlafen lassen - immer noch ihr Gemüt belastete.

In Gedanken verließ sie kurz darauf das Innere des Zerstörers: sie hoffte, dass eine Brise frische Luft an Deck ihrer Stimmung Schub geben könnte...-...wobei sie mit den ersten Schritten an Deck jedoch ihren Augen nicht traute, während sie staunend und langsam weiter Schritt für Schritt in Richtung Heckgeschütz watete.
Im Nu waren ihre Gedanken an Andrew, der sie so sehr enttäuscht hatte, verflogen: denn sie lagen bereits vor Anker, inmitten des mit leichten Nebelschleiern bedeckten Hafenbeckens von Reykjavik in Island.

Und soweit das Auge an diesem eisigen Morgen reichte: sie sah nur Frachter, die allesamt schwerfällig mit ihren dicken Bäuchen tief im Wasser lagen, da sie von unten bis oben mit dem für Russland lebenswichtigen Kriegsmaterial beladen worden waren.
Der Grund der Geleitzüge.

Und entweder dümpelten sie an den Kaimauern festgezurrt - oder aber vor Anker liegend inmitten des Hafenbeckens vor sich hin, wobei einige der ebenfalls anwesenden vielen Kriegsschiffe untereinander Lichtmorsezeichen austauschten.

Schnell schätzte sie allein die Zahl der Frachter auf gut 25-30, wobei sie ebenso die unglaubliche Anzahl der Kriegsschiffe versuchte einzuschätzen, die als Eskorte diesen Geleitzug durch das kommende Nordmeer begleiten sollten. Es war ein gigantischer Anblick: imposant, kolossal, der festgehalten werden musste. Folglich hob sie an der Reling stehend ihren Fotoapparat, den sie bei sich trug, vors Auge - und ließ eine Fotografie von diesem anmutenden Bild der Frachter und Kriegsschiffe im Hafen entstehen.
Erst danach bemerkte sie die Kälte in der Luft - und war froh ihre Strickjacke übergezogen zu haben: entgegen den Temperaturen noch vor wenigen Tagen in Halifax.

Eine Stimme aus dem Hintergrund klärte sie auf: *„Ganze 35 Frachter, Mrs. McCancy."* Sofort drehte sich Samantha um und blickte dem Captain in die Augen: *„Guten Morgen, Sir."* Antwortete sie - wobei es ungewollt unterwürfig, gar demütig daher kam. Doch es war einfach so, dass sie sich noch immer für das Geschehene des vergangenen Abends schämte.
Der Captain haderte: auch er hatte sich in der Nacht Gedanken gemacht - und so begann er für Samantha überraschend mit einer vorsichtigen Frage: *„Ich möchte Ihnen nicht zu nahe treten, Mrs. McCancy: aber ist alles okay?"* Sie wusste, dass er die peinliche Situation vom vorherigen Abend meinte und nickte: *„Ja, Sir. Alles okay."*

Der Captain kam langsam weitere Schritte auf sie zu und versuchte etwas zu erklären: *„Mrs. McCancy. Ihr Mann ist ein guter Marinesoldat. Doch wenn er menschliche Schwächen zeigt, so bedenken Sie bitte: er hat einige harte Monate auf See hinter sich."*
Sie blickte ihn wortlos an, um dann einmal zuzustimmen: wobei sie ihm gegenüber jedoch ihre wahren Gedanken verheimlichte.
Der Captain atmete tief durch - und wandte seinen Blick erleichtert auf den Hafen: *„Gut. Wechseln wir das Thema."*

Er widmete sich der enormen Anzahl der Schiffe im Hafen:
"Insgesamt sind es zweiundzwanzig Frachter unter amerikanischer Flagge." Er wies zeitgleich mit langem Arm von dort
bis dort - und wandte sich einer weiteren kleinen Gruppe zu:
"Acht Frachter fahren unter britischer Flagge." Samantha
beobachtete ihn: er war sehr anstandsvoll. Diese Geste hier
und jetzt im Morgengrauen war sehr anstandsvoll von ihm.
Während er weiter erklärte: *"Die beiden tiefliegenden Ladies
dort drüben, fahren unter dem Sowjetstern. Die beiden daneben
sind in Panama registriert."* Er drehte sich um die halbe Achse:
*"Und einer von diesen Frachtern auf der Seite, gehört der
niederländischen Krone."*

Beeindruckt verfolgte Samantha den weiteren Erklärungen
und beobachtete gleichzeitig das Treiben einiger kleinerer
Bei- und Lotsenboote, die im Hafen alle durcheinander
zwischen den Frachtern und Kriegsschiffen auf- und abfuhren.
Aber dennoch hinterließen sie einen geordneten Eindruck,
während sie Mensch und kleineres Material vom Ufer hin zu
den einzelnen Schiffen transportierten. Erklärend sprach der
Captain weiter: *"Und wenn Sie sich nun all die Kriegsschiffe
anschauen, Mrs. McCancy, so sollte Ihnen spätestens jetzt
klar werden auf was wir uns gefasst machen."* Beide schauten
sich an, während er den Blick hinaus auf's offene Meer richtete:
*"Und dann gibt es noch etwas, was gegen diesen ganzen
Geleitzug PQ17 spricht."* Verwundert wandte sie sich ihm zu:
"Was?" Der alte Seemann ließ sich Zeit: *"...die Polarnacht."*
Sie hatte natürlich zu wenig Fachwissen: *"Die Polarnacht?"*

Der Captain trat einen letzten Schritt auf sie zu: *"Ja, Mam. Wir
haben jetzt Ende Juni...und ich spreche von der Polarnacht die
keine mehr ist."* Sie blickte fragend - und verstand es nicht.

Natürlich bemerkte er, dass sie nicht viel damit anfangen konnte. Wie denn auch? Sie war des maritimen und seemännischen nicht mächtig. Aus diesem Grunde erklärte er kurz und bündig die Sachlage: *„Wir müssen durchs Nordmeer. Und es wird so sein, wie es immer im Juni/Juli da oben ist: die Polarnacht ist taghell."* Sie blickte erstaunt: und doch konnte sie nichts damit anfangen. Er sah es und erklärte wohl wissend weiter: *„Für mehrere Monate ist es taghell. Und wenn es nachts 24:00 Uhr ist - ist es dunstig, taghell."* Sie verstand nicht worauf er hinaus wollte: *„Das bedeutet?"* Der Captain ging in sich. Er wusste, dass es weiterer erklärender Worte bedurfte - folglich sprach er leise weiter: *„Es wird ein enormer Nachteil für uns sein. Aber ein erheblicher Vorteil für die Aufklärungsflugzeuge der Deutschen, die uns locker bei den Lichtverhältnissen aus 30-40km Entfernung ausmachen können. Und selbstverständlich ist es ebenso ein großer Vorteil für die Jagd ihrer U-Boote."* Er unterbrach, da er von einem herannahenden Offizier angesprochen wurde: *„...Captain, ein Funkspruch."*

Der Captain wartete die letzten Schritte des Offiziers ab …und nahm den Funkspruch entgegen.
Mit seiner jahrelangen Routine überflog er den Funkspruch und wurde erneut vom Offizier *flüsternd* auf etwas hingewiesen. Der Captain nickte zuhörend, blickte auf seine Armbanduhr und dann zur Backbordseite seines Zerstörers: dort schwappte in 30m Entfernung in Schrittgeschwindigkeit achtsam eine kleine Hafenbarkasse heran, welche - mit einer Gruppe engstehender Kapitäne und Offiziere - im nächsten Augenblick längsseits des Zerstörers mittschiffs anlegen wollte.
Samantha beobachtete, wie mittschiffs zeitgleich Matrosen damit begannen, unter Beobachtung eines diensthabenden Decksoffiziers routiniert die Gangway für die Barkasse abzulassen.

Der Captain wandte sich wieder an Samantha: *„Mrs. McCancy, ich muss Sie alleine lassen. Es gibt noch viel zu erledigen."* Er wies auf den Funkspruch: *„Denn die Englische Admiralität schreibt: das unser Geleitzug noch heute am 27. Juni 1942 den Hafen von Reykjavik bis spätestens 16:00 Uhr verlassen muss."* Er faltete die Benachrichtigung. *„Und außerdem enthält dieser Funkspruch noch einige Kleinigkeiten für die Kapitänssitzung an Land..."* Er wies auf die Offiziere in der Barkasse: *„...und dort muss ich nun hin."* Er wandte sich ab, blieb jedoch nochmals stehen: *„Sorry. Keine Presse."*
Samantha nickte und zeigte Verständnis für diese Geheimhaltung.

Gleich darauf beobachtete sie, wie mittschiffs vor der Gangway ein Offiziersanwärter dem Captain einen Aktenkoffer übergab, so dass der Captain mit diesem Koffer die ersten Meter die Gangway zu der mittlerweile bereitstehenden Barkasse hinabging. Jedoch genau in dieser Sekunde von Andrew - militärisch grüßend vom Deck herab - angesprochen wurde: wobei Andrew einen weiteren Funkspruch in der Hand zeigend hochhielt.

Unbewusst tat Samantha - von der Reling weggehend - einige Schritte zurück hinter einer schweren Luftabwehrdoppellafette - auf das sie so von Andrew nicht mehr gesehen werden konnte: suspekt wurde ihr dies erst beim Verstecken bewusst.

Sofort blickte der Captain nochmals auf seine Uhr, um unangemeldet den Barkassenkapitän um eine Minute zu bitten. Rasch begab er sich wieder hinauf auf den Zerstörer, wo er den Funkspruch von Andrew annahm, während beide ansetzten in Richtung Brücke zu entschwinden.

Sekunden vergingen in denen Samantha fröstelnd nur da stand, jedoch innerlich aufgewühlt zwischen dem Gedanken diesen Augenblick zu nutzen oder nicht.
Gleich darauf traf sie einen Entschluss, eilte in das Innere des Zerstörers und sprintete zu ihrer Kabine.

Leicht schaukelnd legte die Barkasse zwischen einigen großen Frachtern und Kriegsschiffen auf der anderen Seite des Hafens an der Kaimauer an, während kurz darauf der Captain der Wainright und sein Erster Offizier Andrew McCancy, mit weiteren Kapitänen und Offizieren das Boot über eine Gangway zur Kaimauer hinauf verließen.
Oben angekommen, steuerten die Seemänner auf eine auf sie wartende Gruppe von gut 40 Kapitänen und Offizieren zu, die teils teils gekleidet in Uniform oder auch Zivil - je, ob sie einem Kriegsschiff oder einem Frachter entstammten - mit Aktenkoffern in der Hand auf sie warteten, um allesamt daraufhin in zwei bereitstehende Militärbusse einzusteigen.

Einen Augenblick später drehte die Barkasse ab und verließ schippernd die Kaimauer.

Kurz darauf, während der Fahrt zur anderen Seite des Hafens, erschrak der Barkassenkapitän, als aus dem Barkasseninnenraum noch eine Person zum Vorschein kam und ihn ansprach: *"Entschuldigen Sie bitte..."* Der Barkassenkapitän war baff: *"Was machen Sie denn hier an Bord, Mam?"* Samantha reagierte gelassen aber entschlossen und wies nach vorn: *"Ähm, ich muss auf einen dieser Frachter."* Doch der Barkassenkapitän ließ sich nicht foppen: *"Wer sind Sie denn? Da kann ja jeder kommen."* Als hätte Samantha es erwartet, holte sie sicher tuend ihren Presseausweis hervor und konterte: *"Da kommt aber nicht jeder."* Sie hielt ihm ihr Beweisstück vor: *"Samantha McCancy, Washington Post."* Der Barkassenkapitän begutachtete flüchtig diesen Presseausweis - obgleich er ihn eh nicht zwischen gefälscht oder nicht hätte unterscheiden können - und gab sich damit zufrieden:
"Ich hatte gar nicht mitbekommen wo Sie zugestiegen sind."

Samantha zuckte wortlos mit den Schultern, nach dem Motto: so was könne passieren. *"Welcher Pott solls sein, Mam?"*, erkundigte sich der Barkassenkapitän.

Samantha war erleichtert: es gab keine weiteren Fragen mehr zu ihrer Person und ihrem Auftauchen. Wobei sie begann, den Fahrtwind und die ganze Situation zu genießen, obwohl der Wind ihr ordentlich eisig um die Ohren wehte. Doch sie war froh, dass ihr dieser gewagte Schritt bis hierher tatsächlich so reibungslos gelungen war: *"Nun, ich komme vom Zerstörer Wainright...-...und ich würde gern...",* sie blickte auf die unglaublich vielen Frachter. *"...ach, es ist egal."*

Der Barkassenkapitän roch sogleich Lunte: *"Sie wissen nicht wo Sie hin wollen?"* Sofort war Samantha vorgewarnt und konzentrierte sich wieder auf ihr gefährliches Manöver. Professionell ließ sie ihn wissen: *"Der Washington Post ist es egal auf welchen Frachter ich die weitere Reise angehe. Hauptsache ist: es ist ein Frachter. Nur so kann ich nahe ans Geschehen rankommen."*
Ihr Herz bebte. Ihre Augen waren starr. Verdammt, sie musste so hoch pokern. Auch wenn sie wusste, dass der Barkassenkapitän ähnlich antworten könnte wie der Captain des Zerstörers...und dann wäre sie geliefert.

Doch der Barkassenkapitän hakte nicht nach und entschied derweil: *"Okay. Ich lege an dem Frachter dort drüben an, der in der Nähe der Wainright vor Anker liegt: es ist die Earlston, ein Engländer."* Samantha blickte auf das in einiger Entfernung mit dem Bauch tiefliegende Schiff und gab sich damit einverstanden: *"...gekauft."*

Routiniert legte die Barkasse an dem Frachter Earlston längsseits an, während oben an Deck bereits ein Matrose auf dieses Manöver aufmerksam geworden war.

Unaufgefordert machte er sich auf den Weg, die an der Bordwand herabgelassene Gangway hinabzugehen: diese stand weiterhin dem Captain der Earlston nach unten zum Wasser gerichtet zur Verfügung, da auch ihr Kapitän zur Kapitänssitzung an Land entschwunden war.

Unten an der Wasseroberfläche angekommen, reagierte der Matrose überrascht als eine junge Frau aus dem Barkasseninnern hervorkam. Nach kurzem Gruß, nahm er Samantha die beiden Gepäckkoffer und den kleineren Koffer mit dem Foto-Equipment ab, die sie ihm nacheinander hinhielt.

Daraufhin setzte sie über, nahm den Equipment-Koffer wieder an sich und begab sich mit dem einfachen Matrosen der die beiden schweren Koffer trug die Gangway hinauf.

Erstaunt darüber, dass eine Frau an Bord erschien, blickten gleich mehrere Männer an Deck sprachlos in Richtung der Gangway. Und sie benötigten einen ganzen Augenblick dieses Geschehen mit der Fremden und ihren Koffern in Ruhe zu begutachten, bis dann erst einer der Seeleute sie ansprach und es auf den Punkt brachte: *„Mam. Nehmen Sie´s nicht persönlich: Wer sind Sie? Was wollen Sie? Wie lange wollen Sie bleiben?"* Ein weiterer Seemann murrte hinzufügend: *„Frauen an Bord bringen Unglück."*
Samantha blickte ein wenig überrascht über diese Art eines Willkommensgrußes. Doch sie bemerkte, dass der Matrose mit ihren Koffern eine Geste tat, ihm in Richtung Brücke zu folgen. Samantha verstand, grüßte wortlos die Männer an Deck und marschierte dem Matrosen mit den Koffern hinterher.

Auf der Brücke angekommen, bedankte sich Samantha bei dem Matrosen, der mittlerweile die beiden Koffer dort oben abgestellt hatte. Er wies auf ein Crewmitglied - und verließ die Brücke.

Samantha trat auf das zivil gekleidete Crewmitglied zu und gab die Hand: *„Samantha McCancy. Von der Washington Post."* Der etwas untersetzte Mann war arg mit Papierkram beschäftigt und versuchte aufzuklären: *„Benson, mein Name. Hören Sie zu: ich bin der Erste Offizier hier an Bord der Earlston - und unser Captain ist an Land auf der Kapitänssitzung."* Sie blickte ihn an, worauf wollte er hinaus? Er gab die Antwort: *„Es gibt irrsinnig viel zu tun. Und wir haben keine Zeit, dass wir uns auch noch um Sie kümmern. Verstehen Sie?"* Er übergab einige Papiere einem Seemann, bekam dafür aber gleich neue. Er wies hinunter auf's Deck: *„Ich habe Sie sehr wohl von hier oben aus schon beobachtet: ich weiß aber nicht warum Sie hier sind. Ist das mit dem Captain abgesprochen?"* Einige der Crewmitglieder blickten stumm. Samantha bemerkte dies ...und sah ihre Chance: *„Mr. Benson: Sie wollen wissen, ob das soweit abgesprochen wurde? Nun: ich stehe hier. Oder kennen Sie etwa Zivilpersonen, Journalisten, die ohne Genehmigung an Bord eines im Kriegseinsatz befindlichen Schiffes dürfen?"* Sie bemerkte, wie sie über sich hinauswuchs: *„Und mein Job ist es: die Arbeit, das Leben und die Gefahren dieses Geleitzuges zu dokumentieren. Und wenn Sie auf gar keinen Fall möchten, dass ich auf Ihrem Frachter Interviews und Fotos mit Ihnen und den Männern Ihres Schiffes mache - also Dokumente erstelle, die später vielleicht sogar in den Geschichtsbüchern stehen, aus denen Ihre Kinder und Urenkel in der Schule lernen..."*, sie ließ ihre Worte extra wirken. *„...so schicken Sie mich jetzt wieder - ohne Ihren Captain darüber informiert zu haben - von Bord. Und niemals wird irgendjemand Ihrer Nachfahren erfahren, wie und mit welchem Mut Sie sich den Deutschen gegenübergestellt haben."*

Der Erste Offizier der Earlston war sogleich über diesen Vortrag unentschlossen und grübelte. Samantha bemerkte es und nutzte diese Unentschlossenheit, indem sie geschickt journalistisch gespielten Druck `ein wenig von oben herab gesprochen´ aufbaute: *„Auch meine Zeit ist kostbar. - Folglich wär´s nett, wenn Sie mir zwischenzeitlich erlauben die Zeit zu nutzen um mich auf Ihrem Frachter umzusehen. Hier und da Fragen zu stellen. Und ein/zwei Fotografien entstehen zu lassen. So lange, bis der Captain wieder an Bord ist. Dann können Sie ihn immer noch direkt darauf ansprechen."* Der Erste Offizier überlegte: sie hatte ihn komplett übergangen, dies war ihm klar. Doch jetzt von seinem Standpunkt aus noch das Ruder rumwerfen, ging irgendwie nicht: sie hatte derart selbstsicher gesprochen, dass es mit Sicherheit mit dem Captain so vereinbart worden war. Nur, dass er darüber nicht informiert wurde. Er glitt einmal mit der Hand durchs fettige Haar und meinte dann eher genervt: *„Also gut."*

Samantha fiel ein Stein vom Herzen: *„Klasse. Thanks."* Und hielt sich sofort wieder streng in Schach: jetzt bloß nicht noch alles wieder vermasseln. Sogleich war sie in ihrem Element. *„Ähm, haben Sie jemanden der mir das Schiff zeigen kann. Also am besten jemanden, der schon ein oder zwei Geleitzüge mitgefahren ist. Jemand, der mir im Interview Tatsachenberichte schildern kann."* Der Erste Offizier überlegte und entschied: *„Gehen Sie nach vorn auf Bug. Und dort melden Sie sich bei...",* er wandte sich an einen seiner Seemänner. *„...is er überhaupt auf der Bug?"* Der angesprochene Seemann zuckte mit den Schultern: *„Keine Ahnung, Mr. Benson."*

Der Erste Offizier drehte sich wieder zurück zu Samantha:
„Gehen Sie einfach nach vorn zur Bugkanone und fragen nach...", er stockte, da ein weiterer Seemann mit verschiedenen Seekarten auf die Brücke eilte und unterbrach: „*Mr. Benson!"*

Samantha bemerkte, dass sie störend fehl am Platze war und verabschiedete sich: *„Okay, ich gehe schon... ...nach vorn."*

Sie nahm ihre drei Koffer, verließ bepackt die Brücke und wandte sich gut gelaunt an einen der weiteren Seemänner:
„Wenn er vorn auf Bug ist, kann er mir nicht weglaufen. Oder?"
Der Seemann blickte sie wortlos an: welch tolle Aussage von einer Frau an Bord.

Von der Brücke aus beobachteten eine Minute später einige der Seemänner die fremde Frau, wie sie unten auf Deck vollbepackt mit ihren drei Koffern in Richtung Bug tapste.
Sie trauten ihren Augen nicht: wo wollte die Fremde mit den Koffern hin?

Derweil schritt Samantha unten an Bord weiter mit suchendem Blick an die auf Deck positionierten Panzer, Jeeps und Flugzeugteile entlang - hin zu der vorn auf Deck mächtig montierten Bugkanone.

Als sie die gewaltige Kanone endlich erreichte, sprach sie einmal ein vorsichtiges: *„Hallo?"* aus. Doch es kam keine Antwort. *„Ist hier jemand?"*, erkundigte sie sich weiter. Doch erneut kam keine Antwort. Daraufhin setzte sie die Koffer ab und horchte: irgendetwas war zu vernehmen.

Erst nach weiteren Schritten entdeckte sie einen offenstehenden Luken-Deckel - zehn Meter vor der Bugkanone - aus welchem dumpfe, schwere Hammerschläge zu hören waren.

Vorsichtig beugte sie sich über den Luken-Deckel und sprach unbekümmert hinunter: *„Jemand zu Hause?"*

Die Hammerschläge verstummten, stattdessen erwiderte eine kernige Männerstimme: *„Nicht stören! Ich bin..."*
Eigentlich wollte die Stimme weitersprechen, doch irgendetwas spritzte in dieser Sekunde plötzlich hörbar laut irgendwo heraus. Die Stimme schrie ein lautes: *„Nein!"*
Doch es war wohl schon zu spät.
Samantha zuckte: Hatte sie gestört? War sie Schuld?

Woraufhin sich die Stimme wieder meldete, aber deutlich entladen, enttäuscht: *"Danke schön! Alles versaut!"* Samanthas Gesichtszüge entgleisten: sie wusste, mit Sicherheit war sie schuld. Dennoch sprach sie vorsichtig und erneut hinunter: *"Sorry. Aber ich glaube, ich sollte mich bei Ihnen melden."*

Die Stimme aus der Luke stöhnte nur.
Doch dann, nach einer Sekunde, wirkte die Stimme überlegend tuend überrascht: *"Eine Frauenstimme an Bord?"*
Die Stimme blieb ungläubig, um dann zu wiederholen: *"Ist hier etwa eine Frau an Bord?"*

Samantha wusste nicht wie sie darauf reagieren sollte, denn die Stimme schien sie - wie die anderen Männer - ebenso nicht willkommen zu heißen: *"Äh, ich denke schon."*, gab sie zum Besten. Und unmittelbar darauf vernahm sie, wie der schwere Hammer fallen gelassen wurde. Die Stimme blieb im negativen Tonfall: *"Das gibt's doch gar nicht.*

...und nur zwei Sekunden später erschien ein im Gesicht mit Öl und Fett verschmierter Kanonier mit großen blauen Augen in der Luke: *"Das gibt's nicht: Sie sind..."* *"Eine Frau."* unterbrach Samantha. Doch der Kanonier korrigierte: *"Nein. Ja."* Er war noch mehr verwundert: *"Sie sind die vom Zerstörer."*
Erst jetzt erkannte Samantha den völlig Ölverschmierten und bestätigte: *"Richtig."*
Doch sie hielt inne, deutlich glaubte sie seine Abneigung zu spüren. Und nur vorsichtig hauchte sie leise weiter: *"Wir haben uns im Militärhafen von Halifax unterhalten."*

Der Kanonier kam weiter aus der Luke hoch und streifte sein Gesicht und seine öligen Hände in einem Tuch ab: *„Und jetzt auf Island wieder getroffen."* Erst jetzt vernahm Samantha: sein Blick mit den blauen Augen, dass hatte was. Doch gleichzeitig überkam sie ein schlechtes Gewissen: hatte ihre Naivität - immer mit dem Mund voraus durchs Leben zu gehen - auch hier schon wieder alles kaputt gemacht? *„Was ist da unten passiert?",* wollte sie die Situation retten. Er stöhnte, vorwurfsvoll: *„Es gibt Momente, da sollte man nicht abgelenkt werden."* Sie wusste es: es war ihre Naivität. Doch unerwartet glänzten seine Augen auf: *„Es war eine klemmende Öldruckleitung. - Nun ist sie frei."*

Sie wusste nicht, ob diese plötzliche Wandlung echt war oder nicht: denn bisher war ihr so gut wie jeder Seemann auf dieser Reise ungehalten begegnet. - Sie blieb skeptisch.

Doch er reichte ihr seinen kleinen, nur noch etwas öligen Finger zum Gruß. Sie nahm ihn erleichtert mit ihrem kleinen Finger an: *„Samantha McCancy."* Der Kanonier nickte: *„Brian Thomson."* Nun erst erkannte sie, er schien wirklich nicht so abweisend wie die anderen Seemänner zu sein: *„Angenehm.",* lächelte sie. Brian Thomson kam gleich zur Sache: *„Wieso sind Sie überhaupt mit über den Atlantik gefahren? Und was machen Sie jetzt hier an Bord der Earlston?"* Sie hatte diese Frage erwartet: *„Nun, ich bin Redakteurin der Washington Post. Und ich werde die Geschehnisse dieses Geleitzuges dokumentieren."*

Doch überraschend änderte sich Thomsons Blick, ins arge: *„Sie wollen auf diesem Frachter mit nach Russland fahren?"* Seine Gesichtszüge entgleisten noch mehr - und er fand nirgends einen Anreiz ihr dies zu verheimlichen.

Unmissverständlich wurde ihr klar: das war´s. Sie hatte bei ihm verspielt. Hätte sie doch einfach ihren Mund gehalten. Dennoch fuhr sie rasch fort, um restliches irgendwie noch zu retten: „*Also, schriftlich. Und mit meiner Fotokamera.*"

Doch sie bemerkte, die Stimmung ihres Gesprächspartners blieb weiterhin abweisend.

Brian Thomson musterte sie - und begann vor sich hin zu murmeln, die eigentliche Antwort schon im Satz andeutend: *„Und Sie wissen selbstverständlich wie gefährlich das ist."*

Natürlich vernahm sie den angesetzten Unterton - und log: *„Selbstverständlich."*
Doch der erfahrene Seemann schenkte ihr reinen Wein ein: *„Das glaub ich nicht."*
Samantha wollte es - nicht verstehend - nicht wahr haben: *„Wieso nicht?"*

"...weil es dieses Mal eine verdammt gefährliche Reise wird. Meine Herren." Erklärte ein Admiral zur See während der Kapitänssitzung an Land und blickte einen Kapitän und Offizier nach dem anderen an, darunter auch Andrew McCancy. Alle saßen an einem großen ovalen Holztisch, bzw. die jüngeren Offiziere, wie Andrew, standen dahinter.

Der Admiral wies daraufhin mit einem Zeigestock auf einer an der Wand befestigten großen Seekarte, wobei die insgesamt 50-60 Kapitäne und Offiziere aufmerksam diesem Zeigestock folgten, der hier und dort einige Kreuze punktierte, die sie - die Frachterkapitäne und Kapitäne der Kriegsmarine - einzuhalten hatten. Währenddessen erklärte der Flottenchef vorn an der Tafel aufklärend und zugleich warnend weiter: *"Zwar ist PQ17 von allen Geleitzügen der aufwendigste Geleitzug mit der bisher größten Sicherung an Kriegsschiffen, meine Herren: doch dürfte jedem hier im Raum klar sein, warum wir dieses Mal mit einer solchen Kampfkraft den Geleitzug eskortieren."* Er blickte durch die Runde um seine Worte wirken zu lassen - und schaute auf seine Armbanduhr: um leicht überrascht eine Augenbraue zu heben: *"Gentlemen, die Mittagsstunde ist längst verstrichen..."*, er wandte seinen Blick nach draußen hinaus auf den Hafen: *"...und wenn ich die Wetterlage richtig einschätze, so werden wir in wenigen Stunden wieder Nebel über Reykjavik haben. Also lange Rede, kurzer Sinn: Sie alle haben den Befehl erhalten, dass unser Geleitzug noch heute Nachmittag bis 16 Einhundert den Hafen verlassen muss. Doch bevor wir alle unsere Schiffe betreten - und aufgrund der Funkstille, die wir ausnahmslos einhalten werden - meine Herren, lassen Sie mir an dieser Stelle noch das eine sagen:*

Er musterte vertrauenswürdig die Kapitäne und Offiziere: *„Die Deutschen stehen in Norwegen zum Angriff bereit. Ich selbst übernehme mit meinem ersten Kreuzergeschwader Ihre Nahsicherung. Das bedeutet: zwei amerikanische und zwei britische Kreuzer, samt deren Zerstörer-Schirme befinden sich also bis zur Barentssee in Ihrer unmittelbaren Nähe."*
Er wartete eine Sekunde, die Männer lauschten: *„Eine schwere Ferndeckungsgruppe aus britischen und amerikanischen Schlachtschiffen - und weiteren schweren Einheiten - wird in strategisch günstiger Position uns folgen und später hinter uns bei Spitzbergen kreuzen."* Nochmals unterstrich er seine Rede mit einer Pause: *„Sie sind also nicht allein, dort draußen im Eismeer. Gentlemen."* Er unterstrich nochmals seine Worte: *„Auch wenn Sie uns nicht sehen sollten: können Sie sich darauf verlassen, dass wir zur Stelle sind wenn es ernst wird."*

Für eine Sekunde herrschte gespenstische Ruhe, bis ein erster der Kapitäne begann zustimmend auf den Tisch zu klopfen - und die anderen Seemänner mit einstimmten.

Interessiert löcherte Samantha an Deck der Earlston zwischen den seefest verlaschten Panzern und Jeeps ihren Gesprächspartner Brian Thomson, um ihn wieder rumzukriegen, während beide bereits seit längerer Zeit auf einem Panzer saßen, wobei Samantha gekonnt mit Stenographie einige ihrer Notizen vollendete - um daraufhin die nächste sie bereits beschäftigende Frage zu stellen:
„*...und wofür steht dieses PQ?*"

Thomson lehnte sich leicht zurück: „*Ganz einfach: PQ ist die Abkürzung für den in der britischen Admiralität tätigen Commander P.Q. Roberts, der in der Operationsabteilung mit der Vorbereitung dieser arktischen Geleitzüge beauftragt wurde. Da Commander Roberts aber allgemein nur als PQ bekannt ist, sind die Geleitzüge von Island nach Nordrussland mit diesen beiden Codebuchstaben PQ versehen worden. - Die Geleitzüge von Russland zurück nach Island lauten daher QP. Und die Zahl dahinter zeigt an, um den wievielten Geleitzug es sich handelt.*"

Samantha war überrascht, irgendwie schien es, dass sie seine Skepsis - ihrem Vorhaben gegenüber - wieder Boden gut gemacht hatte: „*Dies ist insgesamt schon der 17. Geleitzug von Island nach Nordrussland?*" Thomson nickte: „*Und PQ Nr. 1 verließ Reykjavik erst am 29. September 1941.*" Sie notierte die gesammelten Daten: „*...und...-...Ihre Aufgabe hier an Bord?*" Thomson musterte ihre dunklen sinnlichen Augenbrauen, um dann erst zu antworten: „*Ich bin Marinekanonier.*" Sie hakte weiter nach: „*Seit wann sind Sie an Bord dieses Frachters?*" Brian holte einmal tief Luft und lehnte sich zurück, denn er wusste, dass er dieses Mal weiter ausweitend antworten wollte: „*Nun...-...die Earlston ist 'ne recht neue Lady. Sie fährt das erste Mal mit in einem Geleitzug. Jedoch hat meine Wenigkeit schon einige Geleitzüge hinter sich gebracht.*"

Er hielt inne und sah ihren fragenden Blick: *„Und die Earlston lag deswegen als Engländer in Halifax, weil wir mit einigen Überfahrten dorthin bereits kriegswichtige Ressourcen und Güter nach Nordamerika transportiert haben: Kanada und besonders die USA haben auch nicht alles."* Sie notierte rasch, während er versuchte abzuwägen. *„...is schon länger her, dass ich den Befehl bekam als Marinekanonier innerhalb der Geleitzüge auf den einen oder anderen Frachter nach Russland zu fahren. Und wie Sie sehen, ich seh's locker: aufgrund dessen es keinen militärischen Vorgesetzten für mich an Bord gibt, kleide ich mich sogar zivil."* Samantha sah Geschichten: *„Also können Sie mir von Ereignissen vergangener Geleitzüge berichten."*

Thomson blickte auf den Hafen und schlug den Kragen seines dicken Seemantels hoch: *„Die ersten 12 Geleitzüge erreichten Archangelsk ohne nennenswerte Verluste..."* Er unterbrach, da er sah, dass Samantha ihn fragend anblickte. Sogleich ging er auf sie ein und erklärte: *„Archangelsk ist der einzige eisfreie Hafen, den die Russen da oben im Norden neben Murmansk haben."* Samantha hatte derweil mitgedacht: *„Archangelsk ist klar, doch das mit dem eisfreien Hafen war jetzt neu."* Thomson verstand - und erklärte weiter: *„Nur wenige Frachter gingen bis dahin verloren: denn die Deutsche U-Bootflotte war vollauf im Atlantik beschäftigt. Und die deutsche Luftwaffe hatte bis zu diesem Zeitpunkt noch mehr als genug in Russland, Nordafrika und England zu tun."* Sein Gesichtsausdruck änderte sich: *„Doch seit dem Frühjahr 1942, also erst seit einigen Monaten, hat sich diese anfangs für uns so günstige Situation dramatisch verschlechtert: da die Deutsche Führung auf die Bedeutung unserer Alliierten Hilfslieferungen aufmerksam geworden ist. Außerdem, je mehr sich nun auch noch der Schleier der ewigen Dunkelheit lichtet - der im Winter über dem Nordmeer liegt - desto besser werden die Angriffsmöglichkeiten für die deutschen Sturzkampfbomber."*

Sie rätselte fragend mit der Stirn. Er bemerkte es: *„Nein, es sind nicht die berüchtigten Stukas: deren Reichweite reicht übers Meer gar nicht aus. Aber die von mir gemeinten Langstrecken-Sturzkampfbomber, die Ju 88, sind ebenso gefährlich. Und selbst wenn wir ihnen entgehen sollten, denn die Anzahl ihrer Bomben ist natürlich begrenzt, so ist die Verständigung zu ihren gefürchteten U-Booten, die seit kurzem in großer Zahl von der Deutschen Marine ins Nordmeer verlegt worden sind, bravourös."*

Samantha beendete noch einen handgeschriebenen Satz…
…und zog eine Schlussfolgerung: *„Also sind die Deutschen gut vorbereitet."* Brian ergänzte: *„Ich leg noch einen drauf…"* Leicht verunsichert blickte sie ihn an: was meinte er?

Thomson bemerkte es, wies auf die Kriegsschiffe im Hafen und gab weiter zur Antwort: *„…das was Sie hier sehen, sieht sehr imposant aus. Doch stellt sich die Frage: warum selbst der amerikanische Zerstörer Wainright - mit dem Sie hierher gefahren sind - noch heute ab dem Zeitpunkt unserer Abfahrt mit weiteren Kreuzern, Zerstörern und Korvetten zur Nahsicherung des PQ17 gehören wird? Was glauben Sie, warum noch extra eine Fern-Eskorte mit noch größerer Schlagkraft - ich spreche hier von mehreren Schlachtschiffen - in 35 Seemeilen Entfernung hinter uns herfahren und später hinter uns bei Spitzbergen kreuzen wird?"* Samantha zuckte mit der Schulter: natürlich wusste sie es nicht. Brian hatte es erwartet: *„Weil eine bei weitem noch* größere Bedrohung *erst vor kurzem von der Spionage in Norwegen entdeckt worden ist."* Samantha blickte ihn erneut nichts wissend an: auf was war er hinaus?

Er erklärte es ihr ohne Vorbehalt: *„Die Deutschen haben alle noch verfügbaren schweren Einheiten ihrer Schlachtflotte in die norwegischen Fjorde verlegt. Und sobald die Deutsche Luftaufklärung unseren Geleitzug entdecken sollte - und darin ist sie gut - verlassen diese Einheiten ihre sicheren Fjorde, um im Nordmeer auf uns zu warten. Nur das Sie´s wissen: ich spreche hier von dem, mit einer unglaublichen Feuerkraft ausgestatteten Schlachtschiff `Tirpitz´. Die Tirpitz ist das Schwesterschlachtschiff der Bismarck...und die ganze Welt weiß, was die Bismarck mit dem britischen Nationalstolz dem Schlachtkreuzer Hood angestellt hat."*

Samantha nickte: natürlich wusste auch sie davon.
Die ganze Welt hatte davon erfahren.

Brian musste die Gefahr der Tirpitz nochmals steigern: *„Die Hood war 20 Jahre lang der größte Schlachtkreuzer der Erde...und wurde trotz ihrer mächtigen Panzerung nach nur drei Minuten aus gut 20 Kilometern Entfernung mit einem Direkttreffer in der Munitionskammer versenkt. Von an die 1415 Mann Besatzung, haben nur drei Seelen überlebt."*
Samantha horchte weiterhin sprachlos. *„Und die Tirpitz ist - da später in Dienst gestellt - noch 1.50m länger und noch moderner ausgestattet als die Bismarck."* Samantha überlegte: *„Das bedeutet, es..."* Thomson unterbrach: *„Das bedeutet: zusätzlich zu der Tirpitz, lauern in den zerklüfteten und geschützten Fjorden als Geschwader-Schirm ebenso noch die schweren deutschen Kreuzer `Lützow´ und `Admiral Scheer´, sowie die `Admiral Hipper´ und ein ganzes Dutzend Zerstörer."*

Er hielt inne, betrachtete eine größere leicht schwere Schraubenmutter in seiner noch öligen Hand: *„Allein ein Geschoss der Tirpitz wiegt beinahe eine Tonne."*
Und warf die Schraubenmutter über Bord ins kalte Wasser.

Nachdenklich befanden sich erneut die ganzen Frachter- und Marinekapitäne mit samt ihren Offizieren an Bord gleich mehrerer überdachter Barkassen, während sie wieder zurück zu ihren Schiffen gebracht wurden.

Gespenstisches Schweigen herrschte zwischen all diesen Männern, die genau wussten was auf sie zukommen würde. Woraufhin Andrew, noch in Gedanken versunken, leise von seinem Captain angesprochen wurde: *„Es ist 15:20 Uhr, Mr. McCancy. - In 40 Minuten geht's los. Alles okay?"* Andrew blickte seinen erfahrenen Captain wortlos an und nickte einmal. Der ältere Mann erhob sich und wies auf seinen Zerstörer, an welchen sie gerade längsseits anlegten.

Auch Andrew stand auf, entdeckte jedoch plötzlich auf dem Boden liegend einen Damenhandschuh. Irritiert begab er sich durch die engstehenden Männer im Innern der Barkasse und ergriff mit einer Hand diesen, unter einer Holzbank liegenden Handschuh. Die Männer ringsum beobachteten dies, wussten aber nichts mit dieser Handlung anzufangen.

Es nicht glauben könnend wandte sich Andrew zurückgehend und mit verblüfftem Gesichtsausdruck seinem Captain zu: *„Das darf nicht wahr sein."* Der Captain verließ mit ersten Schritten den Innenraum der Barkasse in Richtung Gangway und hakte nach: *„Was darf nicht wahr sein? Mr. McCancy."*

Andrew gab keine Antwort - sondern wandte sich ab und eilte unverzüglich durch die Ansammlung der Männer…bis nach vorn ins Steuerhäuschen des Barkassenkapitäns - um diesem völlig ungläubig eine Frage zu stellen: *„War hier eine Frau an Bord?"* Überrascht blickte der bärtige Barkassenkapitän den fremden Offizier an: *„Guten Tag, Sir. Was war bitte Ihre Frage?"*

Andrew hielt den Damenhandschuh hoch: *"Als Sie heute Morgen uns Offiziere und Kapitäne aufgrund der Kapitänssitzung zu den Hafenanlagen gefahren haben, ist dort später eine Frau mit ausgestiegen?"* Der Barkassenkapitän mühte sich um Erinnerung: *"Sir, eine Frau ist dort nicht mit ausgestiegen."* Andrew blickte irritiert auf den ledernen Damenhandschuh. *"Jedoch: kaum habe ich von der Kaimauer abgedreht, überraschte mich tatsächlich eine Frau - eine Journalistin, Sir. Die noch unten im Innenraum gesessen haben muss...mit der Bitte: ich möge sie zu einem der Frachter bringen."*

Sofort eilte Andrew ein weiteres Mal durch die anwesenden Kapitäne und Offiziere...zurück zur Gangway...und sprach geschockt seinem Captain, der bereits die Gangway hinaufging, hinterher: *"Captain! Samantha war hier an Bord der Barkasse! Sie hatte sich irgendwo im Innenraum versteckt!"* Der alte Offizier befand sich bereits hoch oben am Ende der Gangway, drehte sich überrascht um und blickte gute acht Meter hinunter. *"...und sie hat sich auf die Earlston bringen lassen, Sir!"* Ergänzte Andrew bitter - und wies auf einen Frachter in 150m Entfernung, den ihn wohl der Barkassenkapitän gezeigt haben musste.

Der Captain schaute auf seine Uhr, währenddessen ihn sein Erster Offizier bereits ersuchte: *"Captain! Sir! Ich fahre mit der Barkasse hin zur Earlston und hole sie!"* Der Captain machte ihn jedoch sofort auf den Zeitdruck aufmerksam: *"Mr. McCancy:...-...es sind nur noch gute 38 Minuten."* Andrew blieb seinem Vorhaben treu: *"Sir. Ich hole sie dort von Bord: und in 20 Minuten sind wir hier auf der Wainright. Ich entschuldige mich für das Verhalten von Samantha: doch sie ist meine Frau, Sir."* Er untermauerte nochmals: *"Mit Ihrer Erlaubnis, hole ich sie!"*

Der Captain überlegte - und konnte bereits von dort oben aus beobachteten, wie zeitgleich im Hafen schon längste ein jeder Frachter und ein jedes Kriegsschiff damit begonnen hatte, deren vorgeheizte Kessel zum gegenwärtigen Zeitpunkt weiter anzufeuern: deutlich qualmten die Schornsteine in Warteposition vor sich hin.
Und auch ein Blick über seinen Zerstörer zeigte ihm, dass an Deck alles seeklar gemacht wurde.

Er haderte nochmals für einen Atemzug - um dann jedoch deutlich wissen zu lassen: *„Sie haben mein okay, Mr. McCancy. Doch mein Zerstörer wird nicht auf Sie warten. Merken Sie sich das."* Andrew vernahm diesen Satz - und achtete weiter auf die warnenden Worte seines Captains: *„Und läuft mein Zerstörer ohne Sie aus, so wird dies erhebliche Konsequenzen mit sich ziehen. - Das wissen Sie."*

Andrew nickte: natürlich war er sich der Disziplinarstrafen bewusst. Der Captain warnte nochmals: *„Sie sind ein guter Mann. Doch ich werde Sie vors Kriegsgericht stellen - müssen."* Andrew hatte verstanden: *„Jawohl, Sir!"*

Sofort löste er die Leine der Gangway und gab dem Barkassenkapitän - der vorn aus dem geöffneten Steuerhäuschen die Konversation mit verfolgt hatte - das Zeichen zur Abfahrt.

Überrascht sprach einer der Seemänner - es war der schwergewichtige farbige Ted - den immer noch auf der Brücke der Earlston arbeitenden Ersten Offizier Benson an, während Ted beobachtete, wie ihr Captain gerade deren Frachter mit einem *fremden* Marineoffizier betrat: „*Mr. Benson! Captain Stenwick kommt wieder an Bord...und bringt einen Marineoffizier mit.*" Benson blickte hinunter zur Gangway, beobachtete dies und verließ die Brücke: „*Was soll das denn?*"

Zu dritt schritten Benson, der alte Captain der Earlston und Andrew McCancy Augenblicke später suchend an Deck des Frachters durch die fest verlaschten Panzer und Jeeps, während Benson noch erklärte: „*...nun, Mr. McCancy.*" Benson blickte ebenso seinen Captain an, um weiter zu erklären: „*...hier habe ich Ihre Frau und unseren Marinekanonier vor zehn Minuten noch gesehen.*" Andrew wusste, dass die Zeit drängte und rief: „*Samantha!*", woraufhin er einige Schritte später ihre drei Koffer zwischen den Panzern entdeckte: „*Samanthas Koffer.*", erklärte er. Der alte Captain holte seine Taschenuhr hervor, blickte darauf und wusste ebenso um die Zeitnot. Dann blickte er mit seiner Erfahrung über den Hafen, denn es kam Nebel auf: „*Benson. Suchen Sie weiter mit Mr. McCancy nach seiner Frau.*" Er wandte sich unmissverständlich an den Marineoffizier der Wainright: „*Sir.*", er wies auf den Hafen ringsum. „*Wie Sie sehen, hat jedes Schiff und jeder Frachter bereits längst vorgeheizt. Mein Job und ein Befehl, den ebenfalls auch Sie kennen, verlangen von mir, dass ich unverzüglich diesen Frachter zur pünktlichen Abfahrt seeklar mache.*" Der Captain ging einen Schritt in Richtung Brücke und blickte entschlossen: „*Beeilen Sie sich. Ansonsten kann und werde ich keine Rücksicht auf Sie nehmen...-...und die Reise nach Archangelsk werden Sie auf diesem Frachter miterleben.*"

Teilweise kletternd bewegten sich Brian Thomson und Samantha im Frachtraum der Earlston unter Deck durch die Ansammlung der Kriegsgüter.

Enge Lichtsäulen brachen in regelmäßigen, schwachen Abständen durch Löcher und Spalte der Frachtluken - und beleuchteten die riesigen Frachträume somit punktuell.
Wobei Brian Thomson auf einen Flugzeugrumpf eines Jägers kletterte und zum Erstaunen von Samantha ihr seine Hand hinhielt... - ...um sie daraufhin hochzuziehen.
Überrascht nahm sie neben ihm Platz und beobachtete, wie er einen Bleistift hervorzauberte, um auf dem Rumpf des Jägers etwas zu schreiben und zu erklären: *„Tja. Und unsere Earlston - als Beispiel - ist im Geleitzugplan wie folgt angeordnet: 2/2 - Earlston - 10 / GB / 89 - 7.5", - 2B, - 3 MGs - 20 cm Flak."*

Er blickte sie an und wusste, sie hatte kein Wort verstanden: *„Das bedeutet: als zweites Schiff, in der zweiten Kolonne des Geleitzuges fährt unsere Earlston. - Höchstgeschwindigkeit: 10 Knoten - Britannien - Höhe der Mastspitze: 89 Fuß - bewaffnet mit einer 7,5-Zoll Kanone vorn auf Bug, zwei Browling-Maschinengewehren (schwer), drei leichten Maschinengewehren und einer 20cm Flak auf Heck."*

Erleichtert bemerkte Samantha, dass sie sein Vertrauen mittlerweile komplett zurück erobert hatte, während sie - noch immer erstaunt über all diese Mengen an Kriegsgüter - ihren Block erneut hervorholte und auf all das wies was sie sah: *„Und jedes Schiff ist mit Kriegsgütern aller Art so randvoll gepackt wie die Earlston?"* Brian Thomson nickte und erklärte weiter: *„Ja. Und jede der Kolonnen des Geleitzuges muss 550m Abstand halten. Wobei die Frachter innerhalb ihrer Kolonne darauf achten müssen, dass jeweils 350m Abstand zwischen ihnen und ihrem Vordermann herrschen."*

Samantha blickte ihn an.

Er schmunzelte: *„Für Sie als Landratte mögen diese Abstände von Frachter zu Frachter groß erscheinen. Doch können wir nicht enger zusammenfahren, da unsere Pötte keine Bremsen haben. Ansonsten sind Zusammenstöße vorprogrammiert."*

Gebannt kletterte der Erste Offizier Benson vorn auf Bug aus der Luke wieder heraus - und er war nicht gut gelaunt, denn seine Hände waren mit Öl verschmiert: *"Nichts. Sir."* Brummte er und wischte sich die Hände in einem Tuch ab, um für sich weiter zu murren: *"...beauftragen Sie niemals einen Marinekanonier Öldruckleitungen instand zu setzen."*

Der Marineoffizier McCancy verstand - und verschloss an der Bugkanone stehend frierend und unter Druck stehend seine dicke Seemannsjacke der US-Marine.

Dann blickte er hinüber zu seinem Schiff, der Wainright, welches - sowie die anderen Schiffe - langsam teils von ersten Nebelschleiern verschlungen wurde. Aufgebracht zog er seine Armbanduhr hervor: es war 15:51 Uhr: *"Shit, dass darf nicht wahr sein."*, fauchte er. Der Erste Offizier Benson kam beruhigend auf McCancy zu: *"Mr. McCancy: wir kontrollieren die Mannschaftskajüten, die Kombüse, ...wir kontrollieren alles bis ins Heizerdeck."* Er tat eine Geste weiterzugehen: *"Wir werden sie finden."*

Im vollbepackten Frachtraum der Earlston erklärte Brian Thomson - der sich stehend an eine Flak gelehnt hatte - weiterhin alle wissenswerten Dinge, von denen er annahm, dass sie ggf. für die Recherchen von Samantha von Wichtigkeit sein könnten: *„Na ja: und herrscht Nebel, so befindet sich an Bord eines jeden Frachters und Kriegsschiffes eine mannsgroße Nebelboje, welche im Nebel an Heck befestigt und im Wasser hinterher gezogen wird."*

Samantha, die nach wie vor noch auf dem Flugzeugrumpf des Jägers saß, vollendete schreibend einen Satz und blickte ihn an. Er fuhr weiter fort: *„Und an dem durch die Nebelboje aufgewühlten Wasser kann sich der Rudergänger des nachfolgenden Schiffes noch orientieren, wenn der Vordermann bereits im Nebel verschwunden ist."* Samantha dachte nach: *„Und ab dem Augenblick, wo der Geleitzug den Hafen hier verlässt, herrscht absolute Funkstille."* Thomson konnte nur bestätigen: *„Richtig. Und bevor ich es vergesse, uns begleiten übrigens noch zwei britische U-Boote, die natürlich nur dann in Aktion treten wenn der Feind mit seinen Schiffen aufkreuzt."*

Im Heizer-Raum drehten sich die vom Ruß verschmierten Männer an den Öfen irritiert um und blickten verwundert zu diesem fremden Marineoffizier der soeben laut *Samantha!* gerufen hatte.

Währenddessen beendete Benson die Suche im Heizer-Raum: *„Mr. McCancy, die Zeit drängt. Bitte kommen Sie hier entlang. Wir versuchen es weiter oben in der Kombüse."*
Und während beide Männer das Heizer-Deck verließen und die ersten Stufen auf der Treppe hinauf zur nächsten Ebene betraten, vernahmen sie laut und deutlich, wie irgendwo hinter ihnen in einem anderen Raum mächtig und dumpf die Schiffsmaschine ansprang.
Sofort riss Andrew seine Armbanduhr hoch: *„Es ist 16:00 Uhr!"*

Auch Brian Thomson und Samantha bemerkten im Frachtraum unter Deck das dumpfe, grölende Anlassen der Dampfmaschine. Mit großen Augen blickten sich beide an.
Unmittelbar darauf zog er seine Uhr hervor: *„Es ist 16:00 Uhr!"*

Erschrocken eilte er auf Samantha zu und streckte ihr seine Arme entgegen: sie sollte vom Flugzeugrumpf des Jägers in seine Arme gleiten, was sie auch tat: *„Und Sie sind noch an Bord!"* Gekonnt setzte er sie vor sich ab und erklärte: *„Es ist unmöglich, dass Sie jetzt noch eine Barkasse bekommen die Sie zur Wainright bringt!"*

Er unterbrach, denn es war nicht zu überhören, wie irgendwo - aus Richtung des Bugs - die Ankerkette laut, dumpf, knarrend und mächtig hochgezogen wurde. Samantha war dies jedoch recht, es entsprach genau ihrem Wunsch und sie machte auch kein großes Geheimnis daraus: *„...ups."*

Er war sogleich irritiert, durchschaute sie aber: *„Das darf nicht Ihr Ernst sein: Sie wollen auf diesem Frachter mit nach Russland fahren."* Samantha war sich keiner Gefahr bewusst und nickte nett.
Er hingegen konnte es nicht fassen: *„Lady, Sie sind..."*

„Verrückt!", explodierte der Marineoffizier Andrew McCancy in der Kombüse der Earlston und wandte sich an den Ersten Offizier Benson, um das Ausgesprochene nochmals zu wiederholen. *„Diese Frau ist verrückt!"*

Erschrocken verharrte der in der Schiffsküche mit anwesende ältere japanische Koch am Herd - und beobachtete Benson, wie dieser versuchte zu schlichten: *„Sir. Bitte beruhigen Sie sich. Bewahren Sie Ruhe."*

Entnervt blickte Andrew den Ersten Offizier an, der weiter auf ihn einredete: *„Wir gehen jetzt auf die Brücke und teilen der Wainright mit, dass Sie Ihre Frau nicht gefunden haben. Das Sie Sir, hier an Bord der Earlston bleiben. Und..."* *„Das sie mich nach dieser Mission vor ein Kriegsgericht stellen dürfen."*, unterbrach Andrew weitersprechend…seiner Zukunft beraubt.

Es nicht glauben könnend eilte Brian Thomson mit Samantha derweil aus dem Frachtraum hinaufkommend an Deck...
...und stellte mit einem Blick - auf den mit Nebelschleiern umhüllten Hafen - fest: sie hatten bereits langsame Fahrt aufgenommen!

Enttäuscht blickte er Samantha an und wies stumm und richtig sauer mit der Hand in Richtung Brücke.

Sie wagte nicht ein einziges Wort mehr auszusprechen:
- seine Augen.
- sein Blick.
- tödlich.

Sie wagte und sagte gar nichts mehr:
- alles hatte sie bei ihm verspielt.
- alles.
- sie wusste es.

Geübte Befehle hallten über die Brücke. Ein jeder wusste was zu tun war. - Doch dann unterbrach diese mechanische Arbeit, da unangemeldet Brian von außen, über eine - der an beiden Seiten der Brücke außen angebrachten Treppen, hinauf zu den auf beiden Seiten angebrachten Brücken-Nocks - in der Brückentür erschien.

Wie angewurzelt standen die Mitglieder der Brückencrew an ihren Arbeitsplätzen und beobachteten die Situation.

Dann trat Thomson mit unsicherem Blick von der Backbord Brücken-Nock durch die Tür einen ersten Schritt auf die Brücke und machte gehorsam aus einigen Metern Entfernung Meldung: *„Captain Stenwick. Sir. - Ich, äh,... "* Die Blicke der anwesenden Seemänner irritierten ihn: anscheinend wusste ein jeder hier oben Bescheid. Folglich, um es kurz zu machen, trat er einen Schritt zurück und holte Samantha hervor: *„Wir haben einen blinden Passagier an Bord. Sir. "*
Der Captain reagierte dementsprechend sauer: *„Ich weiß, Mr. Thomson! Und können Sie sich vorstellen, dass wir damit seit wenigen Augenblicken ein riesiges Problem an Bord haben? Können Sie sich vorstellen, dass wir diese Frau gesucht haben?"* Der Captain wies streng auf die schräg neben ihnen ebenfalls aus dem Hafen laufende Wainright: *„Können Sie sich vorstellen, welche enormen Konsequenzen es mit sich zieht und wie ich es der Wainright erklären soll, das a) eine Journalistin von der Wainright, die nichts auf diesem Frachter zu suchen hat, dennoch hier an Bord ist? Und nun auch noch mit uns diese gefährliche Reise nach Archangelsk machen muss. Und b)... "*

„Ich es nicht geschafft habe, mein Ehrenwort zu halten. "

Alle Anwesenden blickten zur Steuerbord Brücken-Nock, durch dessen Tür Andrew McCancy dort von der anderen Seite der Brücke von außen eintrat.

Alle blickten auf ihn, besonders Samantha: sie traute ihren Augen nicht: „*...Andrew!*" Andrew war bis aufs Äußerste enttäuscht und, in seinen Augen, erniedrigt - und sprach langsam weiter auf die Brücke gehend gnadenlos zu Samantha: „*Mein Ehrenwort, welches ich meinem Captain gab, dass ich pünktlich mit dir Sam, wieder an Bord der Wainright erscheine.*" Sein Blick durchbohrte Samantha. Sie sah sogleich einen Fehler, ihren Fehler ein: „*Andrew.*" Ein derartiges Ausmaß ihrer angesetzten Aktion, des eigenmächtigen Übersetzens von Schiff zu Schiff hätte sie sich nie erdacht. Doch Andrew reagierte wie versteinert nicht auf Samantha, sondern trat überraschend auf den Captain zu: „*Sir. Erlauben Sie mir, mit Ihrem Signalmaat übers Flaggenalphabet mit der Wainright Kontakt aufzunehmen, um meinem Captain die Sachlage hier auf der Earlston zu erklären: er wartet auf eine Nachricht von mir.*"

Der alte Captain stimmte dem zu und wandte sich, nicht gut gelaunt, an seinen Ersten Offizier: „*Benson. Haben wir überhaupt noch Platz für unsere beiden Fahrgäste?*" Benson musste eine ganze Sekunde lang überlegen und war sich nicht sicher: „*Sir. Ich weiß es nicht.*"

Der Alte kraulte durch seinen weißgrauen Bart, wandte sich seinem Rudergänger zu - und blickte auf die mit leichten Nebelschleiern eingebundene Hafenausfahrt, sprach aber weiter zu Benson: „*Okay, Benson. Dann sehen Sie zu, dass Sie mit Ted noch irgendwo zwei Kabinen aufräumen.*" Erst jetzt wandte er sich in dritter Form an Samantha: „*Und Benson: sehen Sie zu, dass die Lady in spätestens 45 Minuten vor meiner Kabine steht.*" Samantha blickte Benson an, während der Alte erst jetzt seinen Blick zu Samantha schweifen ließ: „*Sobald wir auf offenem Gewässer sind und unsere Position im Geleitzug eingenommen haben, werden wir uns unterhalten, Lady.*"

- - -

In Gedanken versunken blickte Brian Thomson am nächsten Morgen achtern an Deck zurück auf die hinter der Earlston, ringsum in Abständen fahrenden zwei bis drei Dutzend Frachter, die er mit einem Blick bei jetzt klarer See erkennen konnte.

Soweit das Auge reichte war es ein anmutender und imposanter Anblick des Geleitzuges, mit den um die Frachter rundum schützend laufenden Kriegsschiffen. Und es verging ein längerer Augenblick der Stille den er genoss, nur unterbrochen vom unbändig, kräftig, rhythmischen Brechen der Schraube im Wasser, bis er sich wieder seiner Arbeit widmete. Und kaum kontrollierte er sich hinkniend das lange, armdicke Seil der mannsgroßen Nebelboje, welches er hier achtern ordnungsgemäß neben dem 20cm Heck-Geschütz aufrollen wollte, …da wurde er vorsichtig, gar unsicher sprechend unterbrochen:
„Guten Morgen."

Thomson blickte zurück…und sah Samantha.
Sie stand 10m entfernt und wusste nicht, ob sie weiter auf ihn zutreten durfte oder nicht. Doch aufgrund seines wortlosen Blickes - der natürlich nicht einladend war - wusste sie dennoch, er würde es erlauben. Gleichwohl aber blieb sie stehen: sie wollte wenigstens irgendeine Regung seinerseits. Er bemerkte dies…und ließ daraufhin ein recht unmotiviertes:
„…hi.", über die Lippen gehen.

Das war in etwa die Regung, die sie sehen wollte.

Folglich trat sie langsam eine drei Stufen Metalltreppe zu ihm hinauf - denn das Heck der Earlston kam als etwas höher gelegenes Podest daher - und kam auf ihn zu, wobei sie natürlich darüber haderte, wie schwierig es werden würde die richtigen, erklärenden Worte ihm gegenüber zu finden. Vorsichtig und zögernd brachte sie ihren Mut zusammen. - Sie wusste, sie musste beginnen: „*...nun...ich...*", sie stockte: „*...ich glaube, ich habe mich bei Ihnen zu entschuldigen.*"

Sie glaubte, sich bei ihm entschuldigen zu müssen?
Er glaubte nicht richtig zu hören:
eine Entschuldigung war das Mindeste was kommen musste.
Angesäuert blieb er weiterhin wortlos in kniender Position:
was würde als nächstes folgen?

Sie bemerkte wie er sie auflaufen ließ: aber es war sein gutes Recht. Folge dessen bemerkte sie, wie arg und schwer sie sich mühte den nächsten erklärenden Satz auszusprechen. Sie wusste: sie tat am besten damit mit der Wahrheit - und nichts als die Wahrheit - diese ganze Situation anzugehen.
„Denn... also ich habe dem Captain gestern in seiner Kabine ausführlich alles erklärt. Auch, dass - und wie ich - Mr. Benson gegenüber vorgegaukelt habe, als sei alles Seitens der Washington Post mit der Seekriegsleitung abgesprochen gewesen. Und das euer Captain diesbezüglich informiert gewesen sei." Sie unterbrach, um zu sehen ob es seinerseits Einspruch gab: doch es kam nichts.

Demzufolge fand sie weiteren Mut: *„Und es war von vorn herein für mich klar, mindestens bis 16:00 Uhr an Bord zu bleiben."* Er horchte aufmerksam: was würde jetzt kommen?

„Eben solange an Bord zu bleiben, bis sich der Geleitzug in Bewegung setzt. Und so musste ich nur einen dummen Grund finden die Zeit zu überbrücken und..." „Dieser Dumme, Grund war ich. Stimmt's?" Sogleich sah sie einen erneuten Fehler ihrerseits: wie dumm war *sie* überhaupt?!
Sie wollte dies so auf gar keinen Fall stehen lassen und versuchte zu berichtigen: *„Nein, so war es nicht gemeint. Sie müssen verstehen, dass ich..."* Doch er unterbrach erneut und ernst blickend: *„Übrigens, mein Name ist Brian. Lassen wir das mit diesem überflüssigen Sie."* Samantha blickte ihn wortlos an, während er einige Handgriffe an dem Seil vollendete - und ihr enttäuscht weiter wissen ließ: *„War ja auch überlegt eingefädelt von dir: man stelle einfach geschickte Fragen - und der kleine Marinekanonier an Bord fühlt sich groß und erzählt alles. Und damit er noch mehr erzählen kann, zeigt er ihr das halbe Schiff...und keiner wird die Journalistin finden."* Sie senkte den Blick: er hatte sie ertappt.

Weiterhin fühlte sie sich ihm gegenüber gehörig schuldig. Und sie musste einen ganzen Atemzug vergehen lassen, denn ihr schlechtes Gewissen hämmerte ordentlich in ihr. Dann trat sie vorsichtig noch näher: *„Es tut mir leid.",* sie zögerte, um zu ergänzen: *„...Brian."* Er unterbrach erneut seine Arbeit, erhob sich und blickte weiterhin enttäuscht in ihre dunklen Augen, denen er das Geschehene niemals zugetraut hätte. Verunsichert hielt sie dem Blick stand...
...und teilte ihm nach einer Sekunde mit: *„...Samantha."*

Er sagte kein Wort, sondern beugte sich nur wieder hinunter zu seinen Bemühungen, für klar Schiff zu sorgen.

Sie beobachtete ihn und seine Tätigkeit einen Augenblick lang - und blieb ebenso wortlos.

Dann fand sie erneuten Mut, um etwas Bestimmtes weiter zu erklären: *„Weißt du, Brian: in meinem Job lernt man es sehr schnell, den Leuten mit einigen Fragen Honig um den Mund zu schmieren - oder selbstsicher Fremden gegenüber, wie bei Benson, aufzutreten, um genau das zu erreichen was man möchte."*

Er schaute sie an. Und sie bemerkte umgehend, dass er das von ihr gerade ausgesprochene falsch interpretieren könnte: *„Aber bitte glaube mir, bei dir war es was anderes."*

Brian musterte weiterhin ihr makelloses Gesicht, so wie ihre perfekte Figur: und er war sich uneins - war sie echt? Oder spekulierte sie darauf, dass sie mit ihrem Aussehen stets alle und jeden blenden und hinters Licht führen konnte?

Und genau dies bemerkte sie - und versuchte eilends wirklich und ehrlich und einfühlsam genau diese seine Gedanken zu widerlegen: *„Ich wollte nicht nur einfach Zeit gewinnen. Ich habe dich nicht nur als Mittel zum Zweck gesehen hier länger an Bord zu bleiben."* Sie überlegte und unterstrich: *„Bitte verstehe, ich habe einiges an Menschenkenntnis: und ich sehe, wer ehrlich ist und wer es nicht ist."* Er erledigte weiter seine Arbeit: *„Brian, du scheinst ein ehrlicher und aufrechter Mensch zu sein."* Er blickte sie erneut an und erhob sich, wobei sie weiter erklärte: *„Und ich habe es deinem Captain gestern Abend erklärt: du hast mit dieser Sache, dass ich jetzt hier an Bord bin nichts zu tun."* Auch sie musterte nun ihn, seine blauen Augen - und sprach weiter: *„Ja, ich habe ihm gesagt, wie ich dich mit meinen Fragen von der einen Seite des Schiffes zur anderen gescheucht habe, um Zeit zu gewinnen..."* Er schaute enttäuscht: es tat weh dies zu hören. Doch er blieb ruhig, denn sie war ja dabei alles auf den Tisch zu legen.

Sie bemerkte auch dies und erklärte einfühlsam weiter:
"...doch dir sage ich es hiermit ein zweites Mal: du scheinst ein ehrlicher und aufrechter Mensch zu sein. Und das war der eigentliche Grund, warum ich mich selber so sehr in unser Gespräch vertieft hatte."

Brian ließ die Arbeit ruhen und atmete durch, denn er hatte zwischenzeitlich überlegt. Überraschend - und für sie, für diesen Moment unverständlich - entgegnete er mit einer Frage: *"Hast du eigentlich Angst?"*

Samantha missverstand diese Frage in ihrem Unwissen: *"Ich habe keine Angst aufgrund dessen was noch auf mich zukommen mag."* Sie glaubte mutig sein zu müssen. Doch Brian durchschaute sie und blickte hinaus aufs eisige Nordmeer...wobei er einmal mit seinem Kopf verneinte: *"Sie hat keine Ahnung."* Samantha war sichtlich irritiert: *"Was meinst du? Du meinst einen möglichen Anpfiff meiner Redaktion oder des Captains von der Wainright, wenn wir in Russland ankommen. Oder?"* Brian blickte wieder zu ihr und kam ihr etwas näher. Er wurde sehr leise und versuchte wohlwissend aber dennoch verständnisvoll zu erklären: *"Samantha. Du hast anscheinend nicht den blassesten Schimmer einer Ahnung was da draußen auf uns wartet."*

Sie blickte ihn wortlos irritiert an: was sollte diese Aussage? *"Bitte sei nicht böse, auf meine Art direkt einem Menschen etwas zu sagen: doch du kannst auch keine Ahnung haben, denn du hast es noch nicht erlebt."* Samantha bemerkte, er meinte es ernst. Folglich wollte sie es wissen: *"...was?"*

Brian ließ sich Zeit - um es ihr dann knallhart gegenüber auszusprechen: *"Wie es ist durch die Hölle zu gehen."*

Für einen Augenblick herrschte Stille.

Er wandte sich wieder ab und arbeitete weiter, während er ihr noch mitteilte: *„Aus diesem Grunde werde ich dir auch nicht, wie du es gestern euphorisch angedeutet hast, journalistisch wertvoll und mit blühenden Augen Storys von ruhmreichen Gefechten erzählen, die ich überlebt habe. Niemals."*

Erneute Stille beflügelte diese Aussage nachhaltig, denn Samantha fühlte sich angegriffen. - Ihre Gedanken rasten. Tief abgekehrt in geistiger Abwesenheit blickte sie ihn an, überlegte, sah ihre Fehler, wandte sich ab und wollte gehen: denn Brians Worte taten richtig weh. Was sie ja auch sollten.

Doch Brian ließ Samantha in der Bewegung verharren, denn er startete einen letzten Versuch ihr etwas klar zu machen: *„Samantha."* Sie blickte zurück, während Brian sich auf die Reling setzte und sich am Fahnenstock mit der englischen Flagge festhielt: *„Hat sich überhaupt jemand mal Zeit genommen, dir einiges zu erklären?"*

Samantha drehte sich weiter zu ihm um: *„Nein, Brian."* Sie war beeindruckt, er schaffte es mit je nur einer Frage immer genau auf den Punkt zu kommen. Ihre Hände verschwanden in ihren Hosentaschen: *„Mein Boss sagte mir nur: Sam, du fährst bei einem Geleitzug mit. Mach ein paar Interviews, schieß einige Fotos und zieh dich warm an: es geht nach Russland."* Brian verstand: es war klar, dass nichtwissende Personen, Samanthas Boss, Nichtwissende, nämlich Samantha, genau in dieser Art und Weise bezüglich eines Auftrages ansprechen würden, den sie dann erledigen sollten.

Er gab ihr die Antwort auf seine Art: *"Samantha..."* Brian griff nach einem Fernglas und reichte es ihr herüber: *"...erinnere dich an das, was ich dir gestern über die Machtverhältnisse der Deutschen gegenüber uns erklärt habe."* Sie nickte. *"Okay. Betrachte das Schiff dort drüben durchs Fernglas."* Etwas ungewohnt blickte sie durch das Fernglas...-...und entzifferte kurz darauf einen Namen: *"Es...es ist die Zamalek."* Brian stellte sich zu ihr und erklärte mit ruhiger Stimme: *"Es ist ein Rettungsschiff."* Sie blickte ihn fragend an. Doch er gab mit einer Geste zu verstehen, sie möge weiter auf See blicken, während er fortgehend erklärte: *"Die Menschenverluste bei den letzten Geleitzügen sind so dramatisch angestiegen, dass die Admiralität bereits seit einigen Monaten bei jedem Geleitzug einen kleinen Passagierdampfer mit Operationsraum und kompletter Krankenstation mitschickt, dessen einzige Aufgabe es ist: Überlebende aus dem eisigen Nordmeer zu bergen. Nur: das weiß die Öffentlichkeit nicht."* Samantha blickte weiter durchs Fernglas und bemerkte etwas: *"Aber warum ist es nicht mit einem riesigen Roten Kreuz versehen?"* Brian musste sarkastisch aber ernst erklären: *"Nun, weil man die Aufmerksamkeit der Deutschen nicht auf dieses Schiff lenken möchte, es würde sonst mit als erstes versenkt werden."* Samantha nahm das Fernglas fassungslos herunter. Brian erläuterte jedoch: *"Ja, guck nicht so. Die englischen Jagdflugzeuge schießen ebenso die deutschen Seenotflugzeuge ab...-...das nennt sich Krieg."* Sie setzte das Glas wieder an ...und er wendete mit seiner Hand ihren Kopf, jedoch nach Backbord, sie sollte ein zweites Rettungsschiff ausmachen. Woraufhin er nach einigen Sekunden ihren Kopf gefühlvoll noch weiter nach Backbord drehte - und ihr somit ein noch weiteres, stampfendes, ganz bestimmtes Schiff zeigte: *"Und PQ17 wird gleich von <u>drei</u> <u>Rettungsschiffen</u> begleitet."*

Sie setzte das Fernglas ab und blickte irritiert. Er ging in seiner Art darauf ein: *„Deutlicher kann die Admiralität uns nicht zeigen, mit welchen Verlusten sie dieses Mal rechnet."* Beide blickten sich an, wobei er unangemeldet sehr ernst weiter sprach: *„Und du - bist hier - auf diesem Frachter."* Samanthas Gesichtszüge entgleisten: ein weiteres Mal hatte er es mit nur einem Satz geschafft, ihr die Beine schwanken zu lassen.

Nochmals herrschte Stille. Nur ihre Blicke trafen sich.

Brian blickte derweil erneut auf den gigantischen Geleitzug, der nach wie vor sein imposantes Erscheinungsbild zu Tage trug...
...und überlegte: er war sichtlich mit seinen Gedanken beschäftigt und ließ Samantha einfach stehen. Sie bemerkte es, kam einen Schritt auf ihn zu und wollte mit scharfem Verstand journalistisch professionell...aber doch eher persönlich ängstlich wissen: *„Da ist noch was. Oder?"* Brian blickte weiterhin auf die See: *„Weißt du, Samantha...",* er zögerte.
„...als der Zerstörer Wainright im Hafen von Halifax noch längsseits unserer Earlston lag, hörte ich durch Zufall etwas von zwei Offizieren auf der Wainright, während beide direkt an mir vorbeigingen, mich aber nicht bemerkten, da ich zwischen zwei Panzern saß, um diese an Deck der Earlston zu verlaschen." Samantha wurde sehr aufmerksam: denn dieser nun angeschlagene Ton verhieß nichts Gutes.
„Und das was ich hörte, ist genau der Grund, dass gewisse Leute sehr enttäuscht...-...nein, richtig sauer darüber sind, dass du, die Journalistin, dummerweise jetzt auch noch auf diesem Frachter mitfährst...und nicht mehr auf dem Kriegsschiff Wainright." Samantha verstand es natürlich nicht: *„Was meinst du?"*

Er drehte sich zu ihr, kam ihr sehr nahe und verwirrte sie mit seinen nun extra leisen Worten: *„Die Väter und Mütter stehen am Pier und warten voller Ungeduld: wird unser Sohn, der im Glauben für das Land, für die Sache, ehrenhaft gekämpft hat...-...wird er wieder nach Hause kommen?"* Sie verstand seine Worte nicht. Er bemerkte es und verwirrte sie mit Absicht nochmals, wobei es doch gleichzeitig ein weiterer Wink war: *„Krieg: war und ist eine schmutzige Angelegenheit."*

Sie schaute ihn überlegend an: auf was wollte er hinaus? *„Was meinst du?"*, hakte sie nach.
Doch Brian griff weich nach dem Lederband des Fernglases, um ihr in einem ersten Gedanken ganz leise zuzuflüstern: *„Ich weiß nicht, ob ich es dir bereits jetzt anvertrauen kann."* Er hielt inne - und nannte sie plötzlich: *„...Sam."*

Wobei er erst jetzt behutsam das Lederband über ihren Kopf hob. Genau in dieser Sekunde aber - hier achtern an Deck - erschien Andrew und sah, wie nahe sich die beiden standen: *„S a m !"*

Erschrocken blickte sie sich um: *„Andrew!"* Andrew McCancy stürmte sauer auf beide zu und fauchte Brian zeitgleich an: *„Was machen Sie mit meiner Frau?"* Brian war überrascht: Samantha war verheiratet? *„Hat Ihnen das Versteckspiel gestern nicht gereicht? - Wollen Sie Ärger? Marinekanonier?"*

Brian erblickte erst jetzt einen Ehering an Samanthas Hand und war ganz einfach nur baff. Währenddessen sprach sie eingehend zu ihrem Ehemann: *„Andrew. Bitte beruhige dich. Wir sprachen in aller Ruhe über das Geschehene von gestern - und er hat mir nur das Fernglas abgenommen."*

Aufgebracht erreichte Andrew die beiden: *„Hab ich gesehen!"*
Er wandte sich an Brian: *„Hören Sie zu, Marinekanonier:*
Niemand, niemand berührt meine Frau! Ist das klar?"

Brian wunderte sich arg über diese energische Reaktion:
„Selbstverständlich. Nur hab ich nicht gewusst, dass Samantha
verheiratet und Ihre Frau ist." Andrew zog Samanthas Hand
- wie ein billiges Beweisstück - mit dem Ring hoch: *„Und*
was ist das?" Brian sah nochmals auf den Ring, wobei
Samantha genervt die Hand wieder herunter nahm. Hingegen
Andrew es aber nicht lassen konnte, nochmals eine Duftmarke
diesem (für ihn) Rivalen gegenüber abzugeben, nach dem
Motto dies ist mein Revier: *„Haben Sie's jetzt?"*

Doch das war der eine Tropfen Wasser zu viel, der bei Brian
das Fass zum Überlaufen brachte: dieser extra aggressiv
untergeschobene Satz dieses Offiziers nach der Devise:
`Ich bin hier der Mann. - Kapieren Sie das!´

Folglich legte sich bei Brian ein Schalter um, der diesem Idioten
Einhalt gebieten sollte, wobei Brian den Blick des Offiziers
suchte...um ihm zu zeigen: bis hier hin - und nicht weiter:
„Ich kann kein Hinweisschild mit Ihrem Namen drauf finden,
Sir." Andrew traute seinen Ohren nicht: *„Marinekanonier!*
Noch ein Wort und ich mache unverzüglich Meldung bei
Ihrem Captain."
Brian klärte ruhig und in seiner Art besonnen auf:
„Nun, ich denke auf diesem Frachter haben Sie eigentlich gar
nichts zu melden." Andrew reagierte überstürzt und schubste
den gleichgroßen Brian mit den Händen: *„Wie bitte?"*
Samantha funkte sofort dazwischen: *„Das reicht, Andrew!"*
Im gleichen Augenblick erschien der Captain im Hintergrund:
„Hey! - Was ist hier los?"

- - -

Routine beherrschte die Arbeit der Seemänner auf der Brücke.

Hier und dort notierte sich Samantha einiges in ihrem Notizblock und umkreiste mit ihrem angekauten Bleistift in Gedanken das Datum *1. Juli 1942* - woraufhin sie ihren Notizblock zur Seite legte, um eine Fotografie vom Captain während seiner Tätigkeiten entstehen zu lassen, da dieser sich gedankenverloren mit seinem Ersten Offizier Benson über eine Seekarte gebeugt hatte, um plottend Entfernungen und Fahrzeiten zu berechnen.

Die beiden waren jedoch so sehr beschäftigt, dass sie diese Fotografie noch nicht einmal bemerkten, während Samantha ebenfalls in Gedanken versunken sich gleich darauf von diesen beiden Seemännern abwandte, ihren vollen Film in dem Fotoapparat zurückkurbelte und derweil auf die Bemerkung des farbigen gewichtigen Rudergängers Ted achtete, der ihr in seiner wie immer stets ruhigenden Art einmal zuzwinkerte: „*Nebelbänke. Geschlossene Wolkendecke.*" Er blickte in den wolkenverhangenen Himmel: „*'ne richtige Waschkombüse da oben. Die deutschen Aufklärer werden heute wieder nichts sehen, Mrs. McCancy.*"

Samantha verstand. Sie nicke einmal...und ließ ihren Blick übers Schiff gleiten, wobei sie den Film weiter zurückkurbelte. Doch erblickte sie Sekunden darauf draußen auf Deck Brian, wie dieser mit einer kleinen Kiste unterm Arm durch eine der Ladeluken - eine wohl vorhandene Leiter hinab - in einem der großen Fachträume verschwand.

Augenblicke später erreichte Samantha an dieser Metalleiter hinab, ebenso das Innere des riesigen Frachtraumes. Mit mauem Gefühl - über diese sicherlich unerlaubte Begehung - begab sie sich mit ersten Schritten weiter voran und bemerkte, wie in rhythmischen Abständen erneut schwache Lichtkegel durch die Frachtluken brachen, während diese sich dieses Mal leicht mit dem Schaukeln des Frachters bewegten. Es war ein anmutendes Schauspiel von Licht und Schatten und dem ständigen langsamen Wandern der Lichtkegel über die Kriegsgüter.

Dann konzentrierte sie sich wieder auf ihr Tun - und schlich horchend immer tiefer und tiefer durch die hier verstauten Kettenfahrzeuge, Kanonen und Flugzeugteile in den Frachtraum hinein, wobei Samantha teils sogar über das eine oder andere militärische Gefährt klettern musste, da jegliche Geräte, Fahrzeuge und Kriegsmaschinen immens eng nebeneinander verlascht worden waren.

Es verging ein Augenblick, bis sie dann nach 30m plötzlich bemerkte, wie Brian in einiger Entfernung am Ende des Frachtraumes aus einem noch tiefer gelegenen Frachtraum durch eine Luke ohne Kiste hochgeklettert kam.

Aus der Entfernung heraus sprach sie ihn an: *„Hey, Brian."*

Er blickte überrascht auf und entdeckte sie durch verschiedene Kriegsgüter hindurch neben einem militärischen Transport-LKW: *„Samantha. - Was machst du allein hier unten?"*
Er kletterte weiter aus der Luke hervor, um diese zu verschließen und bemerkte, dass sich Samantha währenddessen näherte:
„Wir haben uns tagelang nicht gesehen. Ich habe dich gesucht."
Brian bemerkte dieses näherkommen und war darüber nicht angetan: *„Samantha. Du hast hier unten nichts zu suchen."*

Doch sie konterte und näherte sich weiter: *„Wie kann man sich tagelang auf einem Frachter unsichtbar machen?"*

Brian beendete seine Tätigkeit die Luke zu verschließen - und blickte ordentlich genervt: *„Hey, dass ist hier unten gefährlich. Wenn sich die Verlaschungen lösen, wirst du zerquetscht."* Sie ging nicht darauf ein: *„Wie vom Erdboden verschluckt."* Und kam weiter näher.
Er wusste auf was sie hinaus wollte:
„Hallo: ich dachte des Friedens willen, halte ich mich ein wenig von dir fern. Okay?"

Samantha tat die letzten Schritte, blieb vor ihm stehen, setzte sich nach einer Sekunde auf die Motorhaube eines Militärjeeps, wechselte einen neuen Film in ihren Fotoapparat ein und versuchte zu erklären: *„Brian. Ich werde in meinem Job immer wieder mit fremden Männern sprechen, das weiß Andrew. Er weiß aber auch, dass ich mich vor langer Zeit für ihn entschieden habe - und dies ja auch nicht ohne Grund: Er ist studiert. Er hat Wissen. Er kann einiges..."* Brian glaubte nicht richtig zu hören: *„Was kann er denn? Im Takt klatschen?"*
Sie traute ihren Ohren nicht. Doch Brian klärte sie weitersprechend auf: *„Hey, eventuell ist es dir entgangen: doch du bist eine unglaubliche Frau mit enormer Ausstrahlung an Schönheit. Und in den Augen deines Mannes bin ich nur ein einfacher Marinekanonier, der in jedem Hafen der Welt versucht bei der nächstbesten Hafendirne zu landen. In den Augen deines Mannes, passe ich exakt genau in diese Klischeeschublade."*
Samantha schoss unerwartet forsch zurück:
„Und? Gehörst du in eine solche Schublade?"

Brian tat diese Frage weh: dachte sie etwa wirklich so? Sprich, hatte sie so gedacht, spätestens bis zu dem Zeitpunkt, wo sie sich beide das erste Mal richtig unterhalten hatten?
Er konnte es nicht glauben, dass sie diese Frage gestellt hatte: *„Nein.",* blickte er enttäuscht - und unterstrich: *„Denn ich habe wenigstens noch einen Funken Anstand und Moral in mir."*

Samantha bemerkte, dass sie einen Schritt zu weit gegangen war: *„Okay. Ich habe mich zu entschuldigen."*

Brian kommentierte diese Entschuldigung mit einem wortlosen Blick. Woraufhin er begann, einige der Gegenstände - die er durch die Luke mit hinaufgebracht hatte - zu packen, um Samantha währenddessen leicht sauer wissen zu lassen: *„Das denke ich übrigens auch."* Entschlossen wies er dann durch den Frachtraum hindurch in die Richtung, aus welche beide gekommen waren: *„Und Abmarsch."*

Draußen an Deck befand sich in Gedanken versunken Andrew
...und während er auf die, durch die Nebelschleier parallellaufenden Frachter und die Wainright blickte, bemerkte er unerwartet und nur durch Zufall, dass in gewisser Entfernung Brian aus einem der Frachträume hinauf hervorkam...
...um gleich darauf einer weiteren Person die Hand zu reichen...
...um tatsächlich Samantha ans Tageslicht hinauf zuführen.

Angespannt eilte Andrew auf beide zu - und sprach aufgebracht schon aus der Entfernung heraus: *„Das darf doch nicht wahr sein."* Brian und Samantha wurden auf ihn aufmerksam und ahnten nichts Gutes: *„Oh, Shit."*
Und während Andrew die letzten Meter auf beide zu stampfte, kümmerte Brian sich einfach nur um die Frachtluke, verschloss diese in aller Ruhe und ließ Samantha wissen: *„Das ist dein Bier, Samantha. Ich hab auf deinen Mann keinen Bock."* Derweil erreichte Andrew die beiden und fiel seine Frau hart an: *„Sam, das darf nicht wahr sein."* Brian setzte sich einfach auf die Frachtluke und beobachtete diesen Andrew. *„Kaum bist du von der Brücke verschwunden - und ich suche dich extra überall - sehe ich dich schon wieder mit diesem Marinekanonier."* Sie versuchte zu beruhigen: *„Es ist nicht so wie du denkst."* Brian beobachtete derweil weiterhin sitzend die beiden und sah, wie dieser Andrew weiter rumnörgelte: *„Sam. Ich dulde es nicht, dass du dich weiterhin mit ihm triffst: um deine Interviews zu führen. Ich hab Augen im Kopf. Ich sehe was hier abgeht."* Erst jetzt wandte er sich fürchterlich an Brian: *„Hören Sie zu: Sie segeln verdammt hart am Wind, Seemann. Und wenn Sie meiner Frau nochmals zu nahe kommen, so garantiere ich Ihnen, ich werde Gründe finden Sie vor ein Kriegsgericht zu zerren. Einfach nur so."*

Brian schaute ihn wortlos an, wie dieser Offizier da stand mit angeschwollenen Halsvenen: hörte sich dieser Mann selbst überhaupt noch zu? Wobei Brian langsam begann, von dort unten aus Interesse für etwas anderes aufzubauen - und er an dem Marineoffizier vorbei blickte, der weiter zürnte: *„Ich werde dafür sorgen, dass Sie unehrenhaft entlassen werden. Ich mach Sie fertig. Sehen Sie zu, dass Sie endlich mit offenen Augen durch die Welt segeln. Ich werde Sie..."*

Doch Brian erkannte das, was er befürchtet hatte und rief: *„Fliegeralarm!"*

Deutlich hatte der deutsche Pilot in seinem Aufklärungs-Flugboot vom Typ Bloom & Voss nur für eine Sekunde freie Sicht durch die geschlossene Wolkendecke - und konnte weit und tief unter sich die enorme Ansammlung kleiner länglicher Punkte im Wasser ausmachen, die beinahe alle dichte schwarze Rauchwolken hinter sich herzogen. Sofort gab er die Daten per Funk durch: *„Sichte in Planquadrat AB 7195 um 14:32 Uhr Geleitzug."* Immer wieder nahmen ihm Wolkenschleier die Sicht auf den Geleitzug: *„Genaue Beobachtung und Fühlung halten auf Grund von Nebel und Wolkenbildung nicht möglich."*

Derweil raste Brian bereits los: *„Scheiße, er muss uns entdeckt haben!* Er rannte gute 30m in Richtung seiner Bugkanone, während er sich umdrehte und Samantha zurief: *„Samantha: Lauf zur Brücke. Leg eine Schwimmweste an. Und begib dich unter Deck."*

Samantha blickte Brian im Bann hinterher - wobei sie gleich darauf zu den benachbarten Kriegsschiffen und Frachtern hinüberschaute: denn auf diesen ertönten urplötzlich aus der Ferne heraus und gespenstisch erste Alarmsirenen. Ängstlich hob sie den Blick in den Himmel...-...doch sie konnte nichts ausmachen.

Der deutsche Pilot blickte weiterhin hinunter auf das eisige Meer und bekam nur für Sekunden hier und dort nochmals Sicht auf den Geleitzug, währenddessen jedoch in seinem Kopfhörer rauschend ein Funkspruch aus dem Geleitzug ertönte: *„Feindlicher deutscher Aufklärer beschattet unseren Geleitzug. / In Position: 71° / 11` N – 005° Ost!"*

Gleich darauf machte der deutsche Pilot Meldung zu seiner Einsatzzentrale: *„Geleitzug bricht Funkstille und meldet mich als Luftfühlungshalter. Sie haben mich entdeckt. Befinde mich noch immer im Planquadrat: AB 7195."*

Erschrocken riss Samantha die Hände an ihre Ohren, denn nun ertönte mit einer enormen Lautstärke die Alarmsirene auf der Earlston. Und während Andrew sie packte und beide wie in Trance die ersten Schritte zurück zur Brücke liefen, erblickte auch sie - nur für eine Sekunde - tatsächlich den deutschen Aufklärer in den Wolken: winzig klein.

Und Ihre Augen spiegelten es wieder: wie konnte etwas so winzig Kleines, eine solche Panik auf allen Schiffen auslösen?
Denn mittlerweile heulten auf bereits allen Frachtern und Kriegsschiffen des gesamten Geleitzuges jegliche Alarmsirenen im Hall aus der Entfernung herüber.

Ein unbeschreibliches Inferno angsteinflößender Sirenen.

Vorn auf Bug entsicherte Brian mit geübten Handgriffen blitzschnell seine 7.5" Bugkanone und blickte zurück zum gewichtigen Ted, der ihn gerade pustend erreichte.

Rasch öffnete Ted die hier an Deck direkt an der Reling befindlichen Kisten der Geschosse - und führte sofort eines der schweren Geschosse auf beiden Armen tragend an die Lademündung der Kanone heran...während Brian das schwere Geschoss hineinschob, unverzüglich die Ladeklappe verschloss und die Kanone mit den mechanischen Kurbelrädern gen Himmel wuchtete.

...Sekunden vergingen.

Auf der Brücke der Earlston beherrschte der Captain die Situation bravourös: sicher gab er die Befehle - und bemerkte, wie Samantha und Andrew die Brücke betraten. Deutlich sah er in Samanthas Augen die Aufregung, während sie mit zittrigen Fingern noch dabei war ihre Schwimmweste zu verzurren. Samantha bemerkte den Blick des Captains - in Verbindung ihrer ausgesprochenen Worte gegenüber Mr. Benson und Brian: wie sicher sie doch tat, auf einem Frachter mitzufahren. Und wer weiß, vielleicht hatten Mr. Benson oder Brian dem Captain sogar davon berichtet. Und genau mit diesem Blick des Captains, der ihre Angst sah, wurde ihr selbst bewusst, wie weit weg sie als Landratte von der Realität geisterte. Denn die Befehle an Bord - die alle im Eiltempo von der Crew ausgeführt wurden - hatten Samantha gehörigen, gehörigen Respekt vor der Gesamtsituation eingeräumt: rennend waren die Männer im Vorfeld an Deck an ihr und Andrew vorbeigesaust. Und so war sie Zeuge dieser ausgeübten Befehle geworden, da Andrew ihr befahl mit auf die Brücke zu kommen. Entgegen Brians Anordnung unter Deck Sicherheit zu suchen.

Und erst nachdem der Captain den Blick von ihr wieder abwandte um den Himmel abzusuchen, tat sie es auch: doch sie konnte von hier aus nichts Weiteres ausmachen.

Geschwind schaute sie hinunter aufs Deck und sah noch, wie das eine oder andere Flugabwehr-Maschinengewehr bemannt wurde. Dann erblickte sie weit vorn auf Bug Brian, wie dieser mit einem Fernglas den Himmel absuchte. Sie sah: Brians treu ergebener, farbiger Ted tat es ihm gleich - aber ohne Fernglas. Und erst daraufhin fiel ihr ein, dass sie - noch leicht ein- und ausatmend - ihren Fotoapparat bereit machen musste. Mit zwei geübten aber doch zittrigen Handgriffen erledigte sie dies.

Es vergingen weitere Augenblicke, bis Brian - der nach wie vor hinter der wuchtigen Bugkanone den Himmel checkte - seinen Kameraden anblickte und eine Vorahnung aussprach:
„Ted...-...es war nur ein Aufklärer."

Der gewichtige Ted blickte seinen Marinekanonier an, dann ebenso in den wolkenverhangenen, dunstig, trägen Himmel...
...und erschrak, denn plötzlich riss Brian die Kanone kurbelnd herum - zur anderen Seite des Schiffes - wobei er schleunigst das Kanonenrohr in Richtung Wasseroberfläche *herunter* kurbelte:
„Ich glaub's nicht: ein deutsches U-Boot!"

Gebannt erblickte auch Ted in weiter Entfernung den Feind, wobei Brian eine Schätzung abgab, während er damit begann, dass deutsche U-Boot durch seine Zieleinrichtung anzupeilen:
„Zehn Meilen, Steuerbord."

Per Funk vernahmen alle beteiligten Personen auf der Brücke der Earlston über Lautsprecher zeitgleich Warnungen verschiedener Frachter: *„Achtung! - Deutsches U-Boot! - 233° - Steuerbord, zehn Meilen!"* Unverzüglich blickte die komplette Brückenbesatzung in Richtung U-Boot, während der Captain seine Schafe im Zaun hielt: *„Ruhe bewahren! Jeder bleibt auf seinem Posten und hält weiter Ausschau."* Weiterhin suchte auch er die See mit dem Fernglas ab - um dann jedoch die Unwissenden auf der Brücke beruhigend aufzuklären: *„Dieses U-Boot ist ein Einzelgänger. Es wird uns nicht gefährlich werden."*

Auch Brian bemerkte die Sinnlosigkeit, das U-Boot aus dieser Entfernung zu beschießen. Außerdem wurde er mit seinen scharfen Augen auf etwas aufmerksam und brach sein Vorhaben ab: *„...es flieht."*

Stumm hatte Ted Brians Aussage vernommen und erblickte gleich darauf ebenso mit großer Aufmerksamkeit, wie das feindliche U-Boot plötzlich aus eigenem Überlebenstrieb begann in der Ferne zwischen den Nebelbänken unterzutauchen …da es von gleich mehreren Zerstörern angesteuert wurde.

Gnadenlos wurde es Augenblicke später mit Wasserbomben attackiert.

- - -

Im Schneidersitz auf dem Boden sitzend schaute Brian in dieser Nacht auf der Brücke müde auf seine Armbanduhr und sah, es war 03:41 Uhr...während er in Gedanken die trübe und in ihrer gedämpften *Tageslichtstimmung* praktisch taghell erscheinende Nacht da draußen durch die Fenster betrachtete. Es verging ein kurzer Moment, woraufhin er seinen Blick zum Ersten Offizier Benson wandern ließ, welcher am Ruder seiner Nachtwache nachging - und Benson an einem Jahreskalender ein Blatt abzog: der *2. Juli 1942* wurde sichtbar. Brian rieb die Müdigkeit aus seinen Augen, widmete sich wieder seinem Kreuzworträtsel und benötigte zwei Atemzüge bis er dann in Richtung Nachtwache murmelte: *„Benson, Lebensende mit drei Buchstaben?"* Benson wollte antworten, wandte jedoch in gleicher Sekunde verwundert den Blick zur Brückentür, da diese sich öffnete, während vorsichtig, gar etwas unsicher Samantha unschuldigen Blickes sich erkundigte: *„Mann auf Brücke?"*

Brian und Benson blickten sich kurz an und baten darum: *„Mann auf Brücke." „Kommen Sie rein, Mrs. McCancy."* Brian erhob sich und schritt besorgt auf sie zu: *„Samantha, es ist mitten in der Nacht. Was ist los?"* Samantha legte betrübt ihren Mantel ab: *„Ich kann nicht schlafen."* Benson wurde hellhörig: *„Oh, da habe ich eine Kleinigkeit für Sie."* Woraufhin er das Ruder verließ...und geschwind mit bereits vorhandenem heißen Wasser eines Teekessels, eine Tasse Tee zubereitete...um diese gleich darauf zu überreichen, jedoch noch schmunzelnd und in Gedanken vertieft über die Frage von Brian: *„Mrs. McCancy: Lebensende mit drei Buchstaben?"* Sie nahm die Tasse an und wiederholte die Frage: *„Lebensende mit drei Buchstaben?"* Woraufhin sie Brian mit dem Heft anblickte. Dieser legte derweil Samanthas Mantel zur Seite und griente trocken - sie anblickend: *„E h e."*

Benson und Samantha waren natürlich drauf reingefallen, während Samantha, noch zu Brian schmunzelnd, das Thema wechselte: *„Was denken Sie, Mr. Benson. Haben wir die Deutschen abgehängt?"* Benson blickte zu Brian. Brian erwiderte den Blick und gab Samantha bestimmt zu verstehen: *„Niemals."* Samantha blickte irritiert, doch dann sprach Benson erklärend weiter: *„Aufgrund der schlechten Wetterverhältnisse haben die Deutschen zwar seit 13 Stunden unsern Geleitzug aus den Augen verloren..."* Samantha spitzte die Ohren, während Benson weiter erklärte: *„...doch deshalb haben wir sie nicht abgehängt."* Brian beschäftigten die gleichen Gedanken: *„So ist es. Und ich gehe davon aus, dass die Deutschen sich in mindestens zwei U-Bootreihen aufgeteilt haben, um a) - wieder Sichtkontakt herzustellen und oder b) - falls der einen Gruppe dies nicht gelingt, so die zweite Gruppe noch die Chance hat, weit vor uns - schätzen wir einen ganzen Tag quer zu unserem Kurs - in Stellung zu gehen."* Samantha hatte natürlich zu wenig maritimes Wissen und wiederholte: *„Einen ganzen Tag?"* Benson wandte sich an sie, erklärend: *„Ja, denn ein ganzer Tag bedeutet vielleicht anderes, klares Wetter."*

Brian erklärte weiter: *„Also eventuell bessere Sicht für die U-Boote. Und so..."* Doch unvermittelt hielt er horchend inne: denn er glaubte ein dumpfes, leises, weit entferntes Grollen vernommen zu haben. Benson blickte ebenso horchend: war da was? Sofort schnellte Brian an eines der Fenster auf der Backbordseite und blickte durch sein Fernglas...: *„Vergesst es. - Sie haben uns bereits ausfindig gemacht."*

Benson setzte zeitgleich sein Fernglas an...und konnte nur bestätigen: *„Shit."*

Rasch näherte sich Samantha Brian, der ihr sein Fernglas überreichte und gleichzeitig in eine bestimmte Richtung am Horizont wies: „*...dort!*"

Ängstlich und es nicht wahr haben wollend blickte Samantha durch das Fernglas und wurde Zeuge, wie in weiter Ferne zwischen einigen Nebelschwaden ein Zerstörer seine mächtigen Wasserbomben in das kalte Nordmeer katapultierte...diese Sekunden später dumpf hinter dem Schiff unter Wasser detonierten...und gleich darauf unglaubliche Wasserfontänen aufstiegen: höher als der Zerstörer selbst.

Derweil betrat der Captain eilig die Brücke, auch er hatte das Grollen während seiner Nachtruhe vernommen, woraufhin Brian gleich Meldung machte: „*Captain. Trotz schwierigster Sichtverhältnisse ist es einem deutschen U-Boot gelungen um 03:42 Uhr, 45 Grad, in ca. sieben Seemeilen Entfernung unseren Geleitzug auszumachen.*" Sofort setzte der Captain ein Fernglas an und horchte Brians weiterer Einschätzung. „*Mit größter Wahrscheinlichkeit hat das U-Boot die Lage unseres Geleitzuges durchgegeben.*" Brian ergriff ebenfalls nochmals ein Fernglas und suchte, wie bereits Benson, in alle weiteren Richtungen das Nordmeer ab.

Einen Augenblick später beruhigte der alte Seemann jedoch Samantha, Brian und Benson: „*Der Deutsche war erneut allein. Ansonsten hätte es bereits längst ein von allen Seiten her geschossenes Torpedo-Feuerwerk auf all unsere Frachter gegeben.*"

Der Captain schaute auf seine Taschenuhr, suchte den Blick von Brian und Benson und ließ beide wissen: „*Sie haben noch gute zwei Stunden Wache. Halten Sie die Augen auf, meine Herren. Ich verlass mich auf Sie.*"
Brian und Benson bestätigten: „*Jawohl, Sir.*"

Im Laufe des Tages überraschte Andrew Samantha in ihrer Kajüte, während sie ihr Foto-Equipment ordnete, wobei er sie jedoch noch einen Moment durch den Türspalt beobachtete...bis er dann ein leises: *„Hey, Sam."* aussprach.

Überrascht drehte sie sich um, sie hatte es gar nicht bemerkt, dass ihre Tür nicht verschlossen war - und gleichzeitig war sie nicht gut gelaunt: *„Andrew, musst du mich so erschrecken?"*

Andrew trat ungefragt in die enge Kajüte ein - und Samantha sah bereits, dass ihm irgendetwas wieder einmal quer lag. Wobei sie ebenfalls sah, wie sehr er sich mühte ganz normal daher zu kommen. Doch sie kannte ihren Andrew: *„Sam, ich habe ein kleines Problem."* Und da war es bereits. Samantha hielt leicht genervt mit ihrer Tätigkeit inne: *„Was gibt's?"* Andrew benötigte eine Sekunde, er überlegte wie er fortfahren konnte: *„Sam, durch das Grollen der Wasserbomben bin ich gestern Nacht wach geworden und... ...und kurze Zeit später stehe ich hier vor deiner Kabinentür um nach dem Rechten zu sehen. Ich sehe aber, die Tür steht auf. - Wo warst du?"*

Sie kräuselte die Stirn: hatte er denn nichts dazugelernt? Was sollte diese Frage: *„Was spionierst du mir nach?"*, stöhnte sie. Andrew bemerkte seinen Fehler, wie er dieses Gespräch begonnen hatte - und mühte sich eilends um Schadensbegrenzung: *„Hey, Sam. - Ich..."* Doch sie unterbrach: *„Ich akzeptiere das nicht mehr. Das darf nicht wahr sein."* Andrew wollte seine Aussage mildern: *„Hey, es war kein Nachspionieren."*

Doch Samantha konnte sich nicht mehr beruhigen: *"Ich glaube das einfach nicht. Andrew, du hast bei mir nichts zu suchen."* Andrew achtete darauf ruhig zu bleiben: *"Sam, ich..."* Doch sie unterbrach erneut: *"Ich habe es immer wieder versucht unsere Partnerschaft, unsere Ehe zu retten - doch du hast meine Bemühungen nie ernst genommen. Ich war es, die immer wieder zurückgesteckt hat - doch das hast du nicht einmal bemerkt."* Andrew war perplex: *"Was ist denn los mit dir?"* Samantha ließ alles raus: *"Und jetzt wo du siehst, dass ich endlich einen Entschluss gefasst habe, mein Leben so zu leben wie ich es für richtig erachte, bemühst du dich plötzlich, da du siehst, dass ich auch ohne dich Leben kann. Mehr noch, du setzt deinen Kopf auf's Spiel und erscheinst hier als missverstandener Ehemann auf der Earlston und willst mich zurückholen auf die Wainright."*

Andrew fehlten die Worte: was war denn los mit ihr, dass sie gleich derart eine Breitseite abfeuerte? *"Dabei wolltest du mich gar nicht zurückholen. Du wolltest nur vor deinem Captain und den anderen Männern sauber dastehen, von wegen: ich werde meiner Frau schon zeigen wo's lang geht."*

Andrew traute seinen Ohren nicht: *"Wie kannst du nur so etwas sagen? Ich verbiete mir jegliche..."* Sie unterbrach: *"Ich verbiete mir jegliche weitere Versuche, mich öffentlich zu kritisieren und weitere Versuche..."*, sie musste absetzen: *"...öffentlich den Ehemann zu spielen. Denn wir wissen beide, dass es nicht mehr so ist wie es einmal war."* Sie packte daraufhin hastig ihr Equipment ein und brachte es auf den Punkt: *"Du hast es versaut, Andrew."*

Doch ihre Breitseite war noch nicht zu Ende gefeuert, unbeirrt fuhr sie weiter fort - um endgültig Klarheit zu schaffen:
"Damit du es weißt: die Fronten zwischen dir und mir sind geklärt. - Und ich gehe jetzt wieder zu unserem Marinekanonier Brian Thomson: um ihn zu interviewen."

Gefestigten Willens schritt Samantha an Andrew vorbei ...und ließ ihn alleine in der Kajüte zurück.

- - -

Mit gespannter Ruhe suchte Brian vorn auf Bug an seiner 7.5" Kanone gelehnt die See nach feindlichen U-Booten ab: er wusste als erfahrener Seemann von der weiterhin vorhandenen Gefahr, die er auf keinen Fall unterschätzen wollte. Denn er war natürlich im Wissen darüber, dass so manch ein Frachter oder Kriegsschiff vergangener Geleitzüge, schon arg eines besseren belehrt wurde.

Momente vergingen die er angespitzt der See widmete, bis er dann von hinten angesprochen wurde: *„Hallo, Brian."*

Brian nahm sein Fernglas herunter und drehte sich um: *„Hi, Sam."* Noch benommen durch das Streitgespräch mit Andrew, trat sie die letzten Schritte auf ihn zu und mühte sich eines Lächelns: *„Wie sieht's aus?"* Brian merkte ihr nichts an - von dem was sie Augenblicke zuvor mit Andrew hatte - und wies auf die See. Er war unschlüssig: *„Ich weiß nicht: noch helfen uns die Nebelschwaden...jedoch habe ich das Gefühl, dass die Nebelschwaden sich langsam auflösen."*

Samantha legte ihren Schreibblock mit dem Fotoapparat auf den eisernen Decksboden - und lehnte sich wortlos mit Blick auf die anderen Frachter an die Bauchnabel hohe Reling. Sie ließ ohne draufloszureden einen Moment verstreichen…
…und bemerkte: irgendwie fühlte sie sich gar nicht unbehaglich dabei, ihm gegenüber jetzt nicht zu sprechen.
Obwohl er ja eigentlich noch wildfremd ihr gegenüber war. Aber irgendwie spürte sie, da war kein Druck sprechen zu müssen. So wie man es eigentlich vernahm, wenn man einem Fremden gegenüberstand.

Noch mit dem Blick aufs Wasser sprach sie dann erst, sich erkundigend: *"Abgesehen davon, dass du akzentfrei amerikanisch sprichst, frag ich mal ganz neugierig: aus welcher Ecke von England kommst du?"* Brian sah: für sie war er Engländer, da die Earlston mit englischer Flagge fuhr. Und während sie weiterhin den gewaltigen Geleitzug betrachtete, klärte er auf: *"Nun, ich bin Amerikaner. Aber im kanadischen Lunenburg aufgewachsen, da wir als Fischerfamilie dorthin gezogen sind."* Sie war leicht überrascht. Er sah es ihr an und sprach weiter: *"Lunenburg ist ein Küstenort, 60 Minuten südlich von Halifax. Und seitens der kanadischen Navy - in welcher ich diene - bekam ich den Befehl, während der Geleitzüge auf diesem Frachter meinen Dienst zu verrichten."* Samanthas Interesse steigerte sich: *"Also bist du auf dem Wasser groß geworden."* Er nickte: *"Ja, beinahe jeden Tag nach der Schule musste ich auf dem Kutter von meim Dad helfen."* Samantha kombinierte: *"Also war dein Leben auf dem Wasser von klein an vorprogrammiert."* Brian kam die wenigen Schritte auf sie zu und lehnte sich neben ihr mit Blick aufs Wasser an die Reling: *"Das möchte ich so nicht sagen: aber vieles sprach dafür."*

Er schaute rauf in den Himmel, sie tat es nachahmend ebenso... ...und glaubte kurz darauf horchend etwas zu vernehmen...um dann irritiert zu entdecken: *"Da oben ist ein Flugzeug - oder?"* Brian beruhigte sie in seiner Art, irgendwie: *"Da drüben am Horizont sind noch zwei weitere Deutsche."*

Samantha glaubte es nicht: *"Und dann bist du noch so ruhig?"* Brian erklärte es ihr: *"Diese drei Aufklärer sind schon seit Stunden an uns dran."* Brian befürchtete jedoch etwas und blickte einmal ganz um sich in den Himmel: *"Doch wenn die Wolkendecke weiter so aufreißt, so kann ich mir vorstellen, dass die Deutschen einen Angriff aus der Luft riskieren werden. Vielleicht mit ihren He 115."*

Samantha blickte auf die vielen Frachter und deren Fesselballons, die die Frachter in der Luft hinter sich herzogen, verstand jedoch die Abkürzung nicht: „*He 115?*" Brian hob seine Hand zur Erklärung und sah in dieser eine He 115, während er sprach: „*Die Heinkel 115 - mit zwei Motoren - ist ein relativ langsamer Vogel, eben ein Torpedobomber. Mit einer Spezial-Zieleinrichtung visiert der Pilot sein Schiff, sein Opfer, an - und klingt den Torpedo aus, der verdammt gefährlich ist.*" Sie blickte aufmerksam. Er bemerkte es und fuhr erklärend fort: „*Die Aale sind 7.5m lang und wiegen ca. 780 Kilo. Davon sind allein ca. 200 Kilo reiner Sprengstoff.*"

Er wies aufs Wasser und erklärte weiter, denn er wusste, da gab es noch einige Dinge die Samantha nicht wissen konnte: „*Doch diese Torpedos dürfen aus höchstens 40 Meter Höhe abgeworfen werden, bei maximal nur 180 km/h.*" Er sah sie an und bemerkte, wie sie sich das da draußen vorstellte. Dann erklärte er weiter: „*Angeblich können diese Dinger bis zu zwei Kilometer mit eigener Kraft laufen: und zwar mit der beachtlichen Geschwindigkeit von 33 Knoten.*" Er schmunzelte. „*Aber keiner hat je einen Aal gesehen, der es bis über 800 Meter geschafft hat.*" Brian blickte sie anschaulich an, denn er wusste ja was noch folgen sollte: „*Das bedeutet: die Jungs, die die Aale abwerfen, müssen sich zu einer beinahe selbstmörderischen Tat zwingen. Denn wer sich bei nur 180 km/h, mit maximal 40 Meter Höhe, bis auf 800m an einen Geleitzug heranwagt: befindet sich im Wirkungsbereich sämtlicher Flugabwehrgeschütze, selbst der kleinen Maschinengewehre.*" Er hob wohlwissend den Finger. „*Und das ist ihr Nachteil.*"

Samantha bückte sich und ergriff ihren Notizblock vom eisernen kalten Decksboden des Frachters, während Brian kurz weiter erklärte: *„Ich weiß, dass wir nicht viel ausrichten können, denn unsere Bewaffnung auf diesen Frachtern ist ein Witz. Doch ich hab's vor einiger Zeit mal ausgerechnet: zusammen verfügen wir mit den ganzen Pötten hier um uns herum...-...nun, wir verfügen also über die Anzahl von 126 Geschütze und 141 Maschinengewehre. Du siehst, wir können also mit der Nadel pieksen. Und das tut ja bekanntlich auch weh."* Brian deutete daraufhin in zwei Richtungen um sich: *„Hinzu kommt noch das schwere Flakfeuer von 19 Eskorten und zwei fetten Flakkreuzern um uns herum."* Er wies auf all die Frachter: *„Na ja: und um die Deutschen richtig in Bedrängnis zu setzen, haben - aufgrund der heutigen Wetterlage - alle Kähne mit Fesselballons an Bord, diese mit ihren Seilwinden bis kurz unter die Wolkendecke aufsteigen lassen."*

Brian wies auf den Fesselballon an ihrem Schiff, hinten an Bug und schaute hoch in den Himmel, wie dieser dort oben hinterher gezogen wurde: *„Gute 80 Meter. Höher sind die Wolken heute nicht. Und es sind nicht zu unterschätzende Hindernisse für jeden Tiefflugpiloten, der gerade aus den Wolken sticht und plötzlich so'n Ding vor der Nase entdeckt."* Überlegend stellte er fest: *„Doch das Wichtige ist...",* er wies erneut mit dem Arm auf den Geleitzug um sie herum: *„...nur gemeinsam sind wir stark."*

Ruhe und Routine beherrschten das Bild auf der Brücke - und während der Captain noch Brian und Samantha vorn auf Bug beobachtete, um sich daraufhin einer weiteren Tätigkeit zu widmen, ertönte urplötzlich über Lautsprecher ein Funkspruch: *„Feindliche Torpedobomber! Steuerbord 20°!"* Gebannt blickte der Alte in die erwähnte Richtung, um sich gleich darauf blitzartig zur Alarmsirene zu hechten um diese auszulösen, während er zeitgleich erste Befehle gab: *„Alle Mann auf Position! Benson, ran an das Heckgeschütz! Und Ted, Sie unterstützen wieder Thomson vorn auf Bug. Los! - Hopp!"*

Aufgewühlt durch die startenden Alarmsirenen auf den benachbarten Frachtern und Kriegsschiffen, blickten Brian und Samantha um sich in den Himmel - und während auch auf ihrem Frachter die Sirene enorm laut begann hochzufahren, wurde Brian fündig und musste gar gegen die Lautstärke an, rufen: *„Torpedobomber! Steuerbord!"*

Unverzüglich begab er sich hinter die Kanone, entsicherte die mächtige Waffe, riss das Geschütz sofort mit den Kurbelrädern herum...-...und visierte den gefürchteten Feind an: *„Acht! - Sie greifen gleich mit acht Torpedobomber an!"*

Samantha hatte zwischenzeitlich ihren Fotoapparat ergriffen und schoss das erste Foto der herannahenden Gefahr in der Luft - obwohl die Flugzeuge der Deutschen bisher nur kleine Punkte waren - und bekam in gleicher Sekunde zu hören: *„Samantha. Lauf so schnell du kannst zur Brücke und leg eine Schwimmweste an. - Und dann verschwinde unter Deck."*

Stetig langsam kurbelnd visierte Brian mit beiden Kurbelrädern seiner Flak die Höhe und den Horizont im Fadenkreuz nach...blickte in Richtung Brücke...und fluchte mit sich selbst: *„Verdammt, wo bleibt Ted?"*

Samantha beobachtete Brian: seine Konzentration, seine bis in die Haarspitzen alarmierten Sinne - und sie war beeindruckt darüber, wie schnell und gekonnt er die mächtige Kanone kurbelnd in Position gebracht hatte: jeder Handgriff hatte gesessen.

Erst zu diesem Zeitpunkt bemerkte Brian, dass Samantha weiterhin mit ihrem Fotoapparat noch neben ihn stand: *„Samantha, lauf los."* Sie sah in seine Augen - und sofort wurde ihr klar: er duldete keine Diskussion. Also beschloss sie seinem Befehl nachzukommen - aber nur zögernd mit schwerfälligen, langsamen, drei, vier Schritten - um dann wieder stehen zu bleiben. Was er nicht beobachtete, da sein Blick längst wieder gebannt gen Himmel gerichtet war.

Dann, im gleichen Augenblick beobachtete sie, wie dumpf geballte Feuerkräfte in der Entfernung der anderen Schiffe des Geleitzuges das Verteidigungsfeuer eröffneten. Und ihr wurde klar: dies war ein richtiger Angriff. Den ersten, den sie miterleben würde. Den sie sich so sehr erwünscht hatte.

Und sie bemerkte, jedoch mit verängstigtem Blick, wie die Deutschen mit brüllenden Motoren näher kamen.

Dann sah sie, wie sich die Leuchtspurmunitionen aller - von den Deutschen ins Visier genommenen Frachter und Kriegsschiffe - auf acht Ziele in der Luft konzentrierten.

Aber auch benachbarte Frachter und Kriegsschiffe griffen - je nach Position - ebenso in das Gefecht mit ein.

Dies war er nun also: der erste richtige Angriff. Und sie bemerkte, beeindruckt durch das ständige Feuern der Frachter und Kriegsschiffe ringsum, wie sehr sie eingeschüchtert, ja sogar leicht verängstigt weiter in Richtung Brücke schlürfte. Doch keine 20 Meter hatte sie bisher von Brian entfernt geschafft, so derart war sie gefangen mit dem Blick in den Himmel.

Dann kam Ted sprintend auf sie zu, während er noch seine Schwimmweste anlegte - und bereits aus einigen Metern Entfernung sprach: *„Mrs. McCancy! Gehen Sie unter Deck!"* Während er eiligst pustend an ihr vorbei rannte, um so schnell wie möglich Brian zu assistieren. Und noch bevor er Brian erreichte, feuerte dieser den ersten mächtigen Schuss ab.

Überrascht über die Lautstärke und Wucht dieses einen Schusses - hier vorn auf Bug, in direkter Nähe - das hatte Samantha *so* nicht erwartet. Erschrocken blieb sie stehen: ihr ganzer Körper hatte vibriert. Sie war baff, sogar auf diese 20m Entfernung hatte sie den Druck der abgefeuerten Granate mächtigst gespürt. Und dann dieser brachiale Knall, mit all dieser Energie.

Scheppernd, klirrend ließ Brian die rauchende Geschosshülse aus dem Ladeschacht auf's Deck purzeln, während Ted gleich das nächste schwere Geschoss auf beiden Armen heran trug.

Doch dann, einen Atemzug darauf, ordnete sich Samantha selbst in ihrer Disziplin: jedoch eilte sie noch immer nicht in Richtung Brücke und dann unter Deck…sondern wechselte eilends professionell ihr Objektiv mit einem Teleobjektiv - welches sie in einem ledernen Objektiv-Behälter am Gürtel ihrer Hose trug - um unmittelbar darauf ein zweites Foto entstehen zu lassen: ein Foto von Brian, wie dieser mit Ted mit letzten Handgriffen die rauchende Flak neu munitionierte.

Mit Erstaunen und in sich gekehrt bemerkte sie erst danach den Mut der Männer, die ihr Leben riskierten um es zu retten. Und die, die es riskierten, um anderes zu zerstören.

Denn ungeachtet des heftigen Abwehrfeuers des Geleitzuges, trotzten die deutschen Torpedobomber stur ihren Weg in 30 bis 40 Meter Höhe, um auf die 800 Meter Entfernung heranzukommen...-...um ihren Aal abwerfen zu können.

Der Geleitzug wehrte sich mit allem was er hatte.

Und dann, urplötzlich...drehten alle Torpedobomber ab.

Samantha blickte ihnen hinterher und verstand es nicht. Dann, weitere Sekunden später, verschwanden sie allesamt in den tief hängenden Wolken.

Gespannte gespenstische Ruhe herrschte unmittelbar darauf auf allen Schiffen: nur die brüllenden Flugzeugmotoren waren in jeweiligen Entfernungen noch irgendwo dumpf in den Wolken zu vernehmen.

Um sich blickend besann sich Samantha nun erst endlich auf Brians Befehl und eilte weiter zur Brücke, während sie gleichzeitig ihren Fotoapparat kontrollierte.

Und dann, urplötzlich, stießen die Deutschen überraschend erneut aus der dichten, tief hängenden Wolkendecke: doch dieses Mal wie die Hornissen aus allen Himmelsrichtungen.

Ununterbrochen blinkten auf den Brücken die Signallampen und immer wieder ertönten neue Funkwarnungen von den verschiedensten Frachtern über den Äther:

„*...Torpedobomber Backbord, 20 Grad direkt voraus!*"

„*...160 Grad Steuerbord!*"

„*...Torpedobomber in Masthöhe, 2000m Backbord!*"

Doch trotz größter Anspannung behielten Brian und Ted, sowie der Rest des Geleitzuges die Oberhand des Gefechtes.

Die Luft glühte von tausenden von Leuchtspurmunitionen und ungezählten explodierenden Granaten in der Luft.

Dann - nach Augenblicken unerbittlicher Einzelkämpfe - verschwand der Feind erneut im schutzbringenden Himmel.

Beide Männer schauten sich an: die Deutschen waren mit keinem ihrer todbringenden Flugzeuge nahe genug an den Geleitzug herangekommen um ihre Aale abzuwerfen.

Gebannt konzentrierten sich Brian und Ted wieder darauf den Himmel mit den Ferngläsern abzusuchen. Hier und dort war immer wieder ein dumpfer Flugmotor röhrend, blubbernd zu hören - doch konnten Brian und Ted keinen der acht Torpedobomber in den tiefen Wolken ausmachen.

Diese Sekunden der höchsten Konzentration ließ sie gar die eisige Kälte vergessen. Und erst kurz darauf bemerkte Brian zurückblickend Samantha, die mit einer Schwimmweste an erneut hier vorn auf der Back erschien. Brian traute seinen Augen nicht: „*Samantha, nein. Es ist zu gefährlich. Geh wieder zur Brücke und unter Deck.*" Samantha wollte ihre Entscheidung verteidigen: „*Brian, es ist mein Job. Und ich...*"

Doch Ted unterbrach: „*Torpedobomber! Backbord!*"
Völlig überraschend hatte er eines dieser deutschen Schwimmerflugzeuge hinter Samantha, hinter dem Geleitzug entdeckt, wobei es schon gefährlich nahe aus den Wolken heraus bis auf die Mastspitzen der Schiffe heruntergekommen war.

Mit viel Glück heizte die Maschine über die achtern fahrenden Zerstörer-Korvetten hinweg, um dann - noch flacher an die Wasseroberfläche tastend - gleich darauf die drei in der Schlussformation des Geleitzuges fahrenden Rettungsschiffe zu passieren.

Alles deutete darauf hin, dass es in einem wohl mörderischen Kugelhagel zwischen den ganzen Frachtern - und nur in ca. 70 Meter an der Earlston vorbeipreschen würde.

Doch da war der Überraschungsmoment auch schon vorbei. Die Richtkanoniere aller in der Nähe fahrenden Frachter und Kriegsschiffe schwenkten ihre schweren Geschütze herum, während von den Kommandobrücken bereits längst die Maschinengewehre auf die He 115 feuerten.

Die drei Mann Besatzung, im Cockpit der mit dem Hakenkreuz versehenden He 115, wehrten sich ihres Lebens, wobei der -mit dem Rücken zum Piloten- sitzende Funker das Feuer auf die Frachter und Kriegsschiffe mit gezielten Feuerstößen seines Zwillings-MGs hart erwiderte.

Brian beobachtete auf Bug der Earlston das Vorhaben des beinahe parallel zu ihnen fliegenden Deutschen und gab Samantha zu verstehen: *„Er beschießt die Zamalek. Und ich wette..."* Erschrocken hechtete er zu Samantha und riss sie hinter der Reling zu Boden(!), da wo Ted bereits lag: während zeitgleich überall auf der Earlston die MG-Kugeln der sich wehrenden, parallel laufenden Frachter einschlugen! *„Ihr Idioten!"*, rief Brian hinter der Reling. Sich weiterhin duckend, ernst und tatsächlich auch noch ein wenig amüsiert, während hier und dort restliche Kugeln klirrend, zersplitternd auf die Aufbauten und Kriegsgüter aufprallten - und er der total erschrockenen Samantha in die Augen blickte.

Auch Ted reagierte eher routiniert als schockiert und beruhigte Samantha oder auch nicht: *„Immer das Gleiche."* Erst jetzt erhob sich Brian mit Ted, ebenso die geschockte Samantha, die - mit aufgeschreckten Augen - den atemberaubenden Angriff der fortfliegenden, feuernden Deutschen He 115 in der Luft weiter verfolgte. Während gleichzeitig die anderen Seemänner der Earlston sich ebenfalls wieder erhoben, um unmittelbar darauf das Feuer mit ihren MG´s hinterher schießend erneut zu eröffnen.

Derweil gab Brian zu Samantha blickend zu verstehen: *„Glücklicherweise waren es nur Einschläge der leichten MG´s der Frachter."* Ted blickte sie ebenso sarkastisch an: *„Sie vergessen es jedes Mal bei einem Tiefflieger mitzudenken, dass sich auf der anderen Seite, hinter dem Tiefflieger, eventuell noch ein Frachter befinden könnte."* Brian setzte seinen Zeigefinger an die Stirn: *„Diese Hirnis. Wie kann man nur einen Frachter übersehen?"*

In gleicher Sekunde jedoch wurden sie Zeuge, wie mehrere MG-Salven des deutschen Tieffliegers - im Kugelhagel der Frachter - dennoch das benachbarte Rettungsschiff die Zamalek trafen, wobei eine der MG-Salven des Deutschen oben auf der Brücke klirrend das Glas des Brückenhauses komplett zerstörte.

Urplötzlich schwiegen die Geschütze auf der Zamalek. Und Sekunden später erschien - aus Leibeskräften schreiend - ein im Gesicht schwer blutender Matrose auf der Brücken-Nock, dessen lautes Schreien Brian, Samantha und Ted selbst auf der Earlston noch leise vernahmen: *„Ich sehe nichts mehr! Ich kann nichts mehr sehen!"* Wobei sie beobachteten, wie ein Marinearzt von hinten auf den Verwundeten zu eilte und ihn ergriff.

Zeitgleich versah der deutsche Flieger das Schiff erneut mit einer MG-Salve, wobei zwei weitere Männer an ihren Maschinengewehren verletzt wurden. Und während Samantha erschrocken versuchte, dennoch über das Geschehene auf dem Nachbarschiff ein Bild zu schießen, assistierte Ted bereits wieder so schnell er konnte Brian, so dass dieser hart und unerbittlich dem Feind hinterher feuern konnte.

Genau eine Sekunde später erhielt der deutsche Flieger plötzlich seinen ersten Treffer und wurde dadurch einen ganzen Satz hochgedrückt. Laut ließ Brian Samantha und Ted wissen: *„Eine schwere Granate von der Back des Rettungsschiffes Zaafaran ist unter der He 115 explodiert."* Er beobachtete den deutschen Flieger, der weiterhin stur auf seinem selbstmörderischen Kurs blieb. Auch Ted wurde Zeuge und sprach staunend: *„Aber er fliegt unbeirrt durch die Gassen der Frachter einfach weiter hindurch."*

Ohne jegliche Pausen hämmerten von allen Seiten die Mündungsfeuer aller schussbereiten Schiffe auf dieses einzige Flugzeug, welches noch mehr Treffer erhielt...-...es aber dennoch seinen Weg, schon mit einer Rauchfahne, hinaus über die vordere Zerstörersicherung des Geleitzuges schaffte.

Brian zollte den Mut mit einem beachtlichen: *„Er hat es tatsächlich geschafft."* Und ließ seine Bugkanone ruhen. Doch im gleichen Augenblick senkte sich das deutsche zweimotorige Schwimmerflugzeug plötzlich ab......und vollzog eine noch soeben geglückte Notlandung: zwei Kilometer vor dem gesamten Geleitzug PQ17.

Sofort blickte Samantha hinüber zu den Frachtern und Kriegsschiffen, die alle erneut das Feuer auf den notgelandeten deutschen Torpedobomber eröffneten.

Rings um die Landungsstelle des deutschen Schwimmerflugzeuges stiegen Sekunden darauf erste Wassereinschlagfontänen der Artillerie auf, wobei zwei britische Zerstörer unter Volldampf und ebenso feuernd bereits auf die notgelandete Maschine zu jagten.

Währenddessen beobachtete Brian durch sein Fernglas: die drei Besatzungsmitglieder des deutschen Torpedobombers kletterten bereits in ihr gewässertes Schlauchboot. Und kaum saßen sie drin, begannen sie so schnell wie möglich weg zu paddeln: weg vom scharfen Torpedo! Doch plötzlich rief Samantha: *„Dort! Ein zweiter Torpedobomber!"*

Brian setzte sein Fernglas ab und entdeckte ebenso wie Ted den zweiten Torpedobomber, welcher - wohl für alle im PQ17 mitfahrenden Seemänner - ein solches Wagnis einging, dass es ihnen für immer in Erinnerung bleiben sollte:

Denn unter Einsatz ihres Lebens stieß die Besatzung dieser zweiten deutschen Maschine brachial weiter aus den Wolken herab...-...um kurz darauf ganz niedrig über die Wasseroberfläche zu schleichen...-...um dann tatsächlich auch noch trotz des schweren Artilleriebeschusses genau neben dem Schlauchboot zu landen.

Noch bremste der Torpedobomber auf beiden Schwimmern gleitend die letzten Meter auf das Schlauchboot auf offener See zu, während sich bereits die Kanzel öffnete und der Pilot laut gegen den enormen Krach seiner beiden Propellermaschinen den drei Männern im Schlauchboot zurief:
„Hauptmann Vater! Steigen Sie ein!" Unverzüglich paddelten die drei Männer im Schlauchboot die letzten Meter hin zu ihrer Rettung - und kletterten unter härtestem Beschuss aus dem Schlauchboot auf die Schwimmer des Torpedobombers, während Hauptmann Vater verblüfft seinem deutschen Kameraden wissen ließ: *„Mein Gott, Oberleutnant Burmeister! Sie sind verrückt!"* Dann kletterten die drei Männer eiligst die kleine Leiter von den Schwimmern hinauf in das Flugzeug ...und schon längste brüllten die Motoren mächtigst auf, die mit zwei kraftvollen Gischtbahnen hinter sich her drückend die He 115 Sekunden später bereits übers Wasser schießen ließ.

Augenblicke später hob die He 115 inmitten riesiger explodierender Wassereinschlagfontänen von der Wasseroberfläche ab...
...und steuerte steil in die sicheren Wolken hinein.

Brian war verblüfft über diese Tollkühnheit und setzte sein Fernglas ab: *„Eiskalt diese Jungs, das muss man sagen."* Er wandte sich an Samantha und Ted: *„Aber getroffen haben sie nichts: eins zu null für uns."*

Achtern an Deck ließ Benson erschöpft mit einem weiteren Seemann das noch vor Hitze leicht rauchende Heckgeschütz ebenfalls ruhen, auch er hatte alles gegeben. Dann blickte er ringsum in den Himmel, um sich zu vergewissern, dass es das auch wirklich war...und bat den anderen Seemann hier hinten für klar Schiff zu sorgen, um dann in Richtung Brücke zu gehen.

Kaum erreichte Benson 30 Schritte darauf unten an Deck den Brückenturm - um in diesen zur Brücke hinauf zu verschwinden - beobachtete er durch Zufall, wie Samantha und Brian vorn auf Bug sich noch gegenüber standen...sich die Hände gaben...und sie ihn daraufhin umarmte.

Bis zum nächsten Abend den *3. Juli 1942* herrschte gespannte Ruhe auf der Earlston, während der Geleitzug in Formation weiter seinen Weg durch das eisige Meer nahm.

Samantha nutzte diese Ruhe, um ebenfalls mit dem alten japanischen Koch in der Kombüse ein Interview zu führen.

Er rührte parallel gleich in zwei kochenden Töpfen, wobei dieses Interview jedoch ungewollt in ein kleines privates Gespräch abgedriftet war. Und so versuchte der alte und sympathische Smut auf eine Frage von Samantha die richtige Antwort zu finden: *„...iech kann niecht sagen, was iest Recht uund was niecht."* Er wanderte einmal in seinen Gedanken: *„Aber das Japan führt Krieg miet Deutschland gegen Rest von Welt, iest niecht gut."*

Der alte Smut nahm einen Topf vom Herd: *"...iech leben seit 37 Jahren ien Amerika. Iech denken uund leben amerikanisch. Meine Kinder siend Amerikaner...-...daher mein Gefühl ien Bauch iest amerikanisch japanisch."* Er setzte den Topf auf einen Tisch ab und blickte zu Samantha: *"...iech dies auch gesagt meinen Bruder ien Tokio. Iech ihm gesagt: gehe niecht ien Krieg für Kaiser Hirohito. Doch mein Bruder iest Hauptmann und hat sich blenden lassen von großartige Worte von Kaiser..."*

Samantha blickte den alten Mann an...der vor ihren Augen erneut in sich gekehrt war. Stumm verharrte er...um dann doch mit tiefem Gesichtsausdruck gebrochen weiter zu sprechen: *"Mein Bruder jetzt iest seit Monaten verschollen."* Der alte Asiate schwieg. Samantha beobachtete ihn noch für einen weiteren Augenblick, nahm ihre Unterlagen an sich und wandte sich einem der geöffneten gläsernen Bullaugen zu, wobei sie ihn wissen ließ: *"Auch mein Bruder ist in den Krieg gezogen. Er ist gerade 19 Jahre alt."* Sie stockte... ...und blickte weiterhin auf Deck, denn sie wusste was noch folgen sollte: *"In den Krieg gegen Japan."*

Der alte Smut drehte den Kopf und sah, wie sie dort noch immer am geöffneten Bullauge stand. Derweil entdeckte Samantha draußen auf Deck Brian, wie dieser in eine der Frachtluken verschwand. Währenddessen näherte sich behutsam der ältere Japaner Samantha und sprach sie fürsorglich über ihre Schulter an: *"Siecherlich wierd aalles gut gehen, Mrs. McCancy."* Samantha drehte sich um und blickte dem älteren Mann dankend und wortlos in die Augen, wobei sie einmal weich seine Hände drückte. Was er erwiderte.

- - -

In rhythmischen Abständen brachen erneut die für Samantha bereits bekannten Lichtstrahlen in diesem Frachtdeck durch die Frachtluken - und ebenso wanderten diese Lichtkegel über die Panzer, Flaks und Flugzeuge…durch welche sie sich wieder einmal hindurch schlang. Doch bemerkte sie die Schönheit dieses Gesamtbildes hier unter Deck gar nicht, denn ihre Anspannung war viel zu groß.

Und so trat sie weiter vorsichtig und teilweise erneut kletternd über die dicht geparkten und miteinander fest verlaschten Kriegsgüter, wobei sie horchend einmal den Namen von Brian aussprach. - Doch es kam keine Antwort.

Atemzüge voller Anspannung vergingen…bis sie die kleine Luke erreichte, von der sie wusste, dass Brian dort schon einmal herausgeklettert war, als sie ihn hier unten überraschte.
Die eiserne Luke war geöffnet. Unsicher blickte sie durch diese einen Meter große Luke hinunter - und sprach nochmals den Namen von Brian aus: doch keine Antwort.

Mit Überwindung kletterte sie daraufhin die Metalltreppe durch diese Luke hinab - und erreichte so ein weiteres, tiefer liegendes Frachtdeck, in welches ebenso alle möglichen Kriegsgüter verstaut und miteinander verlascht worden waren.

Vorsichtig bewegte sich Samantha hier im düsteren Licht einiger, weniger, verschmutzter Glühbirnen weiter durch dieses Frachtdeck, kletterte hier und dort erneut von Flugzeug zu Flugzeug…und entdeckte nach 30m plötzlich zwischen einigen großen Holzkisten und Fässern, dass eine der Holzkisten zur Seite gerückt worden war…und dadurch eine weitere im Eisenboden verschlossene Luke sichtbar wurde.

Unsicher verharrte sie gebannt horchend vor dieser Luke…
…um sie dann doch zu öffnen.

Zu Tode erschrocken blickte Brian hinauf zu der sich gerade öffnenden Luke über ihm...und Samantha erkannte ebenso erschrocken, wie Brian in einem kleinen düsteren Raum mit vier blinden Passagieren dort verharrte - und ihnen wohl Lebensmittel überreicht hatte. Verblüfft sprach sie seinen Namen aus: „*...Brian.*"

Total verunsichert und verängstigt kauerten sich die blinden Passagiere an Brian. Doch dieser überblickte sehr schnell die Situation - das Samantha nämlich dort oben alleine war - und zürnte flüsternd, wütend: „*Sam! - Verdammt noch mal!*" Er glaubte es nicht: „*Verdammt!*" Er haderte, was sollte er tun? Um dann in sich und mit sich gemartert zu entscheiden: „*...komm runter! - Verdammt!*"

Irritiert begab sich Samantha eine in den Raum hinunterführende Eisenleiter gute drei Meter hinab... ...und kaum betrat sie, noch immer überrascht und noch mehr angespannt in dem Geheimversteck den Eisenboden, schnellte Brian die Eisenleiter hinauf, um dort oben verärgert die Luke wieder zu verschließen.

Wobei er mit einem Seil - welches durch ein gebohrtes Loch am Rande der Luke, hinauf zu der, oben zur Seite gerückten leeren Holzkiste führte - diese Kiste über die Luke zurück auf Position zog: was er Augenblicke zuvor vergessen hatte.

Mit ernstem Blick kam er die Leiter wieder hinunter und schaute Samantha immens sauer und enttäuscht an: er konnte es weiterhin nicht glauben. Samantha wich verunsichert dem harten Blick aus und erkannte währenddessen, die blinden Passagiere waren eine Familie mit einem Sohn von ca. 14 Jahren und einer Tochter von ca. 11 Jahren.

Weitere Blicke gingen umher, bis Samantha dann versuchte mit einem Satz die Spannung aus der Luft zu nehmen, während sie die Familie anblicke: *„Ich werde nichts sagen."*

Brian nahm die Hände vors Gesicht, um sie gleich wieder abzunehmen: *„Ich kann nicht glauben was du hier machst?"*

Brian blickte sie weiter an, enttäuscht - und tat eine Geste, sie war dran etwas zu sagen. Samanthas Augen tasteten die Familie ab, sie überlegte und wiederholte exakt Brians ausgesprochenen Satz: *„Ich kann nicht glauben was* du *hier machst, Brian. Und verdammt...",* sie hob leicht den Finger: *...ich find es verdammt noch mal klasse."* Sie blickte die Familie an: *„Ich kenne zwar nicht die näheren Umstände - und ich gehe davon aus das sie gravierend sind...",* sie blickte zurück zu Brian: *„...doch ich habe es dir am Anfang dieser Reise schon zweifach gesagt: du scheinst ein ehrlicher, aufrechter Mensch zu sein."* Ihr Blick wanderte erneut zur Familie: *„Und ich wusste, dass ich Recht habe."*

Der gut 50 jährige hagere Vater der Familie trat einen kleinen Schritt mit seiner Halbglatze hervor und sprach geduckt, verunsichert: *„Wir...wir sind Isländer. Wir mussten Amerika verlassen."*
Er blickte zu Brian: *„Und Mr. Thomson hat alles versucht uns im Hafen von Reykjavik, unserer Heimat, an Land zu schmuggeln...doch es hat nicht funktioniert."* Die Tochter schritt - Samantha unsicher anblickend - auf ihren Vater zu, der sie an sich nahm und fortfuhr: *„Wir sind Mr. Thomson dankbar, dass wir hier sein dürfen."* Die Mutter ergänzte: *„Und sobald wir in Russland sind, werden wir diesen Frachter verlassen."*

Brian tat einen weiteren genervten Atemzug und erklärte: *„Ich habe es Mrs. und Mr. Aktins...* (mit einer Handgeste stellte er sie so Samantha gleichzeitig vor) *...bereits mehrere Male versucht zu erklären: sie sollen, nachdem wir in Archangelsk unsere Kriegsgüter gelöscht haben, mit dem Geleitzug einfach wieder mit uns zurückfahren nach Reykjavik. Doch..."*
Mr. Aktins unterbrach: *„Wir bestehen darauf, dass wir den Frachter dort in Archangelsk verlassen: denn spätestens beim Löschen der Ladung wird man uns entdecken."*
Mrs. Aktins unterstützte ihren Mann: *„Es ist zu gefährlich für Mr. Thomson, für seine Zukunft. Sie glauben ja nicht, was er alles für uns auf sich genommen hat."*

Samantha verstand, sagte aber kein Wort. Gleich darauf blickte Brian auf seine Uhr: *„Es wird Zeit."* Er wandte sich an Samantha: *„Es darf nicht auffallen, dass Du so lange an Deck fehlst. Wir müssen gehen."* Er gab Samantha einen Wink hinauf zur Luke - und sie tat die ersten Schritte die Eisenleiter hinauf. Daraufhin sah sie oben das Seil, welches auf der anderen Seite der Luke durch ein zweites gebohrtes Loch wieder hinunterführte. Sie blickte zu Brian hinunter und dieser nickte sogleich: Ja genau, daran kräftig ziehen...
...und die Holzkiste rutscht zur Seite.

Doch bevor Brian ihr folgen konnte, griff der ältere Mann mit beiden Händen dessen Hand und ließ ihn mit einem Blick hinauf zu Samantha wissen: *„Mr. Thomson. Ich...äh..."*

Brian wusste, was Mr. Aktins sagen wollte und unterbrach fürsorglich: *„Mr. Aktins, alles wird gut. Wenn Samantha sagt, sie wird niemandem auch nur ein Sterbenswörtchen berichten, so glaube ich ihrem Wort. - Ansonsten werde ich persönlich dafür sorgen,..."*, er wandte sich extra ernst an Samantha: *„...dass Samantha den Rest der Reise nach Archangelsk schwimmen wird."*

Es herrschte aufgrund der Polarnacht erneut eine gedämpfte Tageslichtstimmung, während sich Andrew achtern an Deck an diesem Abend mit dem Captain austauschte, wobei beide je durch ein Fernglas die See absuchten.

Um sich dem wohl schon länger geführten Gespräch mit dem Captain richtig zu widmen, setzte Andrew das Fernglas ab - und lehnte sich umdrehend, mit Blick auf das Schiff an die Reling: „*Nun, Sir...*", begann er in seiner besserwissenden Art: „*...bei allem gebotenen Respekt Ihnen und Ihrer Stellung hier an Bord der Earlston gegenüber - aber die Disziplin einzelner Seemänner dieses Frachters, entsprechen nicht den maritimen militärischen Allgemein-Normen, eines in einem Geleitzug im Kriegseinsatz operierenden Frachters.*"

Er räusperte, um in seiner typischen Art weiter zu erklären: „*Und sei das Schiff - obgleich auch zivil - doch ich denke: ganz besonders im Hinblick auf einen speziellen Ihrer Kameraden...*" „*Das ich soweit alles unter Kontrolle habe. Mr. McCancy.*", unterbrach der Captain. Er nahm sein Fernglas ab und schaute Andrew an. „*Besonders meine mir ergebenen Männer, auf die ich mich - obgleich auch nur zivil - dennoch verlassen kann. Da ich sie so führe, wie ich es für richtig erachte - und nicht wie irgendwelche militärische Vorschriften es vorschreiben.*", setzte er im bestimmenden Ton fort.

Und dann sahen sie sich von Mann zu Mann an: wobei der eine von ihnen, irgendwie den Respekt des anderen vor dem Alter vermisste. Daraufhin - und verwirrt über diesen Marineoffizier - richtete der Captain seinen Blick wieder auf die See...und versuchte sich hinter seinem Fernglas zu verbergen: in der Hoffnung, dass nicht noch eine weitere unaufgeforderte Wortmeldung dieses selbstgefälligen Gastes hervorkommen würde.

Andrew verstand: das Gespräch war seitens des Captains beendet. Schmollend stand er da: wie konnte er nachträglich aus der Situation heraus noch sein Gesicht wahren?

Doch muffig hielt er sich in Schach: sicherlich war es ratsam einfach den Mund zu halten - denn er begriff, wieder einmal waren mit ihm und seine Art die Pferde durchgegangen.

Wobei er in diesem Augenblick Brian entdeckte, wie dieser in gut 60m Entfernung aus dem Innenraum einer der Frachtluken hinaufkommend auf das Deck trat...-...und kurz darauf nach ihm ebenso Samantha.

Schmerzerfüllt biss Andrew die Zähne zusammen:
- er traute seinen Augen nicht.
- doch was sollte er tun?
- er konnte nichts dagegen unternehmen.

Und während er beobachtete, dass Brian und Samantha an Deck sich trennten, gab er dem Captain mit einer Geste zu verstehen, gemeinsam mit ihm noch ein wenig weiter hinter der Brücke zu verschwinden, damit er, Andrew, erst gar nicht von Samantha entdeckt werden konnte.

- - -

Stunden später berichtete Benson, in der weiterhin taghellen und gedämpften Polarnacht, nach alter Seemannsmanier Samantha gegenüber von seinen Erlebnissen und Erfahrungen auf See, während er routiniert seiner Arbeit auf der Brücke mit der Hand am Ruder nachging: *„...wie fast jeder hier bin auch ich schon seit vielen Jahren auf See."* Er blickte sie an: *„Man gewöhnt sich daran. Und die Familie ebenso."* Er schaute auf seine Uhr und murmelte: *„...es ist 22:10 Uhr. Allmählich dürfte meine Ablösung kommen."* Samantha bewunderte Mr. Benson mittlerweile: er war ihr gegenüber überhaupt nicht nachtragend, was ihr Auftreten ihm gegenüber bei ihrer ersten Begegnung anging.

Die Tür von der Brücke öffnete sich und der Captain betrat aus seiner unter der Brücke liegenden Kapitänskabine die Brücke: *„Guten Abend, Mrs. McCancy. Benson."* Samantha grüßte zurück: *„Guten Abend, Sir."* Neugierig stellte der Captain Benson eine Frage: *„Wo ist Thomson?"* Benson wollte antworten, kam jedoch nicht dazu, da genau in diesem Augenblick Brian hinter dem Captain erschien: *„Hier, Sir."* Der Captain blickte auf die Uhr: *„Sie sind zu spät, Thomson."* Brian versteckte sich schmunzelnd hinter einer kleinen Notlüge: *„Es war soweit mit Benson abgesprochen, Sir."* Benson hingegen traute seinen Ohren nicht, gab aber mit einem Kopfnicken dem Captain zu verstehen: so war´s. Der Captain schrieb dieses Thema ab und erkundigte sich weiter: *„Benson, wie sieht´s mit den Kohlevorräten aus?"* Benson übergab derweil mit einem Blick *von Mann zu Mann* das Ruder an Brian und antwortete erklärend: *„Wir haben bisher weniger Kohle verbraucht, als berechnet. Sir. Und beim Öl sieht es ebenso..."* Er unterbrach, denn der Erste Ingenieur Cleghorn erschien angesetzt auf der Brücke und machte Meldung: *„Captain."* Der Alte wandte sich an den ölverschmierten Maschinisten: *„Was gibt´s, Cleghorn?"*

Samantha blickte ebenso und folgte Cleghorns weitere Worte: *„Wir haben ein kleines Problem mit dem neuen Stromgenerator."* Er blickte zu Benson: *„Benson. Du warst beim Einbau des Generators mit dabei: ich brauch deine Hilfe."*

Benson der eigentlich Schichtende hatte, erklärte sich bereit zu helfen: *„Ja. Aber wir brauchen einen dritten Mann."* Er blickte zu Brian: *„Brian?"* Brian schaute seinen Captain an und wies auf das Ruder. Der Captain nickte.

Alle drei Männer verließen daraufhin die Brücke...-...und kaum war die Tür von der Brücke hinter ihnen verschlossen, sprach Benson Brian freundschaftlich auf der Treppe an: *„Du Bananenbieger: wo warst du so lange?"* Brian wollte erklären, doch Benson winkte auch schon wieder ab: *„Ach, ich will's gar nicht hören: ich krieg eh nur 'ne dumme Antwort. Und...",* er veränderte den Ton: *„...übrigens: die Samantha hat 'n Kerl."* Brian folgte Benson weiterhin, doch nun etwas überrascht auf der Treppe: *„Was meinst du?"* Benson blieb stehen und klärte ihn auf: *„Ich hab nach dem Angriff eure Umarmung vorn auf der Back gesehen. Lass die Finger von der Frau: sie hat 'n hohen Offizier."* Brian wehrte sich, in seiner Art: *„Und dieser hohe Offizier ist zu blöd um unfallfrei aus'm Bullauge zu winken."* Benson blieb stehen und musste über diese Antwort einmal schmunzeln - obwohl er es nicht wollte - um dann jedoch wieder ernst nachzuhaken: *„Was meinst du?"*

Brian kam seinem Kameraden näher und erklärte: *"Er behandelt sie richtig Scheiße. Und sie lässt sich das gefallen. Da sie, so meine ich, an die ewige Verbundenheit zweier sich Liebender glaubt."* Mit angetan, tätschelte Ingenieur Cleghorn plötzlich einmal die Eisenwand des schmalen Treppenganges: *"Hörst du, meine eiserne Madame? ...ewige Liebe."* Brian wusste, dass dieser Zwischenruf nett gemeint war, ging aber nicht drauf ein: *"Nur sie hat anscheinend noch nicht so ganz mitbekommen, dass er ein egozentrischer Mensch ist: der nichts - aber auch gar nichts gegen sein Wort duldet. Eben 'n Blödmann mit 'nem IQ einer Fischgräte."*

Die Männer blickten sich erneut an, während Benson bemerkte, dass Cleghorn etwas sagen wollte: *"Was?"* Cleghorn klopfte weich gegen das Eisen: *"Sie ist ab und zu auch ein bisschen bockig."*

Die Tür über ihnen öffnete sich, während der Captain befehlend hinunter sprach: *"Thomson. Rauf kommen."*
Brian blickte hinauf: *"Sir?"*

Mit wenigen Schritten erreichte Brian erneut die Brücke und stand dem Captain gegenüber, während dieser ihm zu verstehen gab: *"Ich packe selbst mit an. Die Maschine da unten ist nagelneu. Übernehmen Sie das Ruder."*

Brian begab sich zum Ruder.
Und kaum war der Captain von der Brücke verschwunden, blickte er Samantha an: sie waren allein.

Brian kam gleich zur Sache und sprach von dem, was an diesem Tage im Geheimversteck geschehen war: *„Und nochmals: wieso bist du mir heute hinterher geschlichen?"* Samantha empfand ihr Vergehen hingegen nicht als Hinterherschleichen: *„Brian. - Bitte verstehe es nicht falsch, doch es war kein Hinterherschleichen. Irgendwie wusste ich, dass da was im Busch ist. Ich beobachte dich hier auf diesem Schiff bereits seit Tagen."* Brian konnte es nicht fassen: *„Wie?"* Er stockte: *„Dir ist klar, dass dieses Ding auf jeden Fall unter uns bleiben muss. Auf jeden Fall, sogar."* Sie bestätigte und bekräftigte diesen fordernden Gedanken: *„Brian, das ist doch selbstverständlich."*

Es herrschte für einen Moment Stille.

Bis Samantha dann mit ihrem Gedanken fortfuhr: *„Sei froh, dass ich es weiß."* Brian glaubte nicht richtig zu hören: *„Gute Frau: sei froh, dass ich es einfach nicht schaffe dich über Bord zu werfen."* Er überlegte und versuchte etwas klarzustellen: *„Kannst du dir vorstellen, was du alles zerstören kannst? Was ist, wenn jemand gesehen hat wie du in den Frachtraum geklettert bist?"* Sie wehrte sich: *„Brian, ich war vorsichtig und hatte darauf geachtet: mich hat niemand beobachtet."* Sie ging in sich. Da war ein Gedanke: *„Und außerdem:...ich könnte mir vorstellen meinen ganzen Bericht über den Geleitzug zu verwerfen...und stattdessen über die Familie Aktins zu schreiben. Ganz Amerika wird..."* *„Bist du des Wahnsinns?"* unterbrach er. Und schaute sie ernst an: das war jetzt nicht wahr - oder? *„Damit katapultierst du mich vors Kriegsgericht."* *„Oder hin zum amerikanischen Helden."*, entgegnete sie. Doch Brian wollte davon nichts wissen.
Er wandte den Blick ab und schaute aufs Meer.
Es vergingen einige Sekunden...und erst dann blickte er wieder zu ihr: um aber weiterhin kein Wort zu sprechen.
Auch sie hielt den Blick...und verhielt sich wortlos.

Er überlegte derweil weiter...
...und es waren seine Gesichtszüge, die Samantha dann verrieten er war ihr gegenüber nicht böse.
Zwar irgendwo irgendwie enttäuscht, doch aber auch - froh.

Auch wenn er es niemals zugeben würde.

Woraufhin er ihr einen kleinen Stupser gab, um aber dennoch ernst zu erklären: *„Sam,...wir müssen das jetzt gemeinsam durchziehen."*

Sie bestätigte und legte einmal kurz ihre Hand auf die seine, welche das Ruder umgriff: *„Das werden wir, Brian."* Brian blickte auf das Nordmeer: *„Ich verlasse mich darauf, denn..."* Er musste unterbrechen, da er ein Flugboot sichtete und zugleich erkannte, es war ein englisches: *„...denn es geht hier um die Existenz einer ganzen Familie. Und zudem ist mir Familie Aktins ans Herz gewachsen."* Samantha verstand und betrachtete währenddessen ebenso das Flugboot: *„Was ist das für ein Flugboot?"* Sie nahm ein Fernglas - und während das Flugboot zur Landung längsseits eines Zerstörers ansetzte, nutzte er die Gelegenheit das leidige Thema mit dem Geheimraum abzulegen. Folglich ging er auf ihre Frage ein und erklärte: *„Ein englisches. Es bringt sicherlich eine Meldung der Fern-Eskorte, hin zum englischen Zerstörer Keppel, den du da hinten siehst."*

Samantha nahm das Fernglas kurz ab und schaute Brian fragend an. Er bemerkte, dass sie es nicht ganz verstand: *„Das Flugboot kommt von der Fern-Eskorte, die in 35 Seemeilen hinter uns läuft. Und da ja weiterhin Funkstille herrscht, auch wenn sie bereits gebrochen wurde, werden Befehle und Nachrichten von der Fern-Eskorte hin zum Geleitzug mit dem Flugzeug überbracht."*

Samantha verstand und nickte einmal während sie beobachtete, dass das Flugboot schon langsam neben der Keppel im Wasser glitt...woraufhin einen Augenblick darauf ein Marinesoldat des Zerstörers eine Leine zum Flugboot hinunterwarf.

Ein Besatzungsmitglied des Flugbootes - waghalsig mit einer Schwimmweste an, auf dem Flügel stehend - fing die Leine, um gekonnt einen Postsack daran zu befestigen. Mit geübten Griffen wurde dieser Postsack an Bord des Zerstörers gezogen...-...und bereits einen Augenblick später legte das Flugboot vom Zerstörer wieder ab, um mit preschenden Motoren Geschwindigkeit aufzubauen, abzuheben...-...und kurz darauf im tief hängenden Himmel zu verschwinden.

Gleich darauf wandte sich Samantha an Brian und wollte etwas wissen, denn nach wie vor ließ sie das Geschehene des Tages nicht in Ruhe: *„Brian: aus welchem Grunde wollen sie zurück nach Island?"* Er schaute sie an. Sie sprach weiter: *„Familie Aktins."* Brian überlegte und wollte antworten, doch er konnte nicht einmal das erste Wort aussprechen, da ihn MG-Schüsse weit in der Ferne unterbrachen.

Gebannt blickten beide - und wohl der Rest des Geleitzuges - wieder auf die See und erkannten, dass das englische Flugboot aus dem Himmel heraus sich halsbrecherisch wieder hinunter zwischen die Frachter drückte...während die Schüsse sich auf ein zweites Flugzeug dahinter konzentrierten: *„Ein deutscher Aufklärer."*, kommentierte Brian.

Aufmerksam hafteten Samanthas Augen auf das Geschehen, während der deutsche Aufklärer in dieser Sekunde seine Jagd aufgab und abdrehte.

Brian erklärte kurz: *„Jetzt ist er im Wirkungsbereich der Flugabwehrwaffen."* Mit voller Leistung schraubte sich der Deutsche hoch hinaus in die Wolken, während deutlich die ersten Flakgeschosse zu sehen waren, die in der Luft in der Nähe des Deutschen explodierten. Doch kaum hatte der deutsche Aufklärer den schützenden Himmel erreicht...
...hielt er dreist von dort oben permanenten Sichtkontakt durch die Wolkenlücken hin zum englischen Flugboot.

Brian beobachtete den feindlichen Aufklärer: *„Der Deutsche weiß, dass unsere Burschen in dem kleinen Flieger nur für drei Stunden Sprit haben. Also müssen unsere Jungs auf kurz oder lang es riskieren, den Geleitzug hier zu verlassen, um schnellstmöglich die 35 Seemeilen zurück zu den anderen Kampfschiffen der Fern-Eskorte zu fliegen."*

Währenddessen begann das englische Flugboot damit, sich flach über PQ17 hin- und herfliegend irgendwie in eine strategisch günstige Position zu manövrieren, um dann vor dem Deutschen den Rückflug hin zu den Ferndeckungsschiffen zu riskieren.

Momente des Katz und Maus Spiels vergingen, bis das englische Flugboot tatsächlich einen ersten Versuch startete.

Doch der deutsche Aufklärer verlor keine Sekunde und stürzte sich außerhalb der Reichweite der Geschütze des Geleitzuges sofort auf das englische Opfer, um den Weg zu den Schlachtschiffen der Ferndeckungsgruppe abzuschneiden.

Gespannt verfolgten Brian und Samantha wie beide Maschinen davon flogen.

Kurz darauf ließ Samantha durch ihr Fernglas blickend Brian wissen: „*Ich kann keines der Flugzeuge mehr sehen. Ich glaube unsere Jungs haben es geschafft.*" Sie nahm ihr Fernglas ab und wandte sich an Brian. Doch der suchte weiter durch sein Fernglas und musste nach einer Sekunde berichtigen: „*Oh, oh.*" Unverzüglich hob Samantha ihren Feldstecher wieder an und wurde Zeuge, wie das englische Flugboot erneut zurückkehrte: mit einem feuernden Deutschen im Rücken. Der aber kurz darauf seine Maschine ein weiteres Mal wieder hochziehen musste, um nicht in die Reichweite der Geschütze des Geleitzuges zu gelangen.

Erneut kreiste das englische Flugboot flach über die Frachter des PQ17. Brian machte Samantha auf etwas aufmerksam: „*Wenn unsere Freunde es jetzt allmählich nicht schaffen, so müssen sie zwischen unseren Schiffen notlanden.*" Er setzte sein Fernglas ab und blickte ringsum auf die See, während er feststellte: „*Es kommt Nebel auf.*"

Gleich darauf bemerkte auch Samantha, wie beide Flugzeuge hier und dort in einige Nebelbänke verschwanden...um einen Atemzug später wieder gespenstig zum Vorschein zu kommen.

Kaum - Augenblicke später - aus einer weiteren Nebelwolke herausgekommen, startete das englische Flugboot erneut einen Versuch den Geleitzug zu verlassen. Doch bereits im Anfang brach die Besatzung diesen Versuch ab, da der Deutsche sehr aufmerksam war und unverzüglich seine strategisch wichtige Position eingenommen hatte. Sofort zog der Engländer eine Kurve...und verschwand in die nächste Wolke hinein.

Brian wandte sich an Samantha: *„Sam. Übernimm das Ruder und bleib im Fahrwasser vom Vordermann."*
Etwas überrascht folgte sie seinem Befehl und stellte sich hinter das große Ruder. Es war ein unglaubliches Gefühl: natürlich tat sich nichts Unvorhergesehenes...aber es war ein komisches Gefühl. Überhaupt, dass er ihr diese Aufgabe - auch wenn es nur Geradeausfahren war - anvertraute.

Brian war indessen nach außen auf die Brücken-Nock geeilt...und verharrte dort still in den Himmel horchend: deutlich konnte er irgendwo in großer Entfernung die beiden Flugzeuge vernehmen.
Gelassen - aber mit den Ohren in den Himmel gerichtet - begutachtete er seinen eigenen Atem in dieser eiskalten Luft: es war in den letzten Tagen nochmals deutlich kühler geworden.

Nichts geschah...bis plötzlich eines der Flugzeuge wieder aus dem Nebel heraus, von hinten, sehr niedrig auf die Schiffe zuflog...und überraschend zwischen den Pötten zwei Wasserbomben abwarf.

Aufgrund der Detonationen eröffneten sofort alle umliegenden Schiffe - auch die Männer der Nachtwache an den MG´s der Earlston - das Feuer auf dieses durch die Nebelschwaden preschende Flugzeug.

Doch glücklicherweise war dieses Mal der Nebel der Verbündete des Fliegers, der unangemeldet auch noch zur Landung ansetzte. Und noch bevor die Richtkanoniere sich eingeschossen hatten, sah Brian, wie das Flugzeug tatsächlich landete, wobei er wohl der Erste war der die englische Kokarde laut rufend erkannte: *„Mein Gott! Feuer einstellen! Es sind unsere Männer!"*
Laut ließ er seinen Ruf im Affekt nochmals übers Meer zu den benachbarten Schiffen hallen...als glaubte er, man könne ihn hören...und tatsächlich endete abrupt das Feuer der Earlston und dann das der anderen Schiffe, die wohl ebenso das englische Flugboot nun selbst wieder erkannt hatten.

Kopfschüttelnd betrat Brian die Brücke: *„Unglaublich: unsere Jungs wollten nur ihre scharfen Wasserbomben abwerfen, um nicht nochmals mit ihnen landen zu müssen."* Er verriegelte die Tür zur Brücken-Nock...und übernahm wieder das Ruder: *„Sicherlich haben sie in der Hektik vergessen, die Wasserbomben vor dem Abwerfen zu entschärfen."* Beide blickten sich an, um dann gleich darauf auf See festzustellen, wie das englische Flugboot sich langsam auf den Kufen einer Eskorte näherte. In diesem Augenblick betrat der ölverschmierte Captain eilig die Brücke: *„Thomson, alles klar?"* Brian und Samantha blickten den Captain an: *„Ja, Sir."*

Brian wies auf die See und zeigte dem Captain - der näher kam - das englische Flugboot, welches von der Eskorte ins Schlepptau genommen werden sollte: deutlich waren die beginnenden Arbeiten an Bord der Eskorte zu sehen, wie einzelne Matrosen ein langes dickes Seil auf Deck auslegten - und ein dünneres Seil mit einem kleinen Gewicht in Richtung Flugboot geworfen wurde. In Gedanken ließ Brian seinem Captain wissen: *„Um ein Haar hätten wir beinahe unsere eigenen Jungs auf den Grund der See geschickt. Sir."* Der Captain verstand und kommentierte diese Information mit einem wortlosen Blick hin zum Flugboot.

Ruhe kam auf...während der Alte damit begann in seinen Gedanken zu kramen. Er holte seine Pfeife hervor...und schmunzelte innerlich über die geschehene Situation. Um dann jedoch Brian anzublicken und danach Samantha. Daraufhin ließ er seinen Blick über die Nebelbänke schweifen: *„Aus meiner Erfahrung her schätze ich, dass die Krauts es nun mit ihren U-Booten versuchen werden. Was denken Sie? Thomson."* Brian musste bestätigten: *„Wir sind nördlich der Bären-Insel. Dies ist das Operationsgebiet der Eisteufel. - Tja...und wir haben wieder einmal Nebel."*

Der Captain nickte stumm - und während er seinen Tabak in die Pfeife drückte, blickte er zu Samantha und erklärte weiter: *„Die deutschen U-Boote können in dieser Suppe sehr nah herankommen... ...ohne von uns gesichtet zu werden."*

Samantha überlegte schlau: *„Ja... ...aber sie müssen uns in dieser Suppe erst einmal finden."* Doch der Captain musste sie sogleich ihres seemännisch angedachten Denkens enttäuschen und erklärte, ohne dieses Mal von seiner Pfeife aufzublicken: *„Mrs. McCancy, die Eiswölfe wissen genau wo wir uns befinden."*

Erst jetzt widmete der alte Seebär von seiner Pfeife aufblickend Samantha seine weitere Aufmerksamkeit: *„Der deutsche Aufklärer hat während der ganzen Zeit pausenlos Peilzeichen für seine Freunde unter Wasser abgegeben."* Brian musste ergänzen: *„Hinzu kommt noch die Mitternachtssonne, jetzt Anfang Juli. Die Polarnacht wäre unser Verbündeter gewesen."* Er wies mit der Hand auf die fast taghelle See mit dem Nebel: *„Es ist 23:00 Uhr. Und beinahe taghell."*

Der Alte wandte sich ab und blickte auf das Meer...er war tief in seine Gedanken versunken, er kannte das weitere Vorgehen der Deutschen: *„Und sie werden mit ihrer bewährten Rudeltaktik kämpfen."*

- - -

Es war mittlerweile tief in der Nacht, als Benson die Tür von Samanthas Kajüte erreichte. Eigentlich wollte er klopfen, doch er hielt unentschlossen inne. Er blickte auf seine Uhr: es war der *4. Juli 1942* / 02:50 Uhr. Nochmals überlegte er, zögerte ein weiteres Mal...um dann doch vorsichtig zu klopfen.

Er ließ zwei Sekunden verstreichen, bis er ein weiteres Mal an der Kajütentür klopften wollte - doch während er ansetzte war ein verschlafenes: *"Wer ist da?"*, zu vernehmen.
Benson gab sich in seiner ruhigen Art höflich zu erkennen: *"Hier ist Benson, Mrs. McCancy. Der Erste Offizier."*

Erneut vergingen einige Sekunden in denen Benson nur vor der Tür stand und wartete...bis die Tür dann endlich von einer verschlafenen Samantha geöffnet wurde: *"Was gibt es denn?"*
"Bitte entschuldigen Sie, dass ich mitten in der Nacht an Ihrer Tür klopfe." Er hielt vorsichtig ein Telegramm hoch:
"Doch diese Nachricht ist während meiner Wache gerade von der Wainright per Lichtmorsezeichen für Sie eingegangen. Mrs. McCancy."

Langsam und vorsichtig trat Brian in dieser taghellen, leicht gedämpften Nacht von hinten auf Samantha zu, die vorn in Höhe der Bugkanone an der Reling gelehnt stand - und Brian es natürlich bemerkte wie sehr sie litt und weinte...
...während sie verloren ihren Blick über die mit Nebelschleiern überzogene See mit den jetzt nur schwer zu erkennenden Schiffen ringsum der Earlston schweifen ließ.

Schemenhaft erschienen in dieser Nacht, die keine war, sogar verschiedene gedämpfte Nordlichter durch den Nebel am Himmel, dessen atemberaubendes Schauspiel Samantha in ihrem Zustand jedoch nicht wirklich wahrnahm...bis Brian dann endlich und fürsorglich einen Schritt hinter ihr stehen blieb...wartete...und vorsichtig von hinten mit beiden Händen ihre Taille berührte.

Mit verweintem Gesicht drehte sie sich um - wohl ahnend wer sie berührte - und blickte Brian mit rot unterlaufenen Augen an. Behutsam flüsterte er: *„Benson schickt mich."*

Samantha hatte diesen Satz erwartet, gar erhofft.
Sie hielt inne...einen ganzen Moment lang ließ sie verstreichen. Und sie war es, die dann Brians Hand nahm. Erst daraufhin begann sie weinend und verlorenen und mit zitternder Stimme zu sprechen: *„...er...-...er war erst 19 Jahre alt."*

Hoffnungslos umarmte sie Brian und ließ ihre Gefühle freien Lauf. Brian erwiderte diese Umarmung und ließ sie sprechen: *„Er war mein einziger Bruder. Und er wollte...-...er wollte nicht in den Krieg. Er hatte immer Angst."*

Enttäuscht über das Schicksal rollten weitere Tränen, wobei sie Brian schmerzerfüllt und weiterhin umarmte.

Sie brauchte diesen Halt.

Vorsichtig hielt Brian dieser Umarmung stand, wobei er mit seiner Hand irgendwann zärtlich ihr Haar durchfuhr.

Sie blickte ihn weinend an, suchte in seinen Augen und betrachtete sein männlich, markantes Gesicht.
Er hielt diesem Blick stand.
Woraufhin sie von innen gelenkt ihre Hand über seine ausgeprägten Gesichtszüge gleiten ließ...-...und irgendwie ängstlich ahnte, die Kontrolle über sich in dieser Situation zu verlieren. Während er weiterhin ihrem Blick standhielt und mit seiner Hand die ihre umgriff.

Weiterhin war es ihr egal, dass er sah, wie sehr sie litt und weinte - während sie bemerkte, dass sie es selbst war, die ihm langsam, sehr langsam mit ihren Lippen immer näher kam: um sich in diesem Dschungel der Gefühle tatsächlich zärtlich von ihm küssen zu lassen.

Der Augenblick eines innigen Kusses entstand.

Den Samantha dann jedoch nach einigen Sekunden beendete. Sie musste. Um Brian hauchend zu verstehen zu geben: *„Nein. ...ich bin verheiratet."* Brian blieb ruhig und entgegnete: *„Sam. Ich glaube das ich dich liebe."*

Sie nahm sein Gesicht behutsam in ihre Hände...-...und erklärte achtsam, mit dem Kopf verneinend und hauchend: *„Aber...ich...bin...verheiratet. Ich habe einem anderen Mann vor Jahren die Treue geschworen."*

Brian glaubte zu wissen, wie er sich am besten verhalten musste ...und verschloss den letzten Knopf ihres dicken Wintermantels, wobei er warmherzig und leise auf ihre Gefühle einging: *„Erzähl mir von deinem Bruder."*

Verwundert kräuselte sie die Stirn. Brian wiederholte seinen Satz: *„Erzähl mir von deinem Bruder. Es hilft."* Weiterhin irritiert, dass Brian so auf ihre Absage reagierte und sich stattdessen weiter um ihre Gefühlslage kümmerte, begann sie nach kurzem Zögern dann doch langsam und unsicher über ihren Bruder zu berichten: *„Mum und Dad…waren immer fest im Glauben, dass aus ihm eines Tages etwas werden würde. In gewissen Dingen war er ein Genie. Es fiel ihm einfach zu: das Wissen war einfach da. - Und er hatte von klein auf gute, sehr gute Menschenkenntnis."*

Gedankenverloren blickte sie aufs Nordmeer und bemerkte nochmals die Erscheinungen der schemenhaften Nordlichter: *„Er war schmächtig und hatte ständig Probleme mit seiner Brille. Und ganze zwei Jahre hatte ich investiert, bis er endlich seiner Schulliebe auf unserem Stadtfest den Hof machte. Ich sehe es noch vor mir: sein erster Kuss, hinter den Anhängern der Schausteller."*

Samantha hielt inne - und erahnte die Silhouetten der Schiffe des Geleitzuges um die Earlston im Nebel um sie herum, während sie weiter nachdachte. Sie wischte sich zwei, drei Tränen ab und ließ einfach ihre Erinnerungen schweifen. In tiefen Gedanken versunken begann sie dann erst und leicht schluchzend weiterzusprechen, während sie jedoch den Blick auf die See und den Nordlichtern behielt: *„Schau dir dieses Naturschauspiel an: man kennt es ja nur aus Büchern. Niemals hätte ich gedacht, es einmal sehen zu dürfen. Und nun kann ich es noch nicht einmal genießen."* Sie setzte den Blick ab, um mit einem ihrer Schuhe vor und zurück über den Decksboden zu schlürfen…da war noch etwas, was ihren Bruder betraf. Und sie wollte es Brian mitteilen: *„Er sagte damals zu mir: lass die Finger von dem Andrew. Er ist nicht der, der er vorgibt zu sein. - Ich gab ihm daraufhin eine Ohrfeige."*

Schuldbeladen atmete sie tief durch: *„Diese Ohrfeige hätt ich mir geben sollen."* Für eine Sekunde trafen ihre verweinten Augen Brian, woraufhin sie sich gleich wieder abwandte, sie wusste was sie Brian noch weiter anvertrauen wollte: *„Ich...ich habe immer versucht unsere Ehe zu retten. Ich war es, die immer zurücksteckte. Denn er blieb all die Jahre stur auf seiner Linie...und er ist niemals auch nur einen Zentimeter abgerückt. - Mir entgegengekommen. - Kein einziges Mal."*

Behutsam schloss Brian sie in seine Arme, woraufhin sie weinend diese Umarmung erwiderte: *„Wie konnte ich mich derart täuschen."* Brian sagte kein Wort, sondern ließ sie weiterhin in Ruhe in seinen Armen weinen.

Doch sie selbst unterbrach und rief: *„Ein Torpedobomber!"* Blitzartig wandte sich Brian um und erkannte ebenso im Nebel schemenhaft diesen Torpedobomber der auf sie zuraste: *„Keine 200m entfernt! Er klinkt den Torpedo aus!"*

Schon erklang aus der Ferne dumpf die Sirene eines Zerstörers, während Brian mit Samantha zu seinem Flakgeschütz sprinten wollte - sich aber beide hinter der Reling in Deckung werfen mussten, da der Deutsche eine Salve mit seinem schweren Bord-MG auf die Earlston abfeuerte.

Unerbittlich hämmerten die Kugeln knallend, klirrend und funkensprühend in dieser Nacht durch das Metall der Reling, um als weitere Querschläger weiteres Unheil anzurichten. Laut brüllend informierte Brian im Affekt die Brücke der Earlston, in der Hoffnung man könne ihn hören: *„Ruder hart Backbord! - H e y!"*

Auf der Brücke war der Torpedobomber ebenfalls vom Captain entdeckt worden, während er das Ruder mächtig schon bis zum Anschlag herumwarf - und Benson zum Geberhebel des Maschinentelegraphen schnellte, um diesen wuchtig auf >> Voll Zurück << zu reißen.

Gleichzeitig löste der Captain die Sirene aus.

Schrillendes Klingeln ließ unten im Maschinenraum den Maschinisten ungläubig zum Sprachrohr eilen, während er auf seinen Maschinentelegraphen blickte und das Sprachrohr öffnete: *„Benson. Meinst du wirklich voll zurück?"*
Benson brüllte Cleghorn durch das metallene Sprachrohr an: *„Cleghorn! Alle Kraft `Voll zurück!' - Looos!"*

Blitzartig öffnete Maschinist Cleghorn das Umsteuerventil, während er weiterhin durch das Sprachrohr noch Benson schreien hörte: *„Wir laufen direkt in einen Torpedo!"*

Derweil war Brian vorn auf Bug bereits hinter seiner Flak geeilt, um das mächtige Geschütz feuerbereit zu machen. Doch es war bereits zu spät, denn der deutsche Flieger peitschte wagemutig mit brüllenden Motoren in nur 15m Höhe direkt an ihnen vor der Back in Augenhöhe entlang. Unter größter Angst erkannten Samantha und Brian sogar das Gesicht des Piloten, der sie wiederum anblickte und mit seinem ledernen Fingerhandschuh mit dem Finger zeigend auf etwas wies: als wollte er sie warnen. Während Brian zu den Munitionskisten hetzte: *„Sam, öffne den Kanonenschacht!"*

Der Angriff dieses Piloten erfolgte so unverhofft und präzise schnell, dass nur die in der Anflugrichtung fahrenden Frachter überhaupt etwas von diesem Angriff bemerkt hatten…und ebenso mit schwerem Kaliber erst jetzt auf etwas Schemenhaftes im Nebel hinterher feuerten: in Richtung Earlston!
In Richtung Brian und Samantha!

Und so zischten unwiderruflich erste Kanonengeschosse angsteinflößend heulend direkt über Brian und Samantha hinweg! Doch die beiden waren vollauf beschäftigt ihr Leben mit Blick aufs Wasser zu retten: sprich, mit dem Blick auf den Torpedo. *„Der Deutsche meinte seinen Torpedo!"*, entglitt es Brian. Folglich registrierten sie die Gefahr der Geschosse nur unbewusst, da Brian den feindlichen, tödlichen Torpedo anstarrend wusste: *wenn*, dann hatten sie nur noch Sekunden: *„Wir müssen auf den Torpedo feuern!"*

Brian eilte mit der schweren Granate auf beide Arme auf Samantha zu, führte das Geschoss eiligst in den Munitionsschacht, verschloss knallend den Kanonendeckel und wuchtete die große Kanone kurbelnd nach Steuerbord hinunter auf die Wasseroberfläche…-…doch fatal musste er feststellen: *„Nein! Der Neigungswinkel der Flak reicht nicht mehr! Ich kann keinen Schuss auf den Torpedo abgeben!"*

Sofort eilte Brian hinter dem Geschütz hervor, sprintete 20m nach vorn zur Spitze der Earlston - und beugte sich dort über die Reling. Samantha erreichte ebenso die Spitze und tat es ihm gleich, während Brian sogar mit dem Schiff sprach: „Komm! Kooomm schon! Werde laaangsamer!" Aufgrund seiner Erfahrung wusste er, dass der Maschinenraum mit Sicherheit längst den Befehl erhalten hatte, dass Umsteuerventil zu betätigen.

Mit Todesangst blickte Samantha hinunter und erkannte wie Brian die vorausahnende weitere Bahn des Torpedos, der vielleicht nur noch 50m entfernt war: wobei sie bei diesem Anblick gar vergaß zu Atmen. Doch anstatt wegzulaufen, blieben beide - geschockt über die Tatsache, dass ein todbringender Torpedo genau auf die Spitze der Earlston mit seinen 33 Knoten zuschoss - *stehen*. Samantha gab sich auf: *„Wir werden sterben!"* Doch wenige Sekunden später zischte gurgelnd der Torpedo nur geschätzte fünf Meter direkt an der Bugspitze vorn vorbei!

Es nicht glauben könnend drehten Brian und Samantha sich dem Torpedo geschockt backbords hinterher - und sahen, wie dieser seine todbringende Reise weiterführte. Der Realität noch fern, sehr fern, stöhnte Brian: *„Ich glaub das nicht."* Er blickte im Bann zu Samantha: *„Wir stehen hier vorn auf <u>1000</u> <u>Tonnen</u> <u>Munition.</u>"*

Und während der Torpedobomber unter starkem Beschuss - von den Frachtern, die ihn in den Nebelschwaden überhaupt ausmachen konnten - es schaffte, in einer dichten Nebelwand zu verschwinden, hielt der Torpedo stur seine Richtung auf das nächste Schiff. Geschockt erkannte Brian weiterhin über die Bugreling gelehnt was geschehen würde: *„Oh, Gott: die Christopher Newport."*

Auf der Brücke der Earlston verfolgte ebenso der Captain durch sein Fernglas aufmerksam den Torpedo und befahl: *"Benson. Geben Sie der Christopher Newport eine Warnung! Anscheinend haben die den Aal noch gar nicht bemerkt!"* Unverzüglich riss Benson am Nebelhorn, um das parallel fahrende Schiff zu warnen: in der Hoffnung es sei nicht zu spät. Danach hechtete er hinaus auf die Brücken-Nock, um von dort aus nochmals mit dem Morselicht ebenfalls zu warnen.

Zeitgleich erreichte Ted an Deck eines der beiden schweren Browling-Maschinengewehre, entsicherte dies und gab gleich mehrere gezielte, leuchtend glühende Feuerstöße von Backbord auf den Torpedo hinterher...die jedoch ihr Ziel verfehlten.

Gebannt wurde auf der Brücke der Christopher Newport der Captain auf den herannahenden Tod nun erst aufmerksam und konnte gar nicht mehr schnell genug reagieren, während er dennoch einen Befehl durchgab: *"Torpedo Alarm! Volle Kraft zurück!"* Ein weiteres Besatzungsmitglied blickte entsetzt auf den Aal und rief verzweifelt: *"Wir sind verloren!"*

Kurz darauf wurden Brian und Samantha nochmals Zeuge davon, wie Ted eine weitere Salve auf den Torpedo abgab, welcher jedoch unverändert seine Richtung hielt, genau auf den Frachter zu auf welchen Hektik ausbrach.

Parallel sahen sie, wie von der Christopher Newport nun ebenso ein Matrose auf den Aal feuerte.

Panik herrschte in dieser Nacht auf der Christopher Newport - und immer wieder schoss dieser junge Gefreite mit dem MG von der Brücken-Nock auf den Torpedo, während unter ihm an Deck alle anderen Seemänner das Weite suchten und noch riefen: *"Bring dich in Sicherheit, Wright!"*

Eine Sekunde darauf erfasste eine riesige Detonation das Schiff.

Erschrocken über die unglaubliche Wucht der Detonation zuckte Samantha zusammen und musste mit Brian erkennen, wie enorm schweres Kriegsmaterial und Schiffsteile derart in die Luft geschleudert wurden, als seien sie nur Spielzeug.

- - -

Verängstig blickte die Familie Aktins im Geheimversteck hinauf zur Luke, da diese von Brian und Samantha geöffnet wurde: *„Bitte habt keine Angst."*, sprach Brian hinunter.

Mit geübten Schritten eilte er die eiserne Leiter hinab und erklärte sofort - während Samantha ebenfalls die Leiter betrat und oben noch die stählerne Luke verschloss und die Kiste über die Luke zog: *„Ein Frachter direkt neben uns, ist von einem Torpedobomber getroffen worden."* Er blickte die Familie sich schuldig fühlend an: *„Wir konnten nicht eher kommen, da der Captain oben an Deck mit der Crew, mit uns, nach einer Lösung suchte…wie wir uns zu verhalten haben, um unser eigenes Schiff besser zu sichern: denn der Torpedo hat vorher unseren Frachter nur um wenige Meter verfehlt. Daher konnten wir erst jetzt kommen."*
Wortlos blickte Familie Aktins Brian an. Der entschuldigte sich nochmals: *„Wir konnten nicht eher kommen. Es wäre sonst aufgefallen."*

Der Reihe nach konnte Brian die Angst in den Augen seiner Schützlinge wahrnehmen: *„Bitte habt keine Angst und vertraut mir: sobald irgendetwas mit diesem Schiff geschehen sollte, werde ich alles unternehmen damit ihr zuerst hier rauskommt. Und ich Scheiß auf die Gesetze an Bord: von wegen blinde Passagiere. Ich Scheiß auf die Militärs und möglichen Disziplinarverfahren. - Ihr habt mein Wort."* Er blickte sie an: *„Denn dann geht's eh nur noch ums Überleben."* Entschlossen schaute er durch die Runde: *„Ihr habt mein Wort."*

Mr. Aktins bestätigte betäubt Brians Aussage: *„Mr. Thomson. Ja, wir haben Angst: da wir hier unten nichts sehen können. Doch wir haben auch vollstes Vertrauen zu Ihnen."*
Erleichtert blickte Samantha zu Brian und dann zur Familie, um daraufhin ein bisschen Obst unter ihrem Mantel hervorzuzaubern.

Es waren die entspannten Gesichter, welche Samantha trotz der Gedanken an ihrem gefallenen Bruder in dieser Nacht im Geheimversteck auffielen, während sie alle teilweise auf Matten auf den Boden sitzend Mr. Aktins Erzählung lauschten: *„...also vertrauten wir diesem Mann, denn es blieb uns nichts anderes übrig. Ich sagte noch zu meiner Frau: er ist ein Geld-Hai, doch ich muss das Risiko eingehen. Ansonsten werde ich dich und die Kinder nicht mehr ernähren können."* Er blickte einmal zu seiner Frau: *„Ich unterschrieb also den Vertrag. Bekam in Halifax dieses Boot auf sein Darlehen - und hatte mehrere Monate hintereinander mit diesem alten Fischerboot nur teure Reparaturen und schlechte Fänge."*

Mrs. Aktins ergänzte: *„Wissen Sie, Mrs. McCancy, als erstes fiel auf See gleich am zweiten Tag die Maschine aus, so dass mein Mann mit seinem Bruder und unserem Sohn Piet drei Tage auf See trieb."* Der Sohn blickte einmal stumm und nickte wortlos: so war es. Mrs. Aktins nahm ihre Tochter an sich und ergänzte: *„Todesängste hatten wir."* Mr. Aktins erklärte weiter: *„Nun denn, auf jeden Fall konnte ich das Geld nicht zurückzahlen...-...und so hat dieser Mann dafür gesorgt, dass wir unser Fischerboot aufgeben mussten. Und wenige Tage später, er hat wohl Freunde bei der Stadt, aus der Wohnung hinausgeworfen wurden."*

Für einen Augenblick herrschte Stille, die Samantha jedoch mit einer Frage unterbrach, während sie Mr. Aktins anblickte und auf Brian wies: *„Nur, wie haben Sie sich kennen gelernt?"*

Mr. Aktins blickte zu Brian und dann zurück zu Samantha, während er nochmals von seinem trockenen Brot biss: *„Das Fischerdorf in welchem wir lebten, liegt ganz in der Nähe von Mr. Thomsons Küstenstadt Lunenburg. Es zählt praktisch zu Lunenburg. Und..."* Brian ergänzte, höflich unterbrechend: *„Es ist so, dass sich eine solche Geschichte, vor allem unter Fischern, schnell herumspricht. Bereits wenige Tage später hatte mir mein Vater davon berichtet, wie Familie Aktins übers Ohr gehauen wurde."* Mr. Aktins beendete höflich die Erklärungen: *„Und da man als Fischer mitbekommt: was die Geleitzüge sind, welche Häfen sie anlaufen, wo sie letztendlich hinführen - und welche Männer aus der Region bei diesen Geleitzügen mitfahren, habe ich eines Tages Mr. Thomson im Hafen von Halifax aufgesucht und..."*
Mr. Aktins stoppte: irgendwo draußen war plötzlich eine dumpfe Detonation zu vernehmen.

Brian horchte ebenso, wartete eine Sekunde...und erklärte besonnen: *„Das war die Christopher Newport: sie wurde von einem unserer eigenen U-Boote torpediert."* Mr. Aktins war baff: *„Unglaublich, dass wir die Detonation jetzt noch vernehmen können."* Er blickte auf seine Uhr und schätzte, nachdem auch sie den ersten Torpedoeinschlag des Deutschen auf die Christopher Newport vernommen hatten: *„Der Geleitzug muss mindestens zwei, drei Seemeilen bereits weitergefahren sein."* Alle blickten ihn an, woraufhin Brian zu verstehen gab: *„Sie versuchen die Christoper Newport zu versenken, damit das Kriegsmaterial nicht in die Hände der Deutschen fällt."* In Gedanken stieß der Sohn der Aktins, Piet, einen Seufzer aus: *„Die armen Hunde, die in diesem Krieg sinnlos übern Jordan gehen."*

Sogleich musste Samantha getroffen den Blick abwenden: ihr verstorbener Bruder...all die Erinnerungen.

Mr. Aktins, seine Frau und Brian bemerkten Samanthas Gefühlslage. Brian wartete...-...und erst ein stummer Blick von ihr gab ihm die Antwort, er möge sprechen: *„Samantha hat erst heute Nacht erfahren, dass ihr Bruder gefallen ist. Und..."* Samantha unterbrach schwach und ergänzend, während ihre Augen bereits sichtbar rot unterliefen: *„...er, er war erst 19 Jahre alt. Doch ich möchte jetzt nicht weiter darüber sprechen."* Sie blickte zu Piet, der sich mit einer stummen Geste für seinen Satz entschuldigte.

Für einen Augenblick herrschte Stille im Geheimversteck, die jedoch unverhofft zart, leise und warm fragend von Victoria unterbrochen wurde: *„Wie...wie ist es...zu sterben?"*
Keiner warf ihr einen strafenden Blick zu.
Im Gegenteil, wie sollte die Kleine es denn wissen.

Und so blickten sich die Erwachsenen gegenseitig an, bis Samantha durch ihren Blickkontakt hin zu Mrs. Aktins sich verständigte, dass Mrs. Aktins es wohl am besten ihrer Tochter erklären könnte.
Mrs. Aktins nickte, jedoch irgendwie entschuldigend für ihre Tochter, die unwissend Samanthas Gefühlswelt zu nahe gekommen war.

Behutsam nahm Mrs. Aktins ihre Tochter an sich: *„Wie es ist?"*
Alle horchten...-...und warmherzig begann sie zu erklären: *„Nun, Vic,...deine Tante,...sie stand vor vielen, vielen Jahren ihrer krebskranken Freundin wochenlang zur Seite. Sie wich nicht vom Sterbebett...-...und als dann die Kräfte ihrer Freundin eines Tages versagten, der Atem sich verlangsamte und teils gar aussetzte...-...war sie dann plötzlich, jedoch ganz friedlich nicht mehr."*

Victoria besaß noch nicht die ganze Vorstellungskraft:
„*Man schläft also friedlich ein?"*
Mrs. Aktins nickte einmal, damit die Kleine Ruhe gab.

Doch nach einem weiteren Atemzug legte sie erklärend noch etwas ganz bestimmtes benommen nach: „*Und dann teilte mir meine Schwester, viele Monate später erst, mit...*", sie blickte ebenfalls zu Brian und Samantha: „*...ihre Freundin sprach in dem Augenblick in welchem sie übertrat... plötzlich und flüsternd...von einem Tunnel...und am Ende sei ein strahlendes Licht gewesen."*

Langsam änderten sich Victorias Gesichtszüge mit ungläubigen Augen, die die ganze Szenerie praktisch mit geistigem Auge vor sich sah...-...während die Erwachsenen mit einigen Sätzen sich leise weiter untereinander darüber austauschten.

Derweil lehnte sich Piet flüsternd zu Victoria hinüber: „*Wer's glaubt, Vic."* Victorias Augen wanderten langsam in seine Richtung, während er ihr flüsternd noch näher kam: „*Funktioniert aber nicht, wenn du gerade dabei bist und elendig von 'nem grässlichen Seemonster zerfleischt wirst."*

Auf der Brücke des britischen Zerstörers Keppel diskutierte im Morgengrauen der Captain mit einigen Offizieren noch die Torpedierung des amerikanischen Frachters Christopher Newport, während zeitgleich ein einfacher Marinesoldat dem nicht traute, was er durch sein Fernglas entdeckte: *„Captain, Sir!"* Die Männerrunde hielt inne. Fassungslos sprach der Marinesoldat weiter: *„Der Nebel lichtet sich und... ...die Amerikaner...Sir...-...die Amerikaner ergeben sich."* Unverzüglich rückten alle Offiziere an die Fenster, nahmen sich teils auch je ein Fernglas - und beobachteten ringsum auf offener See, dass tatsächlich alle amerikanischen Frachter - und selbst der amerikanische Zerstörer Wainright - ihre Nationalflaggen an Bord einholten.

Einer der Offiziere war empört über diese Feigheit: *„Gentlemen, das kann im Krieg nur das eine bedeuten: Kapitulation!"* Ein weiterer einfacher Soldat fügte dem ebenso enttäuscht bei: *„Diese verdammten Feiglinge."*

Keiner seiner Vorgesetzten rief ihn zur Ordnung, denn sie alle dachten - gezeichnet durch diese große Enttäuschung - das gleiche, während ein weiterer Offizier im Hintergrund es endlich aussprach: *„Erst ein einziges Schiff verloren...und schon ergeben sich die Yankees."* Doch dann unterbrach der einfache Soldat, welcher bereits die erste Meldung gemacht hatte - und wies mit langem Arm auf einen der Frachter: *„Captain! Sehen Sie: die Earlston!"*

Alle Offiziere blickten in die gewiesene Richtung zur britischen Earlston und stellten fest, wie sich dort an der Gaffel - an Heck des Dampfers - jedoch eine US-Flagge entfaltete. Doch statt der von Stürmen zerfetzten und vom Rauch geschwärzten Flagge, leuchteten die Sterne und Streifen des Sternenbanner im unberührten Weiß.
Der einfache Marinesoldat war sichtlich verwirrt:
„Die Earlston ist ein Engländer. Was soll das?"

Verschwitzt lächelnd beendete Brian achtern an Deck der Earlston seine kleine Flaggenparade und wandte sich an die Crew-Mitglieder: „*Es gibt eben nichts auf der Welt, was einen stolzen Amerikaner den 4. Juli, seinen Unabhängigkeitstag vergessen lässt.*" Es folgte ein kleiner Beifall der Anwesenden, während Ted sich leise an Samantha wandte:
„*God bless Amerika. - Und Ihren Bruder, Mrs. McCancy.*"

Die Herren der königlich englischen Marine bemerkten derweil auf der Brücke des britischen Zerstörers Keppel, dass ebenfalls alle anderen amerikanischen Schiffe neue Flaggen an ihrer jeweiligen Gaffel setzten. Erst jetzt Begriff der Captain als erste Person was dieser Flaggenwechsel zu bedeuten hatte: „*Gentlemen: heute ist der 4. Juli...*" Er stockte räuspernd: „*...sicherlich hat die Earlston verschiedene amerikanische Seemänner, die netterweise mal kurz ihre Flagge als Zeichen setzen dürfen. - Und das wir deren Nationalfeiertag vergessen haben...das bleibt unter uns.*"

Allgemeines peinliches Hüsteln ging umher, während der Captain sich an den Flaggen-Maat wandte: „*Sir. Übermitteln Sie den Amerikanern: mögen sie diesen Tag noch oft und glücklich erleben. Die Vereinigten Staaten sind das einzige Land mit einem festen Geburtstag.*"
Der Maat nickte, eilte zum Flaggenschrank und entnahm zwei kleine Flaggen an Holzstielen, um sich umgehend auf die Brücken-Nock zu begeben, um von dort aus damit zu beginnen die Flaggenzeichen zu setzen.

Gekonnt beobachtete der in den Staaten aufgewachsene Ted auf der Earlston die Flaggenzeichen des Flaggen-Codes und übersetzte sie für alle anwesenden Personen achtern an Deck des Frachters. Kaum hatte er mit seiner Übersetzung beendet, lächelte er: "*Herzlichen Dank.*"

Er wandte sich an einige britische Seeleute ringsum an Deck. "*In diesem Fall kann euer England ja Muttertag feiern.*"

- - -

Mit Bedacht drehte der gutmütige Ted am gleichen Abend auf der Brücke der Earlston die dort befindliche Uhr auf: es war 20:20 Uhr des 4. Juli 1942. Dann blickte er hinunter zur britischen Flagge an der Gaffel und widmete sich einigen Büchern die er aus der Offiziersmesse mit hochnehmen durfte, wobei er ein ganz bestimmtes hervor nahm und darin blätterte: er suchte wohl etwas…bis ihm dann Zeilen später ein Licht aufging:
„Die Enterprise ist gar kein Frachter*!"* Er blickte Brian an: *„Sie ist der* Flugzeugträger *Enterprise."* Brian grinste: Ted hatte es endlich herausgefunden. Ted blickte dementsprechend: *„Du Aufschneider hast mich gelinkt."* Doch sein Gemüt wechselte ins Bewundernswerte: *„Und da bist du mitgefahren?"* Brian war noch mit einigen Kursberechnungen beschäftigt, während er mit der anderen Hand das Ruder umfasste: *„…hmm."* Ted kam erstaunt auf Brian zu und übernahm das Ruder: *„Niemals. - Ich meine: wer ist so dumm und lässt sich von einem Flugzeugträger abkommandieren?"* Brian kümmerte sich um die Kursberechnungen: *„Äh, ich?"* Ted wollte es nicht wahrhaben: *„Ich glaub das nicht."* Doch Brian unterstrich mit einem stummen Nicken. Ted glaubte es nicht: *„Und wenn es so ist, warum?"* Brian schaute ihn an: *„Irgendwann gab es den Befehl…-…und somit wurde ich darum gebeten."*

Ted blickte auf den Kompass: *„Worum hatte man dich gebeten?"* Brian beendete seine Kursberechnungen - er wusste, Ted würde keine Ruh geben: *„Nun, für jeden Frachter in diesen Geleitzügen wollten sie mindestens ein Besatzungsmitglied haben, welches sich im kalten Nordmeer auskennt. Folglich bin ich als Amerikaner auf dieser englischen Lady gelandet. Du, aufgewachsen am Mississippi, bist ja auch hier an Bord."* Ted wusste darauf zu antworten: *„Weil es auf einigen amerikanischen Frachtern immer wieder zu Diskriminierungen meiner Hautfarbe gekommen ist. - Also hab ich schon vor langer Zeit damit begonnen auf englischen Schiffen anzuheuern."*

Doch Ted war weiter irritiert: *„Aber ich denke, du bist auf dem Fischerboot deines Vaters gefahren, bevor du zur Navy gegangen bist?"* Brian goss sich einen Tee ein: *„So ähnlich: denn bis 1938 fuhr ich noch zwei Jahre für verschiedene Reedereien hier durchs Nordmeer nach Russland Lebensmittel."*

Die Tür von der Brücke öffnete sich...und Andrew trat ein. Nicht sonderlich überrascht blickte Brian ihn an, Ted hingegen grüßte den Offizier: *„Guten Abend, Mr. McCancy. - Sir."*

Doch Ted ignorierend näherte sich Andrew mit forderndem Blick Brian: nur ihn anblickend. Ted bemerkte, dass die beiden anscheinend nicht freundlich gesinnt waren, verstand aber nicht warum?

Erst kurz vor Brian blieb Andrew stehen...und klärte ihn warnend und unwiderruflich auf: *„Es wird im Leben von Samantha genau einen Mann geben mit dem sie alt wird."* Brian erwiderte den Blick - und vernahm ein hartes: *„Du wirst es nicht sein. Marinekanonier."* Unsicher blickte Ted beide Männer an, wobei er feststellte, wie sehr sein Herz begann zu rasen. Befangen wandte er sich ab, um den Blick aufs Nordmeer nicht zu verlieren. Brian hingegen blieb recht ruhig: *„Dann ist das geklärt."* Doch Andrew ließ nicht locker: er war gekommen um - wie ein Wolf, der sein Revier mit der Duftmarke markiert - ebenso sein Revier klarzustellen: *„Ich denke, du willst es nicht verstehen: sehe ich dich nochmals mit Samantha, so werde ich dich so auseinander nehmen..."* Ted schielte mit den Augen erneut hinüber. *„...und so fertig machen, dass du es dir einfach nicht gewünscht hast, mir in deinem verkorksten Marineleben über den Weg gesegelt zu sein. Hast du das verstanden, Kanonier?"* Brian überlegte: den militärischen Gepflogenheiten entsprechend hatte er diesen Offizier zu Siezen. Aber auf der anderen Seite war es ihm egal: denn hier ging es nicht ums Militärische - es ging um Liebe.

Denn das eine hatte Brian - von sich selbst überrascht - bereits bemerkt: er empfand etwas für Samantha. Der Zufall wollte es, dass sie sein Leben betrat - und seitdem war alles anders.

Und so entgegnete er, auf die Abzeichen von Andrew McCancy blickend: *„Ich glaube, du verstehst es nicht."* Ted schielte mit mauem Gefühl über die Schulter: wie konnte Brian das Gespräch nur weiter anheizen und den Offizier duzen?

Andrew kochte, hielt sich aber unter Kontrolle: *„Wie bitte?"* Brian wurde mit seiner Stimme leiser und setzte ebenfalls einen gewarnten Schuss vor den Bug: *„Du erreichst mich nicht. Du erreichst mich nicht, mit deinem ganzen Geschwafel."*

Blitzartig schlug Andrew Brian die Teetasse aus der Hand, die klirrend zu Boden fiel und forderte ihn zürnend heraus: *„Und was ist das? Ich erreiche dich nicht?"* Brian zuckte nicht einmal mit der Wimper: *„Du darfst gehen."*

Urplötzlich ertönte rauschend der Brückenlautsprecher: *„Hier die Northern Gem! Acht Torpedobomber! 210 Grad, 5 Meilen!"*, ...und rettete die angespannte Situation. Denn unverzüglich blickten alle drei Männer in die von der Northern Gem gewarnte Himmelsrichtung, während aus dem Brückenlautsprecher bereits die nächste Warnung folgte: *„Für acht...lies zehn Torpedobomber!"* Und nicht einmal eine Sekunde darauf korrigierte der Zerstörer Offa: *„Hier Zerstörer Offa: für zehn...lies 25 Torpedobomber!"*

In diesem Augenblick betrat der Captain die Brücke, während Brian sogleich zur Tür rannte um die Brücke zu verlassen: *„Großangriff der Luftwaffe, Sir! 25 Torpedobomber oder mehr!"* Von der See her starteten entfernte Sirenen der Schiffe: *„Captain, bitte übernehmen Sie das Ruder."*, ergänzte Brian und missachtete Andrew: *„Ted, komm!"*

So schnell sie konnten eilten sie den Treppenschacht der Brücke hinunter, vernahmen im Hintergrund bereits die eigene Sirene, erreichten wenig später den Ausgang des Brückenturmes und rannten übers Deck - mit dem Blick in den Himmel - nach vorn zu ihrer Bugkanone, während auf dem ganzen Schiff ebenfalls schon die anderen Seemänner ihre Waffen erreichten - und teilweise mit den Bord-MGs bereits losfeuerten.

Kaum erreichten Brian und Ted ihre Bugkanone, sahen sie wie Samantha vorn aus der Bug Luke hervorkam, wobei sie ängstlich um sich in den Himmel blickte.

Brian rief empört ihren Namen: *„Samantha!"*
Mit unsicherem Blick - aufgrund dessen, was auch sie am Himmel entdecke - wandte sie sich in Richtung Brian.

Der entsicherte seine 7.5" Flak: *„Dies ist ein Großangriff! Lauf zur Brücke und leg deine Schwimmweste an!"* Er gab ihr keine Chance auf eine Antwort: *„Nun hau schon ab!"*

Er blickte in den Himmel und sah wie das Unheil in Massen auf sie zusteuerte. Derweil assistierte Ted so schnell er konnte und bereitete gleich mehrere Munitionskisten vor.

Und während Samantha in der Luke wieder verschwand - was Brian nicht bemerkte - versuchte er abgelenkt mit dem Blick in den Himmel angespannt zu zählen: *„19 / 22 / 23... Ted, ich zähle 26 oder 27 Sturzbomber, zusätzlich zu den 25 Torpedobombern!"* Plötzlich steuerten alle flach fliegenden Flugzeuge steil nach oben die Wolken an und Brian war klar: *„Scheiße, dies ist ein Großangriff."*

Zur Überraschung von Brian erschien Samantha erneut in der Bug Luke und wollte herauskletternd wissen: *„Alle Flugzeuge verschwinden in den Wolken. Warum?"* Abgelenkt drehte sich Brian zu ihr: *„Kannst du nicht einmal auf mich hören?"* Sie wusste was er meinte, entgegnete jedoch: *„Ich hab meine Schwimmweste an."* Die sie zuvor unten an der Eisenleiter der Bug Luke deponiert hatte. Brian blickte in den Himmel und wurde ernst: *„Du sollst hier vorne verschwinden!"* Wobei er gleich darauf streng auf die Einschuss- und Durchschusslöcher in der Reling wies, die der einzelne Torpedobomber in der vergangenen Nacht mit seinem schweren Bord-MG verursacht hatte. Ted sprach fürsorglicher zu Samantha und beantwortete ihre Frage: *„Die Deutschen sind im Himmel verschwunden, um gleich wieder runterzukommen. Nur keiner von uns kann dann wissen wo und an welcher Stelle und mit wie viel Maschinen und... ...mit welcher verdammten Angriffstaktik. Wir müssen höllisch aufpassen!"* - Brian unterbrach: *„Sie kommen!"*

Gewagt drückten die Deutschen ihre Sturzbomber steil aus dem Himmel.

Auch direkt über der Earlston erschien einer schräg aus den Wolken. Brian erkannte das Unheil: *„Verdammt, der meint uns!"* So schnell er konnte warf er seine Bugkanone kurbelnd herum, drückte das Rohr windend in den Himmel, visierte...
...und feuerte das erste Mal: *„Es ist eine Ju 88!"*

Erneut durchzuckte der immense Druck der Kanone Samantha.

Weit ab der Ju 88 detonierte die Granate, so dass der Sturzbomber ungehindert seinen beinahe senkrechten Sturzflug mit zunehmender Geschwindigkeit auf die Earlston weiter durchführen konnte. - Brian öffnete den Kanonenschacht...
...und scheppernd polterte die qualmende Hülse übers Deck, wobei Ted bereits das nächste Geschoss heran trug.

Samantha bemerkte zeitgleich, dass der ganze Himmel über den Geleitzug komplett mit Flugzeugen und mit hunderten von Detonationen der Kanonengeschosse in der Luft übersät war. Erschrocken über die Macht dieses Anblickes fotografierte sie die ganze Szenerie, um sofort wieder zu dem einzelnen Sturzbomber hinaufzublicken, der unabwendbar brutal weiter auf die Earlston zustürzte.

Währenddessen schaffte es Brian erneut einen Schuss auf den Feind abzugeben: doch zu weit ab vom Ziel.

Überall über den Geleitzug hatten die Sturzbomber bereits gut die Hälfte ihrer Strecken durch den unbeschreiblichen Kugelhagel geschafft und steuerten sicher, todbringend die langsamen Frachter an.

Doch ohne Ausnahme wehrten sich die Besatzungen der Frachter und Eskorten zäh mit ihren MGs und Kanonen, so dass die Deutschen überrascht über das starke Gegenfeuer teils zu früh ihre Bomben ausklinkten. Auch Ted bemerkte dies und ließ Samantha laut wissen: *„Die Grundidee des Geleitzuges geht auf: gemeinsam sind wir stark."* Samantha nickte...und blickte mit großen Augen erneut in dieses atemberaubende und zugleich lebensgefährliche Abenteuer - welches sie sich unbedingt stellen wollte, ohne zu ahnen, dass es jemals wirklich so kritisch ernst werden würde: denn nach wie vor steuerte der Deutsche auf die Earlston zu.

In enormer Geschwindigkeit munitionierten Brian und Ted nach...und endlich feuerte Brian einen guten Schuss direkt vor seinem Sturzkampfbomber. Und da Samantha diesen Schuss abgewartet hatte, konnte sie zeitgleich eine Fotografie davon entstehen lassen.

Heftig wurde die Maschine des Deutschen aufgrund der Detonation der Granate durchgerüttelt... - ...woraufhin der Deutsche sein MG-Feuer auf die Earlston eröffnete.

Jedoch konzentrierten sich diese Feuerstöße zum Glück auf den hinteren Bereich des Schiffes, so dass Brian mit Ted unverzüglich neu nachladen konnte…und beide aufgrund ihrer professionellen Arbeit damit belohnt wurden, dass Brian dem Deutschen ungehindert einen zweiten, noch besser platzierten Schuss direkt vor die Nase setzte.

Erneut wurde der deutsche Sturzbomber durch die Detonation in der Luft heftigst erschüttert, während kleinere Teile des rechten Flügels abrissen. Um sein Leben trachtend klinkte der Deutsche viel zu früh seine beiden Bomben aus, um schwankend abzudrehen und das Weite zu suchen.

Allerdings mussten Brian, Samantha und Ted erschrocken feststellen: diese beiden Bomben stürzten dennoch gefährlich nahe auf ihr Schiff zu…-…auf den vorderen Teil ihres Schiffes… …und explodierten mit je einer unglaublichen Wasserfontäne nur 25m schräg vor dem Bug.

Sofort erreichte alle drei Personen die Druckwelle, welche
- aufgrund der Entfernung abgeschwächt - jedoch noch so
mächtig war, dass Samantha gar zurückgeworfen wurde.
Blitzschnell konnte Ted sie noch packen.

Geschockt blickten sich die drei an, während erst jetzt die
aufgewirbelte eisige Wasserflut auf sie nieder regnete.

Kaum hatten sie wieder freie Sicht, war deutlich zu erkennen,
wie ebenso die restlichen deutschen Maschinen abdrehten
...sich aber überall zwischen den Frachtern noch ein oder
zwei enorme Explosionen im Wasser aufbäumten.

Die Deutschen gaben diesen Angriff auf und suchten ihr
Heil in den Wolken.

Erst jetzt blickte Brian zu Samantha und bemerkte: *„Samantha, du blutest aus dem Ohr."* Unverzüglich kam er auf sie zu und holte sein Taschentuch hervor um das Blut abzutupfen. Samantha war benommen: *„Wie, wie geht das denn?"* Ted übergab sie Brian und eilte zur Bugkanone: *„Durch den Druck der Detonation."* Dort öffnete er den qualmenden Kanonenschacht, woraufhin laut scheppernd die noch immer heiße, qualmende, leere Geschosshülse aufs Eisendeck pfefferte. Ted begab sich eiligst zu den Munitionskisten um ein neues Geschoss zu holen…welches er Schritte später schwer in den Kanonenschacht einführte. Brian beendete seine Tätigkeit Samanthas Ohr abzutupfen - und blickte besorgt in den Himmel: …doch nichts.

Stille überkam den Augenblick…-…weit und breit war kein einziges deutsches Flugzeug mehr zu sehen. Auch der Blick zur anderen Seite über den Geleitzug blieb ergebnislos: außer das Brechen des Wassers unten, vorn am Bug war nichts zu hören.

Momente später vernahmen sie jedoch dumpfes Grollen von Flugmotoren - von irgendwo da oben im Himmel - die alle ihre Umdrehungszahlen aufdrehten und somit die Motoren aufpeitschten.

Gleich darauf schossen die Torpedobomber erneut stürzend aus der Wolkendecke herunter bis auf die Masthöhen der Frachter. Und einige waren dabei, die noch tiefer, bis auf nur 20m über dem Wasser sich niederdrückten und ihre Opfer anvisierten.

Dabei bemerkte Ted aufmerksam etwas Außergewöhnliches: *„Brian. Sieh die Maschine...-...dort!"*

Sofort blickte Brian in die gewiesene Richtung - und erkannte, einer der deutschen Angreifer flog weit, weit vor den folgenden Torpedobombern. Brian erahnte die Taktik: *„Er soll das Abwehrfeuer des Geleitzuges auf sich lenken!"*

Unmittelbar darauf wurde sichtbar, dass beinahe alle Frachter und Kriegsschiffe der Eskorte ihr Abwehrfeuer mit unbeschreiblicher Intensität von allen Seiten her auf ihn richteten. Doch zielsicher jagte der Torpedobomber durch diesen brachialen Kugelhagel in Höhe der Schiffskommandobrücken durch die Kolonnen der Frachter.

Brian gab zeitgleich einen Schuss auf eine Gruppe von weiteren Torpedobombern ab - und blickte dennoch zu dem Einzelkämpfer, wobei er energisch sprach: *„Ich kann mir vorstellen, dass sie gewürfelt haben wer als Kanonenfutter vorn wegfliegen muss! Seht, beinahe alle Schiffe hämmern mit ihren Geschützen nur auf ihn!"*

Währenddessen schien es, als ob die Maschine in gut 150m Entfernung an ihnen vorbeijagen würde.

Ted hatte schon jetzt Mitleid mit dem Deutschen: *„Oh, Mann: über 100 MGs - und dann noch die größeren Kaliber. Das kann er nicht schaffen."* Mit selbstmörderischer Tollkühnheit drang die Maschine jedoch weiter in den Geleitzug hinein, während Samantha mit ihrem Teleobjektiv ihn beobachtete und sah, wie er immer wieder von MG-Salven getroffen wurde - wobei sein Seitenruder und seine Flügel immer mehr an Material verloren... - ...sie wartete.

Urplötzlich explodierte ein großer Teil der linken Tragfläche - es musste der Treibstoff gewesen sein - wobei ebenso im hinteren Bereich des Rumpfes des Torpedobombers eine Explosion eine mächtige Flamme entstehen ließ...und wütend beide Stichflammen im Flugwind um sich fraßen.

Samantha drückte ab.

Der Pilot hatte überhaupt keine Chance mehr das Flugzeug unter Kontrolle zu halten und trudelte auf einen benachbarten Frachter zu. Brian sah das Unglück kommen: *„Er nähert sich als riesige Fackel der Navarino!"*

Mit ungutem Gefühl beobachteten die Seeleute an Deck der Navarino das herannahende Unheil und feuerten aus allen Rohren um sich ihrer Haut zu wehren...

...wobei es egal war: denn der deutsche Pilot hatte längst die Kontrolle über sein Flugzeug komplett verloren, so dass dieses in der Luft gar begann eine halbe Rolle zu drehen.

Die Männer der Navarino bemerkten ohnmächtig: das ganze Abwehrfeuer ihres Frachters war sinnlos, der Deutsche konnte gar nicht mehr reagieren.

Brian, Samantha und Ted blickten der trudelnden Fackel nach, durch welche eine Rauchfahne von gut und gerne einem Kilometer entstanden war. Brian zollte in Mitgefühl alle Ehre: *„Da sterben außergewöhnlich tapfere Männer."*

Und so stieß die Maschine als fliegende Fackel mit der Rollenbewegung um die eigene Achse mittschiffs auf die Navarino zu, um nur 20m über sie hinweg zustürzen, mit einem mächtigen Flammenschweif von 15m.

Sekunden später stürzte die Maschine 100m hinter der Navarino ins Meer.

Geschockt über ihr Glück blickten die Männer der Navarino zur abgestürzten Maschine: sie hatten es überlebt!

Ein jeder Seemann des ganzen Geleitzuges war Zeuge dieser außergewöhnlichen Situation geworden.

Doch wohl wissend was noch kommen konnte, suchte der Zweite Offizier der Navarino zeitgleich mit seinem Fernglas aufmerksam die Unglücksstelle ab...-...denn er hatte bereits einiges unglaubliches in seinem maritimen Leben erlebt...
...und bange Sekunden später wurde er tatsächlich fündig: *„Torpedos Steuerbord! - Quer ab!"* Beide Torpedos des Bombers hatten sich durch den Aufschlag gelöst und durch irgendeinen Impuls selbstständig gemacht, wobei sie beide je in einem riesigen Bogen auf die Navarino zurückliefen.

Der Captain auf der Brücken-Nock der Navarino entdeckte ebenfalls die beiden Torpedos und befahl unmissverständlich: *„Ruder hart Backbord!"* Unmittelbar darauf schmiss der Rudergänger das Ruder so schnell er konnte herum.

Der Zweite Offizier war sich seiner mittlerweile umso mehr bewusst: viel hatte er erlebt in seinem Leben. Sehr viel. Und diese unglaubliche Geschichte gehörte nun mit dazu. Doch wie würde sie enden? Denn beide Torpedos liefen unaufhaltsam weiter in Richtung ihres Frachters!

Die Navarino gehorchte indessen der neu eingeschlagenen Ruderposition - und während sie begann sich langsam nach Backbord zu drehen, eröffneten zwei Seemänner kämpferisch mit Maschinengewehren das Feuer auf die Torpedos.

Und so glitt Momente später tatsächlich der erste der beiden todbringenden Aale unter heftigem MG-Feuer knapp am Schiff vorbei. Ein junger Seemann bekreuzigte sich: *„Gott sei Dank! Was haben wir ein Glück!"* - Doch war es unmöglich dem zweiten Torpedo noch auszuweichen...

Und so mussten Brian, Samantha und Ted mit ansehen, wie in gewisser Entfernung die Navarino mittschiffs explodierte.

Samantha war geschockt über die enorme Zerstörungskraft des Torpedos - und selbst Sekunden später war sie noch immer in Bann gezogen über die ganze Situation.
Ihr Gesichtsausdruck zeigte dies deutlich.

Während Brian und Ted berufsbedingt eher mit dieser Sache abschließen konnten.
Wobei alle drei - und der Rest des Geleitzuges PQ17 - feststellten, wie ungestüm schnell sich die Navarino nach einigen Momenten bereits jäh auf die Seite legte.

Doch der unmissverständliche grollende Sound der weiterhin herannahenden Gefahr ließ keine Zeit für Gefühle, da die restlichen deutschen Torpedobomber mit ihren brüllenden Motoren weiterhin stur ihren Angriff durchzogen, während sie - auf die Frachter zufliegend - Höhe und Richtung hielten, um ihre Zielwerte auf Null Null zu bringen.

Brian und Ted feuerten was die Kanone hergab, doch der Feind behielt - aus welcher Richtung er auch immer kam - stets seine Anflugrichtung mit schwerem feuerndem Bord-MG, wodurch sich die Frachterbesatzungen immer wieder in Sicherheit bringen mussten…um danach erneut sich mit allen Kanonen und MGs zu wehren. Und inmitten all dem, trug der treu ergebene Ted pustend Geschoss für Geschoss zur Kanone: *„Diese scheiß 800m. Noch habt ihr sie nicht!"*, stöhnte er, während die Angreifer weiterhin aus allen MGs auf die Frachter und Kriegsschiffe feuerten und näher kamen.

Doch plötzlich stiegen enorm riesige Wassersäulen direkt in den Flugschneisen der flach fliegenden Torpedobomber auf.

Für einen Augenblick herrschte Verwirrung: denn keiner der Frachter und Eskorten hatte ein Kaliber, welches solche Wassersäulen emporsteigen lassen konnte. Doch Brian erkannte mit einem Blick am Horizont: *„Es ist die schwere Schiffsartillerie der britischen Kreuzer!"* Sofort ergriff Ted ein Fernglas - welches er für sie beide hier vorn an der Bugkanone gebunkert hatte - und ergänzte: *„Es ist die London und die Norfolk, die aus gut 10 Seemeilen feuern! - Sie sind verrückt: sie feuern zwischen unseren Geleitzug!"* Brian wandte sich an Samantha: *„Sehr gewagt. Sehr sogar! - Aber du wirst sehen: die Wasserfontänen sind außerordentlich gefährlich für die in geringer Höhe fliegenden Flugzeuge. Die Deutschen können nur mit riskanten Flugmanövern verhindern, dass ihre Tragflächen nicht in die 40m hohen Wassersäulen eintauchen und somit in die Tiefe gerissen werden."* Er blickte aufs Meer: *„Du wirst sehen, sie werden aufgeben."*

Es bedurfte nur einige Momente, bis dann wahrhaftig ein Deutscher nach dem anderen seine Torpedos ausklinkte - und mit steil geflogenen Kurven abdrehte um in den Wolken zu verschwinden. Brian fühlte sich bestätigt: *„Meine Worte."*

Erschöpft beobachtete auch Ted erleichtert die überraschende Entwicklung dieser Schlacht, während er sich zeitgleich mit weiterem Blick auf die See Brian näherte, um leicht verschwitzt seine Hand auf dessen Schulter zu legen: *„Gut gekämpft. Haste auf dem Flugzeugträger gelernt. Oder?"*

Brian wollte antworten - doch preschte urplötzlich eine Maschine in wohl selbstmörderischer Absicht aus einer Nebelbank heraus und über die äußere Eskorte hinweg - um sofort darauf die ersten Frachter in Höhe der Schiffsaufbauten zu passieren.

Brian warf sich wieder an seine 7.5" Flak, denn der Deutsche kam günstig schräg von vorn. Gekonnt visierte Brian kurbelnd den Feind an...und feuerte auf den Angreifer, der anscheinend in wenigen Sekunden ihren Bug in nur 80m passieren würde um das Nachbarschiff anzugreifen. Noch waren es gute 300m Entfernung - doch ein Kugelhagel von unbeschreiblicher Intensität hämmerte bereits von allen Seiten her auf diese einzelne Maschine. Trümmerteile rissen von der Maschine ab...und schon wenige angstvolle Atemzüge später passierte der Torpedobomber tatsächlich sehr nahe den Bug der Earlston, wobei Brian - Dank Teds perfekter Nachmunitionierung - seine Flak mächtig herumwarf...und hinterher schießen konnte.

Samantha hatte sich extra hinter Brian begeben, um für ihr Foto - mit Brian im Vordergrund - diesen genau im Anschnitt zu haben, während er auf den Deutschen gefeuert hatte.

Brian traf nicht. Doch weitere kleinere Trümmerteile, die sich vom linken Flügel und dem Leitwerk verabschiedeten, zeugten davon, dass der Deutsche von schwerem MG-Feuer anderer Frachter getroffen wurde. In gleicher Sekunde klinkte der Deutsche beide Torpedos aus und zog seine Maschine eiligst in die Höhe. Unmittelbar darauf war zu erkennen, der deutsche Pilot hatte trotz des Gegenfeuers mit seiner Besatzung gute Arbeit geleistet: da beide Aale direkt auf einen Frachter zuliefen.

Doch noch während die deutsche Maschine weiter nach oben floh, erhielt sie, von Brian nochmals hinterher feuernd, einen Treffer. Sogleich zog der rechte Motor eine Rauchfahne... ...aber irgendwie schaffte es die Besatzung inmitten des Kugelhagels dennoch für immer in der Wolkendecke zu verschwinden.

Gebannt blickten Brian, Samantha und Ted auf beide Aale die todsicher ihren Weg gehen würden. Ted stieß sein Mitgefühl aus: *„Ich kenne den Koch der William Hooper."*

Mit Entsetzen entdeckte erst in diesem Augenblick ein Marinekanonier auf der William Hooper die beiden Aale: *„...Torpedo! Steuerbord!"* Während er nur noch zum Schornstein zurückspringen konnte, um sich dort festzuklammern.
Einen Atemzug später erschütterte eine unbeschreibliche Detonation das Schiff.

Mit Betroffenheit wurden Brian, Samantha und Ted durch leichte Nebelschleier Zeuge davon, mit welch unvorstellbarer Wucht der Torpedo explodierte und unglaubliche Mengen an Kriegsmaterial und Schrott weit, weit in die Höhe schoss.

Ebenfalls betrachteten so gut wie alle Seemänner an Deck der Troubadour mit Entsetzen die Detonation auf dem schräg vor ihnen laufenden Frachter William Hooper, wobei einer der Wachhabenden plötzlich aufschrie: *„Torpedo Steuerbord!"*

Brian hatte zwischenzeitlich das Fernglas von Ted an sich genommen und verfolgte den zweiten Torpedo. Rasch informierte er Samantha und Ted über die Situation da draußen: *„Beim Aufprall auf die Wasseroberfläche muss der zweite Torpedo abgelenkt worden sein."* Er blickte weiterhin durchs Fernglas: *„Er läuft mit dem Rest der Gründlichkeit deutscher Ingenieurkunst genau auf die Troubadour zu."*

Von Deck der Troubadour feuerte die Besatzung bereits längst aus allen Rohren auf diesen, plötzlich in unregelmäßigen Bögen herannahenden Torpedo: der Rest der Gründlichkeit deutscher Ingenieurkunst schien beim Aufprall auf die Wasseroberfläche einen Defekt erhalten zu haben, der sich nun über hunderte von Meter weiter und weiter entwickelte.

Ein weiterer Seemann sprintete so schnell er konnte übers Deck, um eiligst einen auf Deck befindlichen US-Panzer zu besteigen, die Luke vom Geschützturm zu öffnen…und um darin zu verschwinden. Währenddessen der Captain der Troubadour ebenfalls schon längst sein Ausweichmanöver fuhr…da er tatsächlich sein Schiff - Augenblicke zuvor - noch so herumgeworfen hatte, dass es nun parallel zum Torpedo lief.

Doch plötzlich tauchte der Torpedo zur Verwunderung aller unter. Aber als er nach geschätzten 50m wieder sichtbar wurde, hatte er - wegen welchen Fehlfunktionen auch immer - einen erneuten Haken geschlagen und lief abermals *wieder* auf die Bordwand zu.

In gleicher Sekunde schoss der Seemann - welcher den Panzer besetzt hatte - mit dessen Geschütz auf den Torpedo. Und zeitgleich wurde der Torpedo ebenfalls auch von der an Bord befindlichen 3.7" Kanone unter Beschuss genommen:
um so mit beiden Kanonen, a) den Aal zu Treffen oder b) ihn wenigstens aus der Bahn zu werfen.

Tatsächlich beeinflussten sie mit guten Treffern in der Nähe des Torpedos dessen Bahn...und nur geschätzte 20m hinter dem Heck lief er vorbei.

Doch ein weiteres Mal machte dieser Aal urplötzlich selbständig eine weitere Kurve...und kam zum Unheil nochmals auf den Frachter zu!
Bis er unter einem mächtigen Kugelhagel der MGs an Bord endlich stoppte...-...sich steil mit der Spitze aufrichtete...-...und tatsächlich und endlich versank.

Fassungslos blickten sich die Männer der Troubadour an: das was sie gerade mit dem Torpedo erlebt hatten...das würde ihnen niemals jemand glauben. Ein jeder Zuhörer an Land würde dies als schlechten Seemannsgarn abtun.

Beeindruckt tauschten Ted und Brian einen gemeinsamen Blick aus: als Seefahrer von Geleitzügen hatten sie einiges erlebt, doch dieser kompakte Großangriff der Deutschen mit all den daraus resultierten Begebenheiten hatte ihnen gehörigen Respekt eingeflößt.

- - -

Geistesabwesend studierte der Captain der Earlston am Abend in seiner Kapitänskajüte verschiedene Ansichten einzelner Seeabschnittskarten des Nordmeeres - es waren speziell die Seegebiete, die noch vor ihnen lagen - wobei er gemächlich seine Pfeife stopfte...und einen Moment darauf sich in seinen Sessel niederließ. Stumm blickte er ins Leere und ließ dabei die Gedanken gehen.

Doch ein Klopfen an der Tür holte ihn zurück in die Realität: *„Kommen Sie rein, Thomson."* Brian erschien in der Tür und betrat die Kapitänskajüte: *„Sir."* Der Captain gab zu verstehen: *„Schließen Sie die Tür und setzen Sie sich, Thomson."* Brian folgte dem Befehl und setzte sich dem Captain gegenüber auf einen Stuhl. Nochmals widmete sich der Captain seiner Pfeife, bis er dann murmelnd auf etwas hinwies: *„...so geht das nicht."*

Brian blickte fragend - und horchte den weiteren Worten des Captains. *„Thomson. Bei allem Respekt vor Ihrer guten Arbeit: doch während der Angriffe hat vorn auf Deck am Buggeschütz die Frau nichts zu suchen."* Brian hatte es erahnt: dieses Thema würde kommen. Früher oder später. Aber es würde kommen. Und dann würde es nur einen geben der es ausbaden musste: nämlich er: *„Sir. Ich habe es Mrs. McCancy gleich vom ersten Angriff an deutlich mitgeteilt: sie möge vorn auf der Back verschwinden. - Fragen Sie Ted."*

Der Captain ließ eine Sekunde verstreichen: *„Aber sie ist hartnäckig. Stimmt´s?"* Brian nickte: *„Ja."* Der Alte dachte laut vor sich hin: *„Zeitungsreporter...-...sie will ihren Job ebenfalls nur gut machen."* Brian sagte nichts, während der Captain seine Pfeife anzündete: *„Was also können wir unternehmen?"*

Der Captain blickte in den Rauch seiner Pfeife. *"Schicke ich sie vorn an der Kanone weg, wird sie bei den anderen Geschützen auftauchen. Oder?"* Brian bestätigte: *"Ich denke schon."* Der Captain überlegte: *"Ist es sehr behindernd, wenn sie da vorne ihre Bilder macht?"* Brian verneinte: *"Nein, Sir."*

Der Captain blieb für einen nachdenkenden Atemzug wortlos, um dann jedoch Brian gegenüber eine weitere Frage zu stellen: *"Was ist mit dem Mr. McCancy? Ich habe das Gefühl, Sie beide können nicht gut miteinander."* Brian blickte seinen Captain an, dieser hatte ja die Handgreiflichkeit von Andrew zu Beginn der Reise beobachtet: *"Keine Probleme, Sir."* Der Captain war da anderer Meinung: *"Keine Probleme, Sir?"* Doch Brian gab ihm keinen Spielraum: *"Keine Probleme, Sir."* *"Wie kann er Ihnen da vorn behilflich sein?"* Brian antwortete unmissverständlich: *"In dem er überhaupt nicht dort auftaucht."*

Der Captain blickte seinen jungen Marinekanonier an, Brian nutze diese Chance. *"Sir, ich hab Ted vorn auf der Back. Einen besseren Mann gibt es nicht. Und das wissen Sie."*

Der Captain blieb wortlos. Doch Brian sah in seinem Gesicht, dass der Captain dies wusste: Ted war unersetzbar.

Der Alte zog an seiner Pfeife...er ließ die letzten Tage revuepassieren...und zeigte plötzlich unangemeldet in seiner erfahrenen Art als die ältere Person dieses Gespräches mit einer Anmerkung Verständnis(?) für eine ganz bestimmte Situation: *"Nun, wir befinden uns im Krieg. Und ich weiß nicht ob es in dieser lebensbedrohlichen Situation richtig ist... ...doch auf der anderen Seite: so ist das Leben."*

Brian verstand nicht, auf was sein Captain hinaus wollte?

Es klopfte an der Tür.
Doch der Captain ignorierte es.

Ihm lag einiges daran seinen Satz, seine Gedanken, seine Lebenserfahrung in diesem ruhigen Augenblick des Abends weiterzugeben: *„Es ist wohl ein einmaliges Schauspiel im Leben eines Menschen: das Schicksal lässt zwei Parteien aufeinander treffen. Und für beide Parteien ist es instinktiv klar: der andere ist es."* Er wandte sich zur Tür: *„Herein."*

Einer der Seemänner trat ein - doch der Captain ließ diesen Seemann stehen, denn er wollte weiterhin in Ruhe das aussprechen, was ihm selbst so sehr auf dem Herzen lag: *„Ich wünsche Ihnen alles Gute. Denn als junger Mann durfte auch ich etwas derartig einmaliges erleben... - ...und unsere Liebe hielt 37 Jahre... - ... Bis sie 1938 starb... - ...Brian."*

Erst jetzt wandte er sich mit einem Blick an den Seemann, welcher gleich loslegte: *„Sir, ein Flaggensignal auf unserem britischen Zerstörer Keppel."*

- - -

Geschockt setzte der Captain Augenblicke später sein Fernglas auf der Brücke ab - mit welches er den Flaggenmast der Keppel beobachtet hatte - und schaute verloren Brian, Benson, Ted, Andrew und weitere anwesende Seemänner auf der Brücke an, während er ungläubig einen hoffnungslosen Satz ausstieß: *„Das darf nicht wahr sein."* Einer der weiteren Seemänner verstand die Situation nicht und fragte nach: *„Captain. Was bedeutet das Flaggensignal?"*

Auch Andrew setzte sein Fernglas ab und antwortete ungefragt: *„Es bedeutet: der Geleitzug PQ17 hat sich nach allen Seiten hin zu zerstreuen."* Er hielt extra in seiner unnachahmlichen Art inne - um dann mit dem Blick hin zum Seemann, jeglichen weiteren anwesenden Unwissenden, jedweden Mut zu nehmen, über das, was nun folgen sollte: *„...und meine Herren: sicherlich bedeutet es auch...-...unser Ende."*

Ungläubig blickten die anwesenden Seemänner zu diesem fremden Marineoffizier, der nun schon seit Tagen bereits bei ihnen an Bord war und dessen herablassende Gestik ihnen allen bereits auf den Magen schlug.

Wobei Andrew in seiner beispiellosen Arroganz geduldig auf die noch ausstehende Bestätigung des Captains wartete.

Dieser schaute durch die Runde der anwesenden - und irgendwie schien es, als würde sein Gesicht verfallen: *„Mr. McCancy hat Recht, meine Herren."* Daraufhin blickte er entschlossen zu Benson und befahl: *„Benson. Holen Sie die Einzel-Code-Karte aus dem Safe."*

Andrew konnte sich eines weiteren, besserwissenden Stöhnens nicht wehren - und erklärte ohne zu Fragen weiter auf: *"Gentlemen. Aus informierten Kreisen wurde uns Offizieren auf der Wainright bereits im Hafen von Halifax mitgeteilt, dass wenn der Geleitzug von der Britischen Admiralität hier im Nordmeer aufgelöst wird, es nur einen Grund dafür geben kann: die Engländer müssen aus Gründen, die mir natürlich unbekannt sind, annehmen, dass das größte deutsche Schlachtschiff die Tirpitz, samt seiner Begleitkreuzer, Zerstörer und Korvetten sich in unmittelbarer Nähe vor uns befindet."*

Benson kam mit der Einzel-Code-Karte zurück, legte sie auf den Brückentisch, faltete sie sorgsam aus - und bemerkte Lichtmorsezeichen zwischen dem britischen Zerstörer Keppel und weiteren britischen Kriegsschiffen. Sogleich übersetzte er für alle anwesenden: *"Geheim - Blitz: ...aufgrund sehr wahrscheinlicher Bedrohung... - ...starker feindlicher Überwasserstreitkräfte... - ...ist Geleitzug aufzulösen." "Kreuzergeschwader der Nahsicherung... - ...hat sich mit hoher Geschwindigkeit... - ...nach Westen zurückzuziehen."*

Ted konnte es nicht glauben: *"Wieso das denn? Wir haben doch noch die Fernsicherung mit dem Schlachtschiff Home Fleet, dem Flugzeugträger Victorious und dessen beider zig Begleitzerstörer und Kreuzer in knapp 35 Seemeilen hinter uns?"* Benson gab - nun mit einem Fernglas vor den Augen - übersetzend die Antwort: *"Wenn Deutsche Einheiten mit Tirpitz ...tatsächlich vor Geleitzug stehen... - ...so besteht Gefahr... ...dass nicht nur PQ17, mit Nahsicherungseskorte... - ...sondern auch Fernsicherung... - ...angegriffen und vernichtet wird."*

Ted war fassungslos, alles was man ihm beigebracht hatte, war plötzlich überhaupt nicht mehr von Bedeutung: *"Aber nur im Konvoi können wir Frachter uns wehren."*

Andrew spekulierte: *"Sicherlich haben die Engländer durch ihre norwegischen Spione Nachricht erhalten, dass die Tirpitz ihren Altafjord in Nord-Norwegen verlassen hat."* Ted und die weiteren Seemänner waren beeindruckt: zwar war dieser Marineoffizier von der Wainright mit seiner besserwissenden Art und Weise stets überheblich daherkommend, doch war er anscheinend außergewöhnlich gut informiert, wenn er sogar wusste in welchem norwegischen Fjord sich die Tirpitz aufgehalten hatte. - Insgeheim wurde jedem klar: jegliche Verbindungen dieses Offiziers hin zum Eichenlaub ließen grüßen.

Zeitgleich waren sie ebenso beeindruckt darüber, wie der militärische Abschirmdienst länderübergreifend arbeitete und kommunizierte: um jeglichen Frontverläufen des Krieges - und somit auch ihren Geleitzügen - jedwede Informationen zukommen zu lassen.

Doch sie waren ebenso auch enttäuscht: enttäuscht darüber, wieder einmal zu erfahren, dass sie wie immer nur das letzte Glied in einer langen Kette von Befehlen und geheimen Informationen waren, wobei im Vorfeld schon längst wieder einmal über ihren Köpfen hinweg entschieden worden war.

Auf der Brücke des britischen Zerstörers Keppel blickte am späten Abend der Captain tief in Gedanken auf die Uhr über dem Fenster - und korrigierte seine Armbanduhr mit dieser auf 22:00 Uhr. Wie alle Schiffe im Geleitzug war selbst er auf dem Zerstörer ein Befehlsempfänger - und so hatte auch er zu warten.

Stumme Blicke der auf der Brücke mit anwesenden Offiziere und Mannschaftsgrade gingen umher.
Keiner wollte und vermochte etwas zu sagen.

Dann betrat endlich ein Offizier der Funkstation die Brücke und übergab einen Funkspruch, welchen seine Einheit im Vorfeld dekodiert hatte. Kaum überflog der Captain diesen, wandte er sich an einen weiteren Funkoffizier der Brücke: *„Funker Charlston. Übermitteln Sie per Lichtmorsezeichen: alle Frachter haben sich ab nun als Einzelfahrer bis Archangelsk durchzuschlagen. Jeder Frachter muss den ihm zugedachten Kurs in seiner Einzel-Code-Karte ausmachen. - Viel Glück."*

Aufmerksam behielt Benson auf der Brücke der Earlston durchs Fernglas seine Augen auf jegliche Schiffe die mittlerweile untereinander per Lichtmorsezeichen sich verständigten: denn der Befehl der Admiralität an Land, freigegeben durch die Keppel, hatte längst den ganzen Geleitzug erfasst, wobei er synchron übersetzte: *"...und beide britischen U-Boote sollen selbständig... - ...nach Auflösung unseres Geleitzuges... ...handeln und zuschlagen."*

Die Männer auf der Brücke blickten ratlos aufs Meer und sahen, eines der U-Boote gab Lichtmorsezeichen zurück. Benson übersetzte in seiner Routine ruhig und bestimmt: *"U-614 will wissen... ...wo zum Teufel ist denn der Feind?"* Sogleich morste der Zerstörer Keppel antwortend zurück, was Benson ebenfalls übersetzte: *"Weiß Gott... - ...sieht nach einer blutigen Schweinerei aus. - Viel Glück."*

Der Captain der Earlston blickte auf die Einzel-Code-Karte, schaute durch die Runde alle Männer an - und wandte seinen Blick in tiefen Gedanken nach vorn aufs eisige Nordmeer: *"Rette sich wer kann."*, murmelte er leise vor sich hin. Wohlwissend, dass die Crew dies mitbekam.

Dann blickte er auf eine Seekarte, auf welcher deutlich die bisherige Route des Geleitzuges eingetragen war. Er nahm einen Bleistift zur Hand...und zeichnete nordöstlich der Bäreninsel ein Kreuz: abgehend davon zeichnete er weitere Pfeile, die in die unterschiedlichsten Richtungen nach Osten auseinander drifteten, wobei seine Gedanken ihn schauderten: *"Rette sich wer kann."*

Noch immer fuhr der Geleitzug in Formation durch das spiegelglatte, mit leichten Nebelschleiern überzogene eisige Nordmeer.

Nach einigen Augenblicken jedoch…drehten die außen fahrenden Eskorten - es waren die Zerstörer und Fregatten, sowie weitere militärische Begleitschiffe - deutlich ab und setzten zum Rückzug gen Westen an.

Woraufhin danach, dann erst die äußeren Frachter ebenfalls den Geleitzug - eine neue Route gen Osten ansteuernd - verließen.
Und irgendwann…ein jedes Schiff, ein jeder Frachter seine eigene Route nahm.

- - -

Leicht lächelnd blickte die Tochter der Familie Aktins im Geheimversteck auf dem Schoß ihres Vaters sitzend in die Fotokamera von Samantha, während der Bruder hinter seiner Mutter stehend ebenso lächelte und seine Hände auf ihre Schultern niedergelegt hatte, da die Mutter auf einer Holzkiste vor ihm saß...
...und ein Blitz alle vier fröhlich stimmte. Samantha feixte: *„Seht ihr, das war's."* Die Tochter kam auf Samantha zu: *„Und jetzt werden wir in der Washington Post veröffentlicht?"* Samantha schmunzelte, wollte antworten, doch der Sohn der Familie unterbrach: *„Ey Victoria, wovon träumst du nachts?"* Victoria blickte enttäuscht zu ihrem Bruder, während Samantha sie in Schutz nahm: *„Hey, Piet...lass sie. Oder hattest du mit 11 keine Träume."* Piet antwortete kess: *„Natürlich. Aber ganz andere."* Victoria hielt dagegen: *„Jetzt tu nicht so, als ob du schon erwachsen bist."* Piet entgegnete, so von oben herab: *„Drei Jahre machen aber verdammt viel aus, Vic."* Nun mischte sich der Vater mit ein: *„Kinder, das reicht. Mrs. McCancy hat bestimmt keine Lust sich ständig euer..."*

Mr. Aktins sprach nicht aus, da sich plötzlich über ihnen die Luke auftat...und Brian ernst flüsternd hinunter zischte: *„Was ist hier los?"* Er begab sich eilends auf die eiserne Leiter, verschloss sauer und enttäuscht die Luke und kam hinab: *„Hey, was ist hier los? Verdammt, ich konnte euch im Frachtraum hören."* Verärgert blickte er in die Runde.

Mr. Aktins entschuldigte sich für die anderen: *„Mr. Thomson. Sie müssen entschuldigen. Wir waren einen Moment unaufmerksam und..."* Samantha unterbrach: *„Brian, ich... ...ich habe nur eine Fotografie von der Familie Aktins gemacht. Und wir waren alle ein wenig ausgelassen. Es ist meine Schuld."*

Brian atmete tief und ging nicht weiter auf dieses Thema ein, blieb aber weiterhin sauer und wollte von Samantha wissen: *„Sam: und wieso warst du während des Großangriffes vorn in der Bug Luke?"* Samantha wusste von welchen Fehler Brian sprach: *„Brian. Ich kam hier von den Aktins...und fand so den zweiten Weg, der bei der Bug Luke endet."* Brian traute seinen Ohren nicht: *„Du sollst hier nicht ungefragt hingehen."* Er glaubte es nicht: *„ Verdammt."*

Er fuhr sich durchs Haar und blickte durch die Runde: *„Hört zu: ich möchte darauf hinweisen, dass wir uns alle weiterhin ruhig verhalten müssen. Behaltet immer im Auge, wie gefährlich das ist was wir hier machen."* Er schaute zu Samantha. *„Also, bitte keine unnötigen Spaziergänge hier auf dem Schiff."* Samantha erwiderte den Blick und wollte etwas sagen, doch Brian ließ sie nicht: *„Sam, man beobachtet uns. Und wenn ich darum bitte, vorn an der Bugkanone während eines Gefechtes zu verschwinden, so gehe bitte. Gehe bitte. Denn sie beobachten uns. - Uns beide."*

Er blickte weiter durch die Runde und überlegte - um sich selbst dann aber wieder runterzukriegen: *„So, das war meine Abreibung für Samantha."* Doch er wandte sich ein weiteres Mal an sie: *„Aber natürlich bin ich froh, dass auch du dich um die Familie Aktins kümmerst."* Er blickte zur Familie: *„Doch bedenkt, dass regelmäßig die Kriegsgüter im Frachtraum kontrolliert werden - nur nicht immer von mir."*

Brian wandte sich ab und legte einige Nahrungsmittel auf den kleinen Holztisch - der aus Kisten zusammengefügt - im eisernen Raum stand: *„Und dann ist da noch etwas..."* Alle blickten ihn gebannt an. - Brian ließ sich Zeit...: *„Der Geleitzug hat sich aufgelöst."*

Erschrocken trafen sich hilflose Blicke. Und erst nach einigen schweren Atemzügen schaffte es Mr. Aktins völlig verblüfft nachzuhaken: *„Aber...wieso?"* Brian kam ihnen allen einen Schritt näher: *„Sam. Du erinnerst dich an den Anfang der Reise, an unser Gespräch achtern an Deck."* Samantha erinnerte sich: *„Ja, du wolltest mir noch etwas mitteilen...-...aber was hat das mit der jetzigen Situation zu tun?"* Brian holte tief Luft. Denn er wusste, dass die Wahrheit, die schockierende Wahrheit: wieso, weshalb und warum alles was nun in den kommenden Tagen geschehen würde - und somit sicherlich katastrophale Auswirkungen mit sich bringen sollte - unglaublich klingen würde. Und so begann er vorsichtig, aber dennoch schonungslos: *„Erinnere dich an meine Worte: Krieg, war und ist eine schmutzige Angelegenheit."* Samantha blickte aufmerksam: was sollte dieser, bereits am Anfang der Reise von ihm erwähnte Satz? *„Und jetzt erhältst du die Antwort."* Ernst blickte er in ihre Augen: *„Die Offiziere der Wainright hatten gleich von Beginn der Reise in Halifax geplant, dass du* die Journalistin *auf jeden Fall auf den Zerstörer Wainright bleibst. Da auch sie von Anfang an wussten, dass die Nahsicherung - also auch die Wainright - uns die Frachter nur bis jetzt, bis nordöstlich der unbewohnten Bäreninsel begleiten wird - aber niemals über 25° Ost. - Bzw.: du wirst uns verlassen...spätestens dann, wenn unüberwindbare feindliche Kräfte vor uns stehen."*

Mr. Aktins, der von allen angesprochenen blinden Passagieren die größte nautische Ahnung besaß, wusste was Brian ausgesprochen hatte. Er war fassungslos.

Brian fuhr weiter fort: *„Egal welche Seite: sie planen den Krieg immer hinterm Rücken des kleinen Mannes. Wir sind nur die Schachfiguren."* Mr. Aktins flüsterte starrend: *„Die Bauern die geopfert werden."* Brian erklärte weiter: *„Das hätte bedeutet: die neugierige Journalistin von der Washington Post wäre ganz wunderbar ab 25° Ost, sprich dem jetzigen Zeitpunkt, wieder brav nach Island zurückgefahren worden. Und später dann, irgendwann weiter zurück nach Amerika."* Er blickte sie an: *„Dummerweise aber, bist du nun auf einen Frachter der noch durch die Hölle muss."* Victoria und Piet blickten erschrocken. *„Denn dummerweise sind anscheinend wirklich starke deutsche Flotteneinheiten mit der Tirpitz vor uns."*

Mr. Aktins horchte auf: *„Die Tirpitz?"* Brian bestätigte: *„Die Britische Admiralität hat so viel Angst vor diesem Schwester-Schlachtschiff der Bismarck, welches immer von mindestens drei Kreuzern und über ein Dutzend Zerstörern, zig Korvetten und einigen U-Booten begleitet wird, zuzüglich der Luftwaffe die das Gebiet im Nordmeer kontrolliert, dass sie aus diesem Grunde vor 30 Minuten die Nah- und Fernsicherung von diesem Geleitzug abgezogen hat. Der Geleitzug hat sich aufgelöst. - Wir sind nun ganz allein."*

Er nahm Samantha an die Hand, um ihr nochmals etwas klar zu machen: *„Also: geht dieser Frachter mit einer* Journalistin *von der* Washington Post *unter, kannst du dir die Schlagzeilen vorstellen."* Samantha begriff so langsam den Ernst der Lage: *„Wie stehen unsere Chancen?"* Brian sprach in die Runde: *„Nun, wenn ein Geleitzug sich zerstreut, so gibt es eine gewisse Chance den feindlichen Kriegsschiffen zu entkommen - aber dafür fehlt dann der starke Feuerschutz gegen die feindlichen Flugzeuge. Und es fehlt an die kaum zu unterschätzende Nahsicherung gegenüber den deutschen U-Booten."*

Alle blickten ihn ängstlich an, Brian bemerkte es: *„Tja, die Eisteufel sind hier überall...und wir sind am Arsch."*

„Das stimmt!", hallte es plötzlich in den Raum hinein.

Zu Tode erschrocken blickten alle in Richtung Luke, durch welche - heimlich geöffnet - Andrew diese Antwort hinuntergesprochen hatte. Samantha glaubte es nicht: *„Andrew!"*

Dieser jedoch eilte bereits längst die eiserne Leiter hinunter...
...und unten angekommen, blickte er gleich darauf in seiner unnachahmlichen Art herab wertend die Familie Aktins zynisch an: *„So, so. Mr. Thomson: blinde Passagiere."* Er schaute Brian grinsend an: *„Sie, Sir. Sind wahrhaftig am Arsch."* Samantha versuchte zu schlichten: *„Andrew, ich bitte dich."* Doch Andrews tödlicher Blick ließ sich diesen Trumpf nicht aus der Hand nehmen: *„Worum?"*

Brian sagte kein Wort, Samantha beobachtete dies und ließ Andrew wissen: *„Das hier muss unter uns bleiben."*

Andrew grinste nur. Bemerkte aber, dass Brian noch immer nichts gesagt hatte...folglich fuhr er daher Mr. Aktins hart an: *„Wer sind wir denn?"*

Total verunsichert wollte Mr. Aktins antworten, doch mit einem Blick hin zu Brian wusste er Bescheid und sagte kein Wort. Stattdessen meldete sich dummerweise die Tochter: *„Wir sind die Aktins, aus Lunenburg. Und wir fahren zurück in unsere Heimat, nach Island."* Andrew grinste gekünstelt: *„Ach, was. Dann muss ich mal schnell rauf zum Captain und um 'ne Kursänderung bitten: da sind wir längst dran vorbei."* Um seinem Wort Druck zu verleihen, wandte er sich ab zur Leiter: *„Wollen Sie nicht mitkommen, Mr. Thomson?"* Brian sagte nichts. Andrew reizte weiter: *„Mr. Thomson... ...wir müssen noch die Fahrkarten für diese Herrschaften einlösen."* Brian schaute sich dieses Trauerspiel weiterhin an: wie weit wollte sich dieser Andrew McCancy eigentlich noch selbst demontieren? Derweil betrat Andrew die Leiter: *„Tja, dann muss ich wohl alleine."*

Ängstlich blickten Samantha und die Familie Aktins auf Brian, der erst jetzt das erste Mal entschlossen warnte: *„Verlässt du diesen Raum: brech ich dir die Knochen."* Andrew war schon halb auf der Leiter und blickte ihn herausfordernd an: *„Und ich gebe dir den Tritt in den Arsch, der dich endlich fertig machen wird. Du kleiner Marinekanonier..."* Er blickte auf die Familie - und wurde pervers gemein: *„...mit Hang zur gespielten Nächstenliebe.",* wobei er seinen Daumen an den Zeigefinger rieb: dass Zeichen für Kohlemachen. Schäbig lächelnd stieg Andrew die Leiter weiter empor und verschwand durch die Luke.

Brian wies die Aktins und Samantha an: *„Ihr bleibt hier."* Mit enormer Schnelligkeit eilte er die Leiter hinauf, um gleich darauf ebenso durch die Luke im Frachtraum zu verschwinden.

Sekunden später erreichte Brian im Frachtraum der Earlston zwischen den Flaks und Flugzeugteilen Andrew, wie dieser zwischen den Kriegsgeräten flüchten wollte.

Geschwind holte er ihn weiter ein... - ...und packte ihn.

Andrew schlug gleich drauf los, ohne großartig zu diskutieren. Doch Brian wich aus - und setzte in Gegenwehr Andrew einen Faustschlag in die Magengrube. Röchelnd beugte sich Andrew vor, kam wieder hoch und kassierte einen weiteren Faustschlag unterm Kinn, der ihn hinten rüber stürzen ließ.

Augenblicklich bemerkte Brian zurückblickend, dass hinter ihm ebenso Samantha und die Aktins gegen sein Wort den Frachtraum betreten hatten.

Andrew, dessen untere Lippe blutete, griff sich ein Eisenrohr und stand damit fuchtelnd auf. Samantha sah dies als erste: *„Brian, Vorsicht!"* Doch schon traf Andrew Brian am linken Oberarm - und holte gleich ein weiteres Mal aus. Brian reagierte trotz Schmerzen blitzschnell und trat ihm mit einem Fußtritt - wie ein Kickboxer - durchs Gesicht, so dass Andrew vollends zu Boden stürzte. Unverzüglich griff sich Brian den am Boden liegenden, zog ihn hoch und deckte ihn mit Schlägen ein, so dass Andrew trotz Gegenwehr nicht mehr wahrnahm was ihm geschah. Dabei riss die Uniformjacke auf und Andrews Portemonnaie flog durch die Gegend unter die Räder einer Artillerie.

Andrew fand kaum Möglichkeit sich zu wehren und kassierte einen letzten, kräftigen Kinnhaken.

Danach war es die kleine Victoria - die noch erschrocken über die Gewalt - dennoch bemerkt hatte, wie das Portemonnaie von Andrew unter der Artillerie zu liegen gekommen war.

Noch stand Samantha, ebenso erschrocken über Brians Fähigkeiten im Kampf Mann gegen Mann nur da, bis sie plötzlich bemerkte, dass Victoria an ihrer Jacke zupfte: *„Hier Samantha. Das ist dem Mann aus der Jacke geflogen."* Irritiert nahm sie die aufgeschlagene Geldbörse in die Hand... ...und musste geschockt auf zwei s/w Fotografien erkennen:

-Andrew küsst eine blonde Frau in einem Hafen.
-Andrew hält die gleiche Frau in einem Bett, nackt in
 seinen Armen und grinst in die Kamera.

Es nicht glauben könnend, über das was sie sah, konnte sie verletzt nur noch stottern: *„...d-das, dass darf nicht wahr sein. ...i-ich glaube das nicht."* Doch gleichzeitig überfiel sie die Wut, all der Jahre, in denen sie versucht hatte ihre Ehe zu retten. Böse und enttäuscht eilte sie auf den am Boden liegenden Andrew zu und warf ihm weinend die Geldbörse mit den beiden Fotografien vors blutende Gesicht, wobei sie mit einem kräftigen Tritt in seinem Bauch ihn wissen ließ: *„Du - Miststück!"*

Weinend drehte sie sich ab und eilte durch den Frachtraum, ...dessen schlechte Beleuchtung sie nach wenigen Metern verschlang.

Andrew sprach ihr benommen, blutend und röchelnd nach, doch packte Brian sich erneut diesen schaudernden Menschen - wobei Brian gleichzeitig auf beide Fotografien in der Geldbörse einen Blick warf.

Dann riss er Andrew hoch und führte ihn zur Familie Aktins.

Beruhigend versuchte er auf die verängstigte Familie einzugehen und ließ sie wissen: *„Verstecken Sie sich wieder unten im Geheimversteck. - Ich werde die Luke verschließen."*

Er blickte auf den völlig fertiggemachten Andrew: „*Und* er *wird kein Wort sagen."* Andrew röchelte vor sich hin und spuckte Blut. Brian wiederholte entschlossen seine sicheren Worte: *„Er wird kein Wort sagen."*

Des Geschehenen in tiefen Gedanken versunken, klopfte Brian in dieser Nacht benommen und irgendwie unsicher, gar vorsichtig an Samanthas Kajütentür: „*...Samantha?*" Er wollte ihr beistehen und ihr gegenüber ein Halt sein. Er hatte das Gefühl, dass er einfach für sie da sein sollte.

Es verstrichen einige Sekunden der Stille. Es gab noch nicht einmal eine Antwort. Bis Brian dann durch die Tür vernahm, wie sich jemand schwerfällig von der Koje erhob und in Pantoffeln auf die Kabinentür zu schlürfte.

Vorsichtig öffnete sich langsam die Tür...-...und eine verheulte, im Herzen gebrochene Samantha blickte ihren Brian an. Stumm standen sie sich gegenüber und suchten förmlich in den Augen des anderen nach einer Antwort, nach tröstenden aber auch erklärenden Worten.

Doch beide bemerkten, dass es dieser Worte nicht bedurfte... ...und Samantha war es, die Brian weinend endlich küsste.

Nach einem Augenblick jedoch unterbrach sie diesen Kuss, um Brian unter Tränen etwas zu gestehen, zu offenbaren: „*Ich habe dich gesehen. - Und ich habe es gewusst...*"

Erneut küsste sie ihn leidenschaftlich - um dann ein weiteres Mal abzusetzen: „*...ich habe gewusst, dass ich verloren war, als ich dich das erste Mal sah. Ich habe gewusst, dass ich mich in dich verlieben werde.*"

Brian schaute in ihre glitzernden Augen...-...und erwiderte ihre Offenheit und ihr Gefühl ihm gegenüber, ebenso leidenschaftlich mit einem zärtlichen Kuss. Und als er bemerkte, wie sehr ihr Körper an seinem gelehnt zitterte, griff er sie...

…und trug sie auf seinen Armen hin zur Koje, während die Tür durch seinen Fuß hinter ihnen zuknallte.

Unter Tränen ließ sie sich sanft auf die Koje legen - und suchte und suchte weiterhin in seinen Augen, während sie gefühlvoll mit ihren Händen sein dichtes Haar durchfuhr: „*Ich habe gewusst, dass ich dich lieben werde.*", hauchte sie. Woraufhin sie sich unter Tränen zärtlich und lange küssen ließ.

Brian gab sich ebenso dieser langersehnten Leidenschaft hin, endlich seiner Liebe alles geben zu können was die Etikette - den anderen Seemännern an Bord gegenüber - im Vorfeld untersagt hatte, nämlich seine wahren Gefühle.

Und so war es der Beginn einer lang ersehnten, zärtlichen Nacht.

                    Geben und nehmen.

                    Geben und nehmen.

- - -

Träge beendete der Captain seine Tätigkeit, die Wanduhr auf der Brücke mit letzten Umdrehungen aufzudrehen, wobei er den großen Zeiger nochmals mit seiner Armbanduhr vergleichend auf 03:40 Uhr setzte. Vorsichtig verschloss er sie, um sich dann in Gedanken in dieser taghellen, jedoch wie immer leicht gedämpften Nacht zwei Schritte hinter Ted zu stellen, der das Ruder bediente. In geistiger Abwesenheit blickte der Alte hinaus auf das Schauspiel der Natur: das Nordmeer war spiegelglatt, so dass sich der Nachthimmel Eins zu Eins darin spiegelte.

Und wo in den letzten Tagen das Auge der Seemänner mit dem atemberaubenden Anblick des Geleitzuges und seinen zahlreichen Frachtern ringsum verwöhnt wurde, herrschte nun die riesige Leere des weiten Nordmeeres, da sämtliche Frachter von PQ17 in alle Himmelsrichtungen verschwunden waren. Noch benommen einiger Gedanken setzte der Captain sein Fernglas müde an - und sprach leise und gebrochen für sich selbst, wobei Ted es dennoch vernahm: *„Der Geleitzug hat sich aufgelöst. Dieser 5. Juli 1942 wird in die Seekriegsgeschichte eingehen."*

Dennoch aber konnte der Alte am Horizont doch noch die Silhouette eines Frachters ausmachen. Die Silhouette war winzig klein und sehr, sehr weit entfernt. Ted beobachtete wortlos seinen Captain, welcher gleich darauf sich nach Steuerbord wandte, um dort ebenfalls den Horizont abzusuchen. Auch hier wurde der Alte nach einem Augenblick fündig: mit einem Frachter, der ebenso klein und ebenso nur noch schemenhaft zu erkennen war wie der erste.

Doch erschraken beide während dieser bisher ruhigen Wache, denn urplötzlich knallte von einem Frachter schrillend ein SOS Ruf über den Äther.
Alarmiert blickte Ted zu seinem Captain, welcher ihn unmissverständlich, jedoch besonnen aufgrund seiner Erfahrung wissen ließ: *„Die Eisteufel haben das erste Mal zugeschlagen."*
Ted behielt unsicher den Blick zu seinem Captain, doch dieser ahnte schon das Anliegen seines treuen Seemannes, während er ihm gegenüber mit dem Kopf verneinend etwas ganz bestimmtes unterstreichen musste: *„Rette sich wer kann, ist die Antwort. Wir können nicht zur Unglücksstelle fahren."*
Ted verstand. Wortlos nickend.

Er wandte benommen seinen Blick ab, zurück aufs eisige Nordmeer und schwieg: in Gedanken an die grausamen Ereignisse, welche sich nun wohl auf diesem angegriffenen Frachter abspielen sollten.

Der Captain blickte nochmals zur Wanduhr - um daraufhin diesen Notruf handschriftlich im Logbuch zu vermerken, wobei zeitgleich Benson durch die Tür auf der Brücke erschien.

- - -

Engumschlungen lagen Brian und Samantha in dieser Nacht weiterhin in der Koje, während Brians stummer Blick auf Samantha ruhte, die mit dem Kopf auf seiner Brust liegend ihn ebenfalls beobachtete.

Die Enttäuschung ihrer Ehe war in ihrem Blick nach wie vor präsent, das konnte Brian weiterhin spüren. Doch fühlte er umso mehr: deutlich überwiegte ihr zufriedener und warmherziger Gesichtsausdruck, da sie wohl das Glück an ihrer Seite gefunden hatte.

Innig hielt sie seinem Blick stand: tief und ruhig und erfüllt. Auch Brians Augen spiegelten exakt die gleichen Gefühle wieder, während beide bemerkten, dass nicht ein einziges Wort gesprochen werden musste, da ihre gegenseitigen Blicke alles aussagten. Alles.

Erst dann machte sich Samantha erneut daran, recht geschickt, weiter mit einem spitzen Messer ihren eigenen Namen mit auf seine Hundemarke zu ritzen.

- - -

Ermüdet hielt Ted auf der Brücke weiterhin die Stellung am Steuerrad, wobei Benson, der den Captain abgelöst hatte, ebenfalls eine handschriftliche Eintragung ins Logbuch vermerkte: *05. Juli 1942. - Nachmittag. - Keine nennenswerten Beobachtungen. - Keine Feindberührung. - Benson.*

Gleich darauf setzte er seinen Blick auf die See, erkundete sie in aller Ruhe ringsum, schaute auf die Wanduhr vor dem Fenster und sprach: *„Ted. Du bist seit der Nachtwache am Ruder."* Ted blickte ihn an und nickte: *„Es ist okay, Mr. Benson."* Er überlegte: *„Aber irgendwie bringt es mich langsam um den Verstand, dass..."*, er blickte zu Benson: *„...ich meine: es ist gut, dass nichts geschieht. Denn es bedeutet, dass wir demnach gut durchkommen. Doch diese gespenstische Ruhe, nur unterbrochen durch die vier letzten SOS Rufe seit Tagesbeginn, zerrt allmählich an meinem Verstand."* Benson wusste was der treue Untergebene meinte und bekräftigte dies mit wortloser Geste. Woraufhin Ted seine Befürchtungen, seinem Unbehagen weiter Luft machte: *„Wissen Sie, Mr. Benson: man fährt hier nichts ahnend entlang. Hat aber ständig Angst dass man sich schon längst mit dem Pott im Fadenkreuz eines U-Bootes befindet...während der Torpedo des Deutschen bereits unterwegs ist."* Benson musste nickend beisteuern: *„Das ist die Ruhe vor dem Sturm, Ted."*
„Behalte einfach einen klaren Kopf."

Im gleichen Augenblick jedoch zuckte Ted zusammen, da erneut ein SOS Ruf laut, dröhnend, kratzend über den Äther ging. Sofort darauf durchkämmten beide Männer mit aufgerissenen Augen die See.

Benson glaubte auf seiner Seite mit bloßem Auge etwas zu entdecken: *„Hier auf Backbord. - Dort drüben am Horizont!"* Erst nun griff Benson sein Fernglas: *„...verdammt, es ist in gut sieben Seemeilen Entfernung die... - ...die Peter Kerr."* Auch Ted hatte derweil ein Fernglas angesetzt: *„Von der Silhouette her, könnte sie es sein. - Rauch steigt auf."* Benson schlussfolgerte: *„Sie müssen sich in den letzten Stunden durch einige Dunstfelder uns von hinten genähert haben."*

Gebannt beobachteten beide Männer das wohl anscheinend torpedierte Schiff schemenhaft am Horizont, während plötzlich vor ihren Augen in dieser unglaublichen Weite und Entfernung eine gewaltige Explosion die Peter Kerr erfasste: *„Die gelagerte Munition!"*, sprach Benson.

Und keine halbe Minute später - war trotz der irrsinnigen Entfernung durch die Ferngläser - dennoch zu erkennen, wie sich das Schiff langsam auf Schlagseite begab...sich aber noch über Wasser hielt. Wenige Augenblicke später jedoch, begann es dann langsam und stetig immer schneller werdend nach vorn abzusinken... Nüchtern gab Benson Ted zu verstehen: *„Gott stehe ihnen bei."* Doch Ted wollte helfen: *„Mr. Benson: in einer Stunde sind wir vor Ort."* Doch Benson setzte sein Fernglas ab und begab sich zum Logbuch, wo er das Geschehene benommen schriftlich festhielt: *„Es gibt einen Befehl zum Selbstschutz: wir dürfen und können nicht."*

Ted stand die Angst weiterhin ins Gesicht geschrieben: *„Oh, Mann. Was für eine unglaubliche, gewaltige Explosion."* Benson jedoch blieb nüchtern: *„Ted, alleine vorn auf Bug haben wir 1000 Tonnen Munition. Und in Luke zwei nochmals über 1000 Tonnen."* Er überlegte: *„Halte unsere Lady weiter nördlich. - Na komm schon, hopp."*

Überlegend fiel es Victoria auf, dass Samanthas Gesichtsausdruck irgendwie eine gewisse Art von Zufriedenheit ausstrahlte - denn Samantha war ein erneutes Mal ohne Brian zu fragen zu ihren Schützlingen geschlichen - während sie im Geheimversteck mit Mrs. Aktins die Lebensmittel kontrollierte und etwas Obst auf den aus Kisten zusammengesetzten Tisch legte: *„Okay, das müsste reichen.",* sprach sie. Und beobachtete Mrs. Aktins, die mit ihrem Sohn Piet achtsam die Nahrungsmittel ordnete. Wobei Mrs. Aktins - nach einem kurzen Zögern - sich dann doch dafür entschloss Samantha vorsichtig von Frau zu Frau auf etwas anzusprechen: *„Mrs. McCancy...-...der Offizier: er war Ihr Mann. Oder?"*

Samantha war überrascht über Mrs. Aktins Scharfsinn - und sogleich war sie ergriffen. Sie hielt inne, blickte Mrs. Aktins wortlos an, begab sich zu Victoria, setzte sich zu ihr auf einige Decken auf den eisernen Boden...und schloss das Mädchen Arm umschlungen in ihren Schoß.

Mehrere Gedankenschübe rasten durch Samanthas Kopf. Und sie benötigte ein wenig Zeit um diese zu ordnen, um das Geschehene der Vergangenheit vorsichtig und auf den Punkt bringend in ein/zwei klärende Sätze packen zu können: *„Nun, Mrs. Aktins. Ja, Sie haben Recht: er* war *mein Mann."* Sie blickte die anderen Familienangehörigen an: *„Und ich... ...ich habe gedacht, dass ich ihn liebe. Aus diesem Grunde habe ich über Jahre hinweg um unsere Ehe gekämpft. Ich habe über Jahre hinweg in so vielen Dingen zurückgesteckt, doch...-...irgendwann merkst du, dass es einfach nicht mehr geht. Denn du siehst Dinge die du nie für möglich gehalten hast. Und dir wird klar: dieser Mann ist nicht der Mann, mit dem du alt werden willst. Du siehst ein, dass du einen Fehler begangen hast. Und dann...",* sie blickte ins Leere: *„...dann sah ich Brian."*

Aufmerksam schaute Victoria einmal zu Samantha hinauf, während ebenfalls die Familie Aktins ergriffen über die Ehrlichkeit verwundert war: *„Ich sah Brian in Halifax. Und... ...und es elektrisierte sofort ganz tief in meinem Herzen. Und ich bat zu Gott: lass ihn bitte kein Vollidiot sein."*

Alle schmunzelten. Woraufhin Mr. Aktins ergänzend einwarf: *„Er ist ein Geschenk Gottes. - Amen."* Samantha nickte und lächelte noch selbst über ihren kleinen Scherz, bemühte sich jedoch um eigene Disziplin, wobei sie Mr. Aktins Zwischenruf befürwortete: *„Ja. Und obwohl ich, wir fünf ihn noch gar nicht so lange kennen, glaube ich: ein jeder von uns denkt so. Oder?"* Ohne Worte unterstrichen Mrs. und Mr. Aktins Samanthas Aussage mit einem warmen Kopfnicken, während Victoria derweil auf die Hundemarke von Brian blickte - die sie von Samantha wohl schon längere Zeit in der Hand hielt - und bereits längst den eingekritzelten Namen *Samantha McCancy* gelesen hatte. Überlegend wollte die Kleine dann etwas wissen: *„Samantha. Aber warum bist du hier an Bord?"*

Samantha blickte die in ihrem Schoß sitzende Victoria an: *„Nun, ich bin hier an Bord weil... - ...also eigentlich sollte ich, wie ihr ja wisst, auf dem Zerstörer Wainright mit nach Archangelsk fahren. Doch dann entschied ich mich im Hafen von Reykjavik dafür, auf jeden Fall auf einem Frachter meine Reise fortzuführen. Also schmuggelte ich mich auf eine Barkasse - und bat den Barkassenkapitän, einen Frachter anzulaufen."* Victoria lauschte, während sie damit begann, auf Brians Hundemarke mit einem Messer ein Herz um Brian und Samanthas Namen zu ritzen. *„Es war das Schicksal: ich ließ den Barkassenkapitän entscheiden auf welchen Frachter er mich absetzt. Und er entschied an der Earlston längsseits zu gehen. Der Zufall, das Schicksal wollte es, dass Brian ebenfalls auf diesem Frachter seinen Dienst verrichtet."*

Mr. Aktins quälte eine weitere Frage: *"Nur, aus welchem Grunde ist Ihr Mann hier an Bord?"* Samantha setzte ein deutliches Zeichen: *"Für mich ist...-...nun: Andrew McCancy ist nicht mehr mein Mann. - Sie wissen ja warum. Meinen Ehering hat er heute vor seiner Kabinentür gefunden. Doch um die Frage zu beantworten: Andrew war mit dem Captain der Wainright im Hafen von Reykjavik an Land auf der Kapitänssitzung - und während der Rückfahrt entdeckte er einen meiner Handschuhe auf dieser Barkasse. Tja und der Barkassenkapitän hat ihm dann erklärt, dass er mit mir zur Earlston gefahren ist. Also wollte mein Mann mich zurückholen, bevor der Geleitzug sich in Bewegung setzt. Doch er fand mich nicht rechtzeitig."* Victoria wurde neugierig: *"Erzähl mehr. Alles."*

Samantha blickte die Kleine an, warf dem Rest der Familie einen weiteren Blick zu und überlegte.
Doch Piet fügte erklärend hinzu: *"Also rein zufällig haben wir alle verdammt viel Zeit."*

- - -

Auf der Brücke der Earlston suchten Brian und Benson wortlos das Nordmeer ab - und deutlich spiegelte sich in ihren Gesichtern Entsetzen wieder, während Ted noch immer das Ruder bediente. Irgendwie schien eine gewisse Spannung in der Luft zu liegen - und irgendwann brach Benson das Schweigen: *„14 Schiffe, das ist Wahnsinn. Das sind eindeutig zu viele Schiffe für die letzten 12 Stunden."* Er konnte es nicht fassen: *„14 Mal SOS..."* Er blickte rüber zu Brian. Der jedoch, konnte und musste bitter hinzufügen: *„Sofern alle angegriffenen Frachter überhaupt noch dazu gekommen sind einen Notruf abzusetzen."*

Ted lauschte dem Gespräch mit beängstigten Augen, während Benson einen Befehl aussprach: *„Ted. Da Brian auf der Brücke ist, wird es Zeit für dich endlich deine Pause einzulegen."* Ted begrüßte den Befehl: *„Geht in Ordnung, Mr. Benson."* Er übergab Brian das Ruder und machte sich daran, müde die Brücke zu verlassen. Doch da war noch etwas, was ihm wohl schon seit längerem den Schlaf raubte: *„Hey, Brian. Sag: wie lange bist du auf dem Flugzeugträger Enterprise gefahren?"* Brian musste freundschaftlich lächeln und blickte zurück zu Ted: *„Da kommst du nicht drüber hinweg, was?"* Ted öffnete derweil die Tür der Brücke: *„Hey, Bruder. Man lässt sich doch nicht von einem Flugzeugträger abkommandieren. Also: wie viel Jahre?"* Doch kaum hatte Ted ausgesprochen, unterbrach ein fassungsloser Benson: *„Wie bitte? Brian, querab in fünf Seemeilen! - Der kleine Eisberg!"* Besorgt richtete Brian seine Augen in die gewiesene Richtung, während Ted mit dem Türgriff in der Hand beide Männer wissen ließ: *„Wieso...was ist los? Wir befinden uns in der Nähe der Packeisgrenze:...ein Eisberg ist ein Eisberg."*

Doch Benson gab angestrengt blickend und überlegend zu verstehen: *„Bin ich Hirnamputierter nun ganz durch geknallt? Oder scheint es wirklich so, dass dieser Eisberg mit unserer schnell laufenden Lady nicht nur Schritt hält, sondern auch noch näher kommt?"* Irritiert blickte Benson zurück zu Brian, der ihm derweil ein Fernglas zuwarf. Unverzüglich setzte Benson das Glas an, während nun auch Brian nach einem Feldstecher griff. Ebenso ergriff Ted sich ein drittes Fernglas ...und nicht einmal eine Sekunde darauf erkannte Benson die schockierende Richtigkeit des Eisberges: *„U-Boot Alarm!"*

Beinahe zeitgleich erkannte auch Brian was Sache ist: *„Die Deutschen haben ihr U-Boot weiß angestrichen, verdammt!"*

Blitzschnell eilte er durch die Tür nach außen zur Sirene auf der Steuerbord Brücken-Nock und löste kurbelnd U-Boot Alarm aus. Und während der U-Boot Alarm begann sich aufbauend über das ganze Schiff zu gellen, erkannte auch Ted das Unheil auf See: *„Oh, mein Gott. - Es kommt direkt auf uns zu!"*

Nach der Wiederholung des U-Boot Alarms, beendete Brian das kräftige Kurbeln an der Sirene und eilte zurück auf die Brücke. Und während draußen das Horn der Sirene abflachte, hatte Brian auf Ted zukommend schon längst entschieden: *„Ted, wir werden dem Deutschen von Heck aus mit der 20cm Kanone einheizen. - Los komm!"*

Im gleichen Augenblick erreichte Captain Stenwick atemlos aus seiner naheliegenden Kajüte - hinaufkommend durch den innenliegenden Treppenschacht - die Brücke, während Brian mit Ted bereits hinaus zur Backbord Brücken-Nock eilte und seinem Captain gegenüber noch Meldung machte: *„Sir, ein raffiniertes deutsches U-Boot!"*

Über die Außentreppe sprinteten beide direkt hinab.

Der Captain näherte sich hastig Benson am Ruder - und unaufgefordert hielt Benson ihm bereits sein Fernglas hin und wies in eine Richtung: *„Sie haben ihr U-Boot weiß angestrichen, Sir!"* Geübten Blickes erkannte der Alte sofort das direkt auf die Earlston zu stampfende U-Boot - und befahl sogleich einen neuen Kurs.

Unverzüglich warf Benson so schnell er konnte das Ruder herum, während der Captain zum Kartentisch am Fenster eilte, um gleich darauf einen neuen Befehl zu geben: *„Benson. Setzen Sie unverzüglich ein Seenotsignal an den britischen Admiral in Nordrussland durch: „S. S. Earlston. - Im Gefecht mit deutschem U-Boot."* Er blickte auf eine weitere Seekarte auf dem Arbeitstisch und begann zu loten und zu rechnen: *„...075° 43' Nord, 038° 02' Ost, um 16:00 Uhr C/5."*

Hastig erreichten Brian und Ted achtern an Deck der Earlston die 20cm Flak - und machten das mächtige Geschütz mit geübten Griffen zum Feuern bereit. Und während Brian wuchtig die Flak in Richtung Feind kurbelnd herumwarf, entsicherte und gekonnt peilte...
...gab er nach nur wenigen Sekunden bereits den ersten Schuss ab.

Gebannt beobachteten Captain Stenwick und Benson auf der Brücke durch ihre Ferngläser, dass das 20cm Geschoss weit abseits des U-Bootes auf der Wasseroberfläche detonierte. Und sie erkannten: *"Der Deutsche gibt seine Schleichfahrt auf!"* Benson lief es eiskalt den Rücken herunter: *"Er läuft mit äußerster Kraft auf uns zu."* Eiligst hechtete der Alte zu eines der Sprachrohre: *"Alle Heizer der Freiwache sofort zur Verstärkung nach unten vor die Feuerlöcher! U-Boot Alarm!"*

Zeitgleich gab Benson den ersten SOS Ruf über den Äther: *"SOS, SOS, SOS. - Earlston bei Abwehrmaßnahmen gegen U-Boot. - Steuern Kurs 207°. - U-Boot folgt auf 16.08/5."* Derweil konnten beide Männer einen weiteren Schuss vom 20cm Geschütz vernehmen.

Rauch umhüllte achtern an Deck Brian und Ted, die soeben gefeuert hatten, während beide noch gebannt durch ihre Ferngläser aufs Nordmeer blickten, in der Hoffnung ihr Geschoss möge nahe am Feind niedergehen. Und tatsächlich konnte sich Brian mit diesem zweiten Schuss verbessern: „Knapp dran!"

Unverzüglich blickte Ted vom Meer zurück zu seiner Arbeit und öffnete den noch rauchenden Kanonenschacht: metallen schepperte die heiß rauchende Geschosshülse aufs Deck. Sofort führte er auf beiden Armen ein neues, schweres Geschoss in den Munitionsschacht, während Brian weiterhin den Deutschen auf diese Entfernung hin angespannt nachjustierte: *„Wenn er den Kurs hält, dann hab ich ihn in wenigen Schüssen."*

Etwas außer Atem erreichte in dieser Sekunde Samantha die schwer beschäftigten Männer: *„Brian, was ist los?"* Doch nur Ted blickte sie kurz an: *„Ein deutsches U-Boot, Mrs. McCancy!"* Und während Brian das Geschütz weiter leicht kurbelnd nachjustierte, teilte er ohne sie anzublicken mit: *„Es kommt mit äußerster Kraft direkt auf uns zu!"*

Erschrocken zuckte Samantha zusammen, da Brian einen weiteren Schuss abfeuerte. Wobei es ihr noch gelungen war, blitzschnell ihre Hände vor dem Abfeuern über die Ohren zu halten. Und sofort war ihr klar, sie würde sich wohl niemals an diesen unglaublichen Druck des Abfeuerns einer Kanone gewöhnen: besonders nicht dieser nochmals größeren 20cm Flak hier hinten auf Deck, gegenüber der 7,5" Bugkanone vorn.
Ihr ganzer Körper hatte vibriert.
Er hatte richtig vibriert.

Stumm blickten sie auf das Meer und warteten...

Atemlos erhofften Benson und der Captain auf der Brücke einen Treffer, der sie alle endlich aus dieser aussichtslosen Situation befreien würde, doch: *"...wieder daneben."*

Jedoch hatte Benson Hoffnung: *"Aber näher dran, Sir."* Im Hintergrund erschien Andrew McCancy durch die Brückentür des Außen-Aufganges der Backbord Brücken-Nock und folgte den Blicken von Benson und dem Captain aufs Meer hinaus.

Hingegen registrierten Benson und der Alte blaue Flecken und Schrammen in Andrews Gesicht. Er selbst bemerkte die fragenden Blicke und gab mürrisch zu verstehen: *"Bin gestürzt."*

Erneut beluden Brian und Ted das Geschütz, während Brian Samantha mit einem schnellen Blick auf das U-Boot zu verstehen gab: *„Es sieht nicht gut für uns aus, Sam!"*

Derweil visierte er erneut: *„Dieser 5. Juli ist wohl der schwärzeste Tag den ich je erleben werde."* Und Ted fügte beängstigt hinzu: *„Nicht weniger als 14 Frachter sind heute, bis jetzt, verloren gegangen."* Brian änderte eine Kleinigkeit der Feinjustierung an der Flak: *„Die Eisteufel haben hier im Eismeer mit ihrer Jagd ohne Gnade begonnen."* Und feuerte.

Gute zwei Sekunden vergingen…doch ließ dieses - plötzlich sehr nahe am U-Boot detonierte Geschoss - die Männer aufatmen…da der Deutsche sofort darauf seinen Überwasserangriff beendete…um steil nach unten in die eisige See zu verschwinden.

Ted ließ seufzend seine Hand schwer auf Brians Schulter nieder: *„Oh, mein Gott."* Doch Brian ärgerte sich: *„Verdammt, ich hätte ihn gehabt."* Ted blickte zurück zu Samantha und gab zu verstehen: *„So lange der Deutsche getaucht bleibt, hat er keine Chance unsere schnelle Lady einzuholen."*

Etwas erleichtert blickten sich währenddessen Benson, der Captain und Andrew wortlos auf der Brücke an, wobei Captain Stenwick gleich darauf seinen Blick über seinen Frachter schweifen ließ.
Genugtuend beobachtete er, dass alle leichten Geschütze - und vorn die Bugkanone ebenfalls - soeben von seinen weiteren Seemännern bemannt wurden.

Erst daraufhin eilte er zu den nach achtern hin ausgerichteten Fenstern - und blickte von oben Brian und Ted zunickend und dankend an: gut gemacht!

Wobei er beobachtete, wie die mit anwesende Samantha die beiden Männer in diesem Moment eiligst verließ.

Hektisch erreichte Samantha Augenblicke später ihre Kajüte, griff nach ihrem Fotoapparat, wollte schon wieder hinauseilen, verharrte jedoch - und legte dieses Mal mit einem für sie selbst nicht zu erklärendem unguten Gefühl ihre Schwimmweste an.

Auf der Brücke hingegen herrschte allerhöchste Konzentration: ununterbrochen suchte der Alte mit Benson und Andrew das Nordmeer ab, doch weit und breit kein Feind und kein Periskop, welches die ruhige Wasseroberfläche hätte ankratzen können. Besorgt setzte der Captain die beiden Männer dann über etwas in Kenntnis: *„Meine Herren: jetzt wo unser Schiff von den Deutschen entdeckt worden ist, wird es nicht mehr lange dauern bis deren Verstärkung eintrifft."*

Stumm kreuzten sich die Blicke der Männer: ein jeder von ihnen wusste was dies bedeutete. Woraufhin Andrew plötzlich die Brücke in Hast verließ und enorm schnell die innenliegende Treppe des Brückenturmes hinuntereilte.

In Gedanken um ihre Kamera... / ...und in Hektik - bereits die letzten Stufen eines weiteren Treppenabschnittes tief unten im Brückenturm hinuntereilend - begegneten sich Samantha und Andrew auf einem der Gänge an der Treppe und prallten beinahe zusammen.

Wortlos blickten sich beide an, wohl wissend was in der Vergangenheit mit ihnen geschehen war. Und dann war es Andrew, der mit Schuldgefühlen das Gespräch begann und seine verlorene Samantha flehend ansprach: *„Samantha, ich... ...ich ersuche dich: gebe mir noch eine Chance."* Hastig begann er damit, Samanthas Ehering aus seiner Hosentasche hervorzuholen: *„...ich... ...es, es tut mir leid."* Er wollte ihr den Ring aufsetzen: *„...und es ist nicht so wie du glaubst."* Er nahm ihre Hand: *„Diese Frau auf den Fotografien..."* Doch Samantha nahm ihre Hand zurück: *„Andrew."* Doch er sprach wie in Trance weiter: *„Vergiss diesen Brian, vergiss ihn. Ich werde alles wieder gut machen. Denn ich bin es, der nicht eigennützig weiter mit dir durchs Leben gehen will. Du wirst sehen, ich werde aufhören nur noch an mich zu denken. Ich bin dein Mann und du wirst sehen, ich werde für dich und für andere Menschen da sein. Du wirst sehen, ich werde mich ändern: für dich! Und dieser Brian...er ist nicht das was er vorgibt zu sein."*

Doch Samantha hatte keinen Nerv auf diese Diskussion und entgegnete unmissverständlich: *„Du hast ein Eheverbrechen begangen. Du hast mich betrogen."* Wobei sie an ihm vorbei wollte. Doch er versperrte ihr den Weg: *„Samantha. Ich bin der Mann an deiner Seite. Auf mich kannst du dich verlassen. Ich liebe dich."*

Doch Samantha klärte ihn hart und unmissverständlich auf: *„Unsere Liebe bestand aus* meiner *Liebe und* deinen *Lügen. Und nun geh mir aus dem Weg - und kreuze nie wieder mein Leben."* Andrew griff sie verzweifelt: *„Samantha."*

Sie wehrte sich, bis sie jedoch - wie auch Andrew - von der einen auf die andere Sekunde inne hielt, da plötzlich dumpf, laut und angsteinflößend die Sirene des Fliegeralarms ertönte.

Beide hatten es zwischenzeitlich beobachtet, dass die Earlston mit der Sirene für die an Bord anwesenden Crewmitglieder je ein anderes Zeichen abgab: für einen Überwasserangriff gab die Earlston die Sirene mit zwei abgehackten Unterbrechungen und für einen Luftangriff mit drei. Um den jeweiligen Alarm dann ein weiteres Mal zu wiederholen.

Erschrocken und entschlossen drückte Samantha Andrew zur Seite, um zu gehen. Um an Deck zu gelangen.
Und um dieses Kapitel ihres Lebens hinter sich zu lassen.

Gebannt eilte Captain Stenwick auf seiner Brücke an den Fenstern entlang, den Blick besorgt in den Himmel gerichtet, während er Benson am Ruder laut und deutlich wissen ließ: *„Es sind sieben oder acht Ju 88, verdammt!"* Nur einen Wimpernschlag darauf bemerkten beide Männer, wie die Geschütze ihrer Earlston das Feuer auf die Deutschen eröffneten: *„Ruder hart Backbord, Benson!"* Benson schlug das Ruder um und verfolgte zeitgleich die Leuchtspur eines ihrer schweren Browling-Maschinengewehre: *„Das sieht nicht gut aus."* Während er bemerkte, wie die Deutschen unbeirrt ihren Angriff im Sturzflug weiter durchführten: *„Das sieht nicht gut aus!",* wiederholte er. Wobei er sah, dass im Hintergrund Andrew erneut auf der Brücke erschien.

Andrew - noch sauer und enttäuscht und gedemütigt über die Situation mit Samantha - folgte dem Blick der beiden Männer in den Himmel…und erkannte ebenfalls sofort, wie schlecht die Situation während dieses Angriffes für die Earlston geworden war.
Ohne zu fragen eilte er auf Benson zu, griff tatsächlich in die Arbeit des Rudergängers ein und befahl, während er selbst das Ruder herumwarf: *„Gehen Sie nach Steuerbord!"* Benson und der Captain trauten ihren Augen nicht, wobei Benson diesen Mr. McCancy zurückwies: *„Sind Sie verrückt?"*

Der Captain eilte auf das Geschehen am Ruder zu und drückte Andrew energisch zur Seite: *„Verlassen Sie die Brücke! Dies ist ein Befehl, Mr. McCancy!",* während Benson sofort wieder das Ruder zurückdrehte, mit Blick in den Himmel!

Achtern an Deck feuerte Brian verzweifelt einen weiteren Schuss auf einen der fliegenden Angreifer ab, wobei er ebenso beobachtete, dass mehrere Leuchtspurmunitionen der MGs vom Frachter, zeitgleich die auf wenige hundert Meter herangekommenen ebenfalls feuernden sieben/acht Sturzbomber verpassten. Während zeitgleich überall die MG Geschosse der Deutschen an Deck zerbarsten.

Ängstlich setzte Samantha ihren Fotoapparat vor ihr Auge... ...um diesen dann jedoch vorsichtig zur Seite auf eine Decksplane zu werfen: denn sie sah, jede Hand an Deck wurde für die Verteidigung gebraucht. Entschlossen eilte sie daraufhin ohne zu fragen an das ebenfalls achtern an Deck befestigte schwere Browling-Maschinengewehr - welches noch nicht bemannt worden war - und entsicherte dies...um Sekunden darauf um ihr Leben fürchtend auf den Feind zu feuern.

Verwundert blickten Brian und Ted zu der in etwa 10 Meter entfernten Samantha schräg hinter ihnen und sahen, dass sie alles recht gut bediente und die kritische Situation beherrschte - aufgrund dessen Brian ihr Tags zuvor einmal die Handhabung des schweren MGs erklärt hatte - und kümmerten sich erneut um das Nachladen ihrer 20cm Kanone.

Und während Samantha weiterhin gezielte Feuerstöße abgab - und Brian einen weiteren Schuss ganz in die Nähe einer angreifenden Ju 88 setzen konnte, kristallisierte sich dennoch heraus, dass sie diesen Kampf verloren hatten: denn die Sturzbomber waren bereits zu nahe herangekommen und klinkten über ihren Augen die Bomben im Reihenwurf aus.

Keiner konnte in diesem Augenblick abschätzen, wo und wie nahe diese Bomben niedergehen würden...-...folglich sprintete Brian laut rufend zu Samantha: *„Runter!"*, um sich mit ihr flach aufs Deck in Sicherheit zu werfen...-...da wo Ted bereits lag.

Heulend eilte der Tod durch die Luft, wobei eine der Bomben auf gute 20m sich dem Heck näherte - aber wirkungslos im Wasser detonierte. Jedoch eine weitere der herabstürzenden Bomben, eine Sekunde später vorn sogar als Nahtreffer sehr dicht neben dem Bug der Earlston gewaltig explodierte!

Das ganze Schiff zitterte. Es war unbeschreiblich: selbst hinten auf Heck vibrierte das Gesicht von Ted auf dem kalt nassen Metallboden, während Brian Samantha noch schützend an sich hielt.

Und ebenso zitterte sogar oben auf der Brücke der ganze Führerstand, wobei im gleichen Augenblick eines der vorderen Brückenfenster von einem riesigen Riss durchzogen wurde.

Sofort darauf befahl Captain Stenwick dem sich noch immer am Ruder festkrallenden Benson: *„Benson. Kontrollieren Sie vorn die Bordwand auf Schäden."*

Sofort eilte Benson von der Brücke, während der Alte stumm das Ruder ergriff und verärgert auf Andrew blickte, da dieser sich trotz des Befehls weiterhin auf der Brücke aufhielt.

Erleichtert aber auch geschockt rafften sich Brian, Samantha und Ted achtern an Deck wieder auf. Wobei sie um den Brückenturm herumblickend noch sahen, wie in gut 80m Entfernung gewaltige Wassermassen vorn auf Deck - welche durch die nahe Detonation über das Schanzkleid der schwer stampfenden Earlston geschleudert wurden - rauschend wieder herunter flossen. Jedoch herrschte weiterhin noch die Gefahr aus der Luft - und so begab sich Brian, dieses Mal mit Samantha, unverzüglich wieder an die 20cm Kanone und orderte: *„Ted, übernimm du das Maschinengewehr!"*

Derweil betrat Benson unten endlich eiligst das Deck...
...und erreichte nach knapp 20m erste große Wasserflächen...
...um nach weiteren 30m zwischen den Panzern und Jeeps an Bord sogar durchs Knöchel tiefe, abfließende, eisige Wasser weiter nach vorn zu waten...sich nach vorn zu arbeiten...
...bis hin zu der Stelle wo die Bombe niedergegangen war.

Dort beugte er sich weit über die Reling...-...um dann nach seinem prüfenden Blick, dem Captain gegenüber mit dem Daumen auf die Entfernung hin zu signalisieren: die Nieten hatten gehalten!

Unverzüglich eilte er wieder frierend zurück in Richtung Brücke und bemerkte, dass der Alte ihm von da oben signalisierend irgendetwas zuwinkte. Während er - selbst hier mittschiffs - weiterhin noch durch knöcheltiefes eisiges Wasser watete, welches weiterhin durch das Schanzkleid von Bord strömte und er mit sich selbst sprechend an einem Panzer vorbeieilte: *„Jo. Ich komm ja schon."*

Jedoch tauchte urplötzlich hinter ihm eine einzelne Ju 88 sehr flach in der Luft auf.

Neugierig blickte Ted in dieser Sekunde nochmals von achtern am Brückenturm vorbei nach vorn...und erkannte das herannahende Unheil hinter Benson. Um seinen Vorgesetzten zu warnen rief er so laut er konnte: *„Mr. Benson! Hinter Ihnen!"* Doch im gleichen Augenblick hatte der Deutsche bereits eine einzige Bombe ausgeklinkt.

Erst jetzt bemerkte Benson mittschiffs zwischen den Panzern und Jeeps den aufkommenden Krach der Ju 88: denn sie flog gegen den Wind, folglich dämmte dies ihre Lautstärke.

Benson blickte zurück und erkannte die ausgeklinkte Bombe in der Luft. Blitzartig warf er sich in das noch gut 10cm tiefe Wasser zwischen zwei Panzern - und entging so der Wirkungskraft dieser einen genau gezielten Bombe, welche nur 20m schräg hinter ihm mittschiffs in die Bordwand der Earlston einschlug.

Mit einer kaum zu begreifenden Kraft detonierte die Bombe und katapultierte auf Anhieb Jeeps, Flugzeugteile und weiteres Kriegsmaterial von Deck. Splitter irrten sausend heulend durch die Luft - und Benson, der instinktiv den richtigen Platz zwischen den mit Ketten fest verlaschten schweren Panzern gefunden hatte - wurde unter großen Erschütterungen und durch die Panzerketten blickend Zeuge, wie das restliche Kriegsmaterial als Schrott weit durch die Luft ins Meer geschleudert wurde.

Zeitgleich bäumte sich die Earlston wild auf, wobei Ted - weit achtern an Heck...aber noch um den Brückenturm die Detonation beobachtend - von der Druckwelle erfasst wurde.

Und selbst Brian und Samantha verloren das Gleichgewicht und stürzten, obwohl sie an der 20cm Kanone standen und sich festhielten. Wobei es ihr Glück war, dass der Brückenturm sie beide vor herumirrenden Trümmerteilen schützte.

Ebenso kamen Captain Stenwick und Andrew durch die Erschütterungen auf der Brücke zu Fall... ...und dies war zugleich ihre Rettung: denn nur den Bruchteil einer Sekunde später durchsäten unzählige Metallsplitter als Geschosse alle Fenster auf der Frontseite...um durch die Fenster und durch die Decke auf der Hinterseite weiter hinaus aufs Meer zu schießen.

Kaum rafften sich Brian und Samantha geschockt über die Kraft der Detonation achtern an Deck wieder auf, erblickte Samantha den schwerverletzten Ted: *"...Ted! ...Nein!"*

Sofort eilten die beiden auf Ted zu, der durch die Wucht der Detonation gute zehn Meter vom Maschinengewehr zurückgeschleudert, nun hinten bei ihnen achtern gegen das Schanzkleid der Reling geschleudert worden war.

Dem Tode nahe saß er dort am Schanzkleid gelehnt, mit starrem Blick auf dem Boden: Blut rann aus seinem Mund.

Geschockt beugten Brian und Samantha sich kniend zu ihm und blickten auf eine enorme Wunde in und an seiner Taille - oder das, was von seiner Taille übriggeblieben war - denn ein tellergroßes Stück war durch ein Metallteil einfach aus seinem Leib gerissen worden...

...Innereien hingen heraus...

...die er im Schock mit bloßen, verschmierten Händen ordnend wieder in seinen Bauch einführen wollte. Woraufhin traurig, die schwarzen Augen dieses mächtigen Mannes - der immer eher das Auftreten eines unsicher ängstlichen Menschen hatte - Brian anblickten.

Betroffen beugte sich Brian nahe, sehr nahe an seinen farbigen treuen Seemann, da dieser ihm etwas - praktisch ohne zu atmen, auch ohne Mundbewegungen - noch hauchend mitteilen wollte: *"...d-der M-Mann vom Flug- Flugzeugträger."* Brian blickte ihn an, nickte und antwortete verloren: *"Von der einen Seite des New Yorker Hafens, bis zur anderen Seite ins Schwimmdock. - Als Tagesgast."*

Augenpaare trafen sich, der arme Ted konnte es wohl nicht glauben, was er da noch hören musste... Unbeholfen trug er weiterhin seine eigenen Innereien in seinen verschmierten Händen und blickte Brian verloren an: *"...s-sage M-Mum... ...i-ich... ...liebe s-s..."*

Keine Träne. Kein leichtes Zucken. Nicht einmal die Kraft zum Schließen seiner Augen ließ ihm der Tod. In Gedanken flüsterte Brian ihm zu: *"...ich verspreche es dir, Ted."* Stumm und betroffen verharrte Samantha kniend mit ebenso weit aufgerissenen Augen vor Ted, bis Brian sie behutsam in seine Arme nahm.

Es verging ein Augenblick, bis Benson nass und frierend im Hintergrund erschien und ebenfalls seinen Augen nicht traute. Nichtssagend schritt Benson langsam weiter auf die drei zu und begann, mit Blick auf Ted, seine nasse Seemannsjacke von Meter zu Meter auszuziehen...um sie Ted dann bis zur Brust überzulegen.

Erst dann registrierte Benson die Blicke der beiden anderen: *"Dabei war er es, der mich gewarnt hat."* Benson benötigte eine weitere Sekunde, um dann erst mit einem tiefen Atemzug Teds Kopf mit dem Mantel zu bedecken.

Wortlos blickten die drei in den Himmel, denn die Motoren die sie weiterhin dort oben hörten verhießen nichts Gutes.

Benommen und kalt zitternd wandte sich Benson an Brian und Samantha, um beiden noch etwas Weiteres anvertrauen: *„Und ich, nein wir alle, hatten gerade sogar noch Glück im Unglück: denn wäre die Bombe auch nur 20 Meter eher voraus eingeschlagen, hätte sie Luke zwei getroffen."*
Er hielt inne um besonders Samantha gegenüber zu erklären: *„Und damit über 1300 Tonnen Munition."*

Benson erhob sich und kam mit einem Blick in den Himmel der Realität wieder nahe, sehr nahe, wobei er auf die Sekunden seiner Uhr schaute und erneut seinen Kopf in Richtung Himmel hob: *„Ich befürchte, selbst jetzt würden unsere Reste noch immer da oben rauchend rumschwirren."*
Er blickte Brian und Samantha wieder an: *„Entschuldigt bitte, doch es ist Krieg. - Wir sind im Krieg!"*

- - -

Erschöpft und mit Öl verschmiert erschien der erste Ingenieur Cleghorn auf der Brücke der Earlston und machte Meldung: *"Captain! Tut mir leid Captain! Aber das wär's dann: obwohl die Detonation mittschiffs war, hat die enorme Kraft die Dampfleitungen selbst hinten im Maschinenraum zerrissen. Und mehr noch: wir haben mittschiffs ein Leck unter der Wasseroberfläche. Die Männer der Leckage versuchen es noch immer... ...doch der Laderaum läuft derart schnell voll..."* Er wagte es nicht weiterzusprechen. Überwand sich dann aber doch etwas zu sagen, was eigentlich nur der Captain eines Schiffes zu entscheiden hat: *"...es steht mir nicht zu, Sir. Doch wir müssen das Schiff verlassen. Sir."*

Instinktiv hatte Captain Stenwick mit einer solchen Hiobsbotschaft gerechnet - und wandte sich tief getroffen mit einem Blick auf seine Lady ab: seine schwer getroffene Earlston, die langsam sogar damit begann, eine erste seichte Schlagseite aufzuweisen...und zudem durch den Wassereinbruch vorn ebenfalls den Anschein hatte, dort ebenso bereits leicht einzusinken. Es musste also wirklich ein größeres Leck mittschiffs vorhanden sein.

Doch keine Sekunde darauf erschien auch Benson auf der verwüsteten Brücke. Sofort reagierte der Alte erleichtert: *"Benson, Sie leben! - Gott sei Dank!"*

Benson schritt die letzten Meter auf seinen Captain zu und nickte einmal, jedoch musste er seinem Captain eine weitere schlechte Nachricht überbringen: *"Captain. Sir... ...Ted ist tot."* Er blickte einmal durch die Runde, um wieder bei seinem Captain zu enden: *"Splitter haben ihn achtern an Deck den halben Bauch weggerissen. Sir."*

Betroffen drehte sich Captain Stenwick ab und blickte geschockt in den Himmel: er sah, wie die Deutschen wie die Aasgeier weiterhin ihre Runden drehten, um sich womöglich erneut in Angriffsstellung zu bringen. Ebenso überlegend beobachtete auch Andrew den Captain, den Himmel, die schwer verwüstete Brücke...und begann besser wissend zu maulen: *„Also: Sie müssen auf jeden Fall..."* *„Auf jeden Fall verlassen* Sie *die Brücke."*, unterbrach der Captain. Andrew wollte das Gehörte noch immer nicht wahrhaben. Überrascht blickten Benson und der erste Ingenieur Cleghorn auf ihren Captain, so hatten sie ihn noch nie erlebt. Welcher nochmals seine Forderung deutlich unterstrich: *„Jetzt. - Mr. McCancy."*

Gedemütigt benötigte Andrew eine ganze Sekunde um zu registrieren, was vor den Augen der anderen Seemänner mit ihm soeben geschehen war: welch eine Maßlosigkeit eines Frachterkapitäns ihm gegenüber - einem Marineoffizier. Dann drückte er die Augenbrauen und entfernte sich wortlos und strammen Ganges von der Brücke.

Der Captain beobachtete die geknickte Ehre des Mr. McCancy, bis dieser die Tür der Brücke hinter sich verschlossen hatte - und wandte sich dann erst an Benson, wobei er ihm einen Zettel mit einer Notiz übergab: *„Benson. Geben Sie ein letztes Notsignal."* Benson verstand und eilte zur Funkstation, um gleich darauf das A-A-A über den Äther zu geben, während er niedergeschlagen leise vom Notizzettel lesend mitsprach: *„A-A-A (Luftangriff) - 074° / 57′ Nord - 037° / 48′ Ost - Earlston von Bombern getroffen. - 17.32 C/5."*

Gefestigten Schrittes überwand der Captain die wenigen Meter hin zu Benson...und zog sechs Mal an der Leine der Dampfpfeife. Ein jeder Seemann kannte die Bedeutung dieses Signals: alles in die Boote!

Hektisch, ängstlich und mit einem enorm schlechten Gewissen eilte und kletterte Brian so schnell er konnte unter Deck durch die Frachträume mit all ihren Verwüstungen - oder das, was nach dem Bombeneinschlag von diesen Frachträumen und den gelagerten Kriegsgütern übriggeblieben war - ohne auf Samantha zu achten, die versuchte ihm zu folgen.

Immer wieder schwang und wandte er sich selbstrichtend in diesem Chaos aus Schrott und kleinen Bränden über und durch das Chaos des zerstörten Kriegsmaterials und richtete sich selbst: *„...wie konnte ich nur? ...wie konnte ich sie nur allein lassen? ...du bist schuld. ...duuu bist schuld, Brian."*

Währenddessen glaubte Samantha die einzige zu sein, die hier unten dumpf das Signal der Dampfpfeife vernahm, folglich machte sie Brian während des Hinterherkletterns rufend darauf aufmerksam: *„Brian. Hörst du das Signal?"* Natürlich vernahm er das Signal. Doch er befand sich so in Hektik, die Familie Aktins so schnell wie möglich ausfindig zu machen, dass dieses Horn ihn einfach nicht interessierte: *„...du bist schuld, Brian."*

Und es war nach vielen Augenblicken...dieses Flugzeugwrack, welches in gut zwei Meter Höhe auf eine Unmenge von Schrott schräg auf dem Kopf liegend ihm den Weg versperrte: doch Brian wusste, gleich hier in etwa war einst der Eingang zum Geheimversteck.

...und tatsächlich: kaum hatte er dieses Flugzeugwrack auf dem Schrott liegend endlich überwunden - erblickte er statt der kleinen, sonst immer von ihm verschlossenen Luke, nun ein riesiges Loch welches ihm einen freien Blick hinunter in das Geheimversteck ermöglichte - hinunter auf die noch lebende Familie Aktins: *„Ich bin hier! Hier bin ich!"*

Fassungslos erblickte ihn Familie Aktins und rief hinauf: *"...Brian! ...Mr. Thomson!"* Brian war fassungslos: denn er sah, dies waren bereits die letzten Augenblicke der Familie Aktins, deren Familienmitglieder alle verletzt im eisigen Wasser frierend um ihr Leben kämpften. Denn das Wasser strömte wie ein reißender Strom durch einen mannsgroßen Riss in der Außenwand hüfthoch hinein, um mit gewaltiger Macht in einen zweiten Raum - welcher durch die Schrägseite des Schiffes nun tiefer gelegenen war - durch einen weiteren Riss dort in der Eisenwand, im Bauchinnern wieder gurgelnd zu verschwinden. Und beide Risse waren annähernd 3m hoch und 50cm breit.

Doch trotz dieser Gefahr vom Wasserstrom mitgesogen zu werden, versuchte der Vater mit Piet verzweifelt die total verbogene Eisenleiter - die ursprünglich zur Luke hinaufführte - irgendwie in diesem starken Wasserstrom unter Kontrolle zu bekommen, um sie wieder aufzurichten und irgendwo, irgendwie da oben zu verhaken.

In diesem Augenblick erreichte ebenfalls Samantha die Unglücksstelle und war erschüttert: *"Oh, mein Gott!"*

Und während Brian schon die ersten Anstalten machte hinunter zu klettern, befahl er Samantha: *"Sam. Das Seil dort drüben! Binde es dort hinten am Fahrwerk vom Flugzeugwrack und werf es runter!"* Kaum ausgesprochen, legte Samantha ihren Fotoapparat zur Seite, während Brian bereits auf einen hervorstehenden Metallträger heruntergeklettert war, um von dort aus weitere zwei Meter hinunter ins offene Geheimversteck zu springen.

Mit heftigem Ziehen verzurrte Samantha derweil das Seil - welches ursprünglich zum Verlaschen einiger Kriegsgüter gedacht war - am Fahrwerk: *„Brian. Ich werfe das Seil runter."*

Doch hinderte urplötzlich Andrew sie mit einem brutalen Griff, das rettende Seil die vier Meter tatsächlich hinunterzuwerfen. Erschrocken wehrte sie sich: *„Andrew!"*
Jedoch hatte sie gegen den körperlich überlegenen Mann, der sie kräftig packte, keine Chance: *„Wir gehören zusammen, Samantha!"* Brian und die Familie Aktins trauten ihren Augen hinaufblickend nicht: *„A n d r e w!"*

Doch Andrew, der anscheinend nicht mehr Herr seiner Selbst war, blickte nur voller Verachtung und Zorn hinunter: *„Samantha, gehört mir!"* Und schliff und zog Samantha zurück auf die andere Seite des Flugzeugwracks.

Brian traute seinen Augen nicht und rief fordernd hinterher: *„Andrew! Das Seil!"*

Doch Andrew machte keine Anstalten sich um Brian und die Familie Aktins zu kümmern, während er weiterhin brutal die um sich schlagende, sich wehrende Samantha den Schrotthaufen hinunter vor sich her drückte - und ihr gleich darauf einen heftigen Schlag versetzte, so dass sie stürzte.

Entschlossen versuchten zeitgleich Brian, Mr. Aktins und der Sohn Piet, die Eisenleiter irgendwie an eine der Eisenwände oder an die dort herausstehenden Eisenträger zu verkeilen. Doch keine Chance. *„Das Wasser steigt! - Los!"*, befahl Brian.

Unter Schmerzen erhob sich derweil Samantha oberhalb des Geheimverstecks zwischen all dem Schrott und bemerkte einige Sturzverletzungen, woraufhin sie jedoch sogleich mit grober Gewalt von Andrew hochgezerrt wurde, der sich währenddessen hinter Samantha gestellt hatte um sie besser packen zu können.

Doch just in dieser Sekunde explodierte hinter ihnen - irgendwo in einem der Brandherde in diesem total zerstörten Frachtraum zwischen all dem Schrott - freigelegte Munition, so dass eine kräftige Druckwelle beide von hinten erfasste ...und beide mehrere Meter durch den Frachtraum wirbelte.

Heftig stürzten Samantha und Andrew einige Meter weiter zu Boden. Wobei Samantha erst nach zwei Sekunden wieder zu sich kam...sich unter großen Schmerzen erhob...und erst dann den weitaus schwerer verletzten Andrew mehrere Meter weiter vor einem umgestürzten Jeep entdeckte: sie sah, zwei/drei kleinere Schrottteile hatten sich in seinen Rücken gebohrt und blickten noch heraus. Unmittelbar wurde ihr bewusst: Andrew hatte sie ungewollt mit seinem Körper vor der Explosion geschützt.

Erschrocken begab sie sich, teils auf allen Vieren und unter großen Schmerzen hin zu Andrew: *„Andrew! Sage etwas!"* Doch dieser konnte nur noch stotternd Unverständliches von sich geben: „... ... ..."

In diesem Augenblick vernahm Samantha jedoch dumpf von irgendwo da hinten, von da unten, das Rufen von Brian:
„Samantha!"

Unverzüglich und trotz großer Schmerzen und einer größeren offenen Wunde am Bein, kämpfte sie sich über all dem Schrott und funkensprühenden geborstenen Stromkabeln zurück in Richtung Geheimversteck: *„Brian, ich komme! Ich komme!"*

Schon bis zur Brust reichte das Wasser der kleinen Victoria, die verzweifelt schreiend gegen die Strömung ankämpfte - und dennoch ihren Halt verlor. Laut weinend driftete sie mit der starken Strömung durch das Geheimversteck ab in Richtung Riss des benachbarten, tiefer gelegenen Frachtraumes, welcher sie im Nu verschlingen und hineinsaugen würde.

Doch ihr Bruder Piet, der ihr am nächsten stand, reagierte blitzschnell - und warf sich trotz seiner Verletzungen an Schulter und Kopf zwischen ihr und dem riesigen Riss in der Eisenwand. Tatsächlich konnte er verhindern, dass sie in den tiefer gelegenen Frachtraum hineingesogen wurde.

Erst dann schaffte es Brian in der Strömung sich so weit zu den beiden zu lehnen, dass er die Hand der kleinen Vic ergreifen konnte und sie an sich zog. Ebenso konnte sich auch Piet mit Hilfe seiner Mutter, die ihm eine Holzlatte hinhielt, von dem großen Riss retten.

Zeitgleich war es Samantha gelungen, endlich oben den Rand des Geheimversteckes wieder zu erreichen, um das rettende Seil hinunter zu werfen, welches Mr. Aktins sofort ergriff. Wobei Samantha allen mitteilte:
„Das Schiff senkt sich weiter. Beeilt euch!"

Gekonnt und unter Einsatz großer Kräfte, führte Brian die kleine Victoria durch die starke Strömung an das Seil heran, legte eine Schlaufe um sie...und drückte das vor Kälte bibbernde Mädchen mit Mr. Aktins Hilfe soweit er konnte hoch, während Samantha oben mit allen Kräften zog.

Tatsächlich schafften sie es, die kleine Victoria so zu retten. Doch während Samantha die kleine Vic oben losband, erschütterte eine weitere noch stärkere Detonation das ganze Schiff, so dass Brian und die Familie Aktins quer durch das Geheimversteck wirbelten - und Samantha beinahe mit Victoria hinunter stürzte.

Schwere Schrotteile wirbelten hinunter in das Geheimversteck, wobei Brian und die Familie Aktins alle größte Mühe hatten den herabstürzenden Schrotteilen im strömenden Wasser auszuweichen. Und schon geschah es, dass ein schweres Schrotteil Piets Bein erwischte, es erdrückte und gleichzeitig komplett zerbrach. Vor Schmerzen schrie er so laut er konnte auf - und wurde in gleicher Sekunde mit diesem mannsgroßen Schrotteil, welches auf seinem Bein liegen blieb, durch die Schlagseite des Frachters langsam hinunter und unaufhaltsam in Richtung Riss des benachbarten Raumes mitgerissen, mitgesogen.

Ebenso kämpfte auch Samantha mit der kleinen Victoria oben - aufgrund der enormen Erschütterung - am Rand des Abgrunds hin zum Geheimversteck noch um ihr Heil.

Doch bemerkten beide, dass plötzlich eine einzelne - in der Mitte bereits aufgebrochene Bombe - durch die Erschütterung und der Schlagseite des Frachters auf dem erheblichen Schrott liegend auf sie zu rutschte. Zum Glück aber nur einen Meter über Samantha und Vic vor dem Geheimversteck stecken blieb.

Erschrocken rief Samantha gegen den noch immer unten aufschreienden Piet an: *"Brian. Siehst du die Bombe?"*

Brian, der gerade erst Piet erreichte - welcher langsam aber sicher schon in den durch die letzte gewaltige Erschütterung noch größer gewordenen Riss gedrückt wurde - konnte nur kurz hochblicken. Doch er erkannte: *"Samantha. Sie kann nicht mehr explodieren!"*

Verunsichert blickte Samantha erneut auf die aufgerissene Bombe - deren Pulver bereits langsam herausrieselte - und auf dieses verdammte zerrissene pendelnde Stromkabel über der Bombe, welches immer wieder Funken sprühte, sobald es ein Schrotteil berührte: sie traute Brians Worte nicht.

In diesem Moment konnte Brian unter ihr, mit Mr. und Mrs. Aktins endlich den Sohn packen. Doch schafften sie es unter größten Anstrengungen nicht, den weiterhin vor Schmerzen schreienden, weinenden und zwischen dem großen Riss in der Eisenwand eingeklemmten Piet zu befreien. Blutend kämpfte Piet energisch gegen sein Schicksal an, während die unbändige eisige Wasserkraft mörderisch schon bis zu seinem Kopf reichte: seinen Kopf, welcher bereits längst hinein in die Innenseite des benachbarten Raumes gedrückt wurde.

Samantha sah diese unglaubliche Situation unten - und ohne an ihre Sicherheit zu denken, predigte sie: *"Egal was geschieht, Vic: du bleibst hier oben!"*

Wobei sie sofort darauf das Seil hinunter hangelte: denn sie wollte und musste helfen...woraufhin sie sich die letzten zwei Meter gar ins Wasser stürzen ließ. Jedoch hatte sie das Wort Kälte mit dem Eintauchen ins Wasser komplett unterschätzt und erschrak mit luftschnappenden Atemzügen.

Überrascht hatten Brian und Mr. und Mrs. Aktins beobachtet, wie Samantha sich in das eiskalte Wasser zu ihnen hatte fallen lassen - um ebenfalls zitternd die Rettung von Piet mit Leibeskräften zu unterstützen.

Doch detonierte Sekunden darauf irgendwo auf dem Frachter erneut eine größere Menge an Munition: ein weiteres Mal bebte das ganze Schiff. Laut biegend verloren Eisenträger ihre Form. Die Eisenwände des Geheimversteckes verformten sich unter enormen Krach wie Knetgummi - und zusätzlich verlor der Eisenboden unter ihren Füßen jegliche Ebenheit, während sie alle unter diesen Erschütterungen den Halt verloren.

Victoria, die sich oben am Rand des Geheimversteckes nicht mehr halten konnte, stürzte mit weiteren Schrotteilen hinunter in das mit Seewasser gefüllte Geheimversteck.
Erschrocken, über die erneute unvorstellbare Kälte des Wassers, schrie die Kleine auf als sie wieder auftauchte.

Mr. und Mrs. Aktins verloren ebenfalls den Halt zu Piet und wurden durch einen entstandenen Strudel unter Wasser gesogen, um gleich drei Meter abseits wieder aufzutauchen, genau dort wo zufällig die am Kopf schwer blutende Victoria weinend schwamm. Doch kaum hatten sie ihre Tochter gepackt, stürzten Schrotteile auf Mrs. Aktins.

Derweil versuchten Brian und Samantha verzweifelt Piet alleine zu halten, doch die Schlagseite des Schiffes und die Strömung drückten den Schrott und Piet unwiderruflich weiter durch den Riss in der Wand hinaus, hinein in den tiefer liegenden dunklen Nachbarraum.

Mit Entsetzen mussten Mr. Aktins, Victoria und die bis zum Hals im Wasser eingeklemmte Mrs. Aktins mit ansehen, dass das Schicksal ihren Sohn Piet in diesem Augenblick Brian und Samantha aus den Händen riss.

Kreischend wurde Piet vor ihren Augen mit dem Schrott in die eisige Tiefe des benachbarten dunklen Raumes gerissen, gesogen.

Doch es blieb überhaupt keine Zeit des Trauerns - denn sofort darauf versuchten Mr. Aktins, Brian, Samantha und Victoria die eingeklemmte Mrs. Aktins zu befreien.

Doch diese sah die Entscheidung schon längste vor sich und befahl entschieden: *„Bringt Victoria hier raus!"*, während sie das erste Mal Wasser schlucken musste, da der Pegel sich weiter rasend schnell unter ihr Kinn anhob.

Ein jeder der Betroffenen, bis auf Victoria, wusste Bescheid warum Mrs. Aktins derart entschieden gesprochen hatte...
…und so genügte ein gemeinsamer Blick von Brian hin zu Samantha, dass Samantha unverzüglich das Seil frierend wieder hochklettern musste, um von oben Victoria erneut hochzuziehen.

Es waren nur noch zwei/drei Handgriffe, endlich konnte die noch hochkletternde Samantha ihren Fuß auf einen hervorstehenden Eisenträger setzen, um sich dann mit Schwung ganz nach oben zu ziehen, als genau in diesem Augenblick ein weiteres Mal das Schiff bebte. Erneute Schrottteile rutschten und stürzten ihr entgegen - und dieses Mal war es ebenso auch das zerstörte Stromkabel, welches ihr funkensprühend entgegenkam - und nur einen Meter vor ihr das Pulver der aufgeschlagenen Bombe entzündete.

Der Bruchteil einer Sekunde verging und schon verpuffte mit einem enormen Donnern ein gut drei Meter langer Feuerschweif direkt an der aufschreienden Samantha entlang.

Schmerzerfüllt drückte sie sich blitzartig und aufschreiend zurück, da ihre linke Hand vom Feuerschweif erfasst wurde - und ebenso ein Teil ihres Halses.

Während der Feuerschweif weiterhin donnernd alles was ihm im Wege stand gnadenlos in Asche legte.
Erschrocken rief Brian ihren Namen: *„...S a m a n t h a!"*

Der Feuerschweif erlosch. Und voller Schmerzen blickte Samantha nach diesem Inferno starr vor sich, um mit dem Blick auf ihrer verbrannten Hand zu enden: *„Ich hab´s überlebt."*

Besorgt hakte Brian nach: *„Bist du verletzt?"* Mit Tränen in den Augen log sie ihn im Schmerz an: *„Es ist alles okay."*

Schmerzerfüllt biss sie dann die Zähne zusammen, um endlich auf den teilweise verkohlten und noch heißen Decksboden hinauf zu klettern.

Brian konzentrierte sich wieder auf seine Aufgabe und verband mit einem dicken Knoten um Victorias Taille das Seil um die Kleine. Dann hob er sie an und stemmte sie soweit es ging hoch.

Kraftvoll zog Samantha Victoria die restlichen Meter weiter hinauf...-...wobei Brian dann sehr besorgt etwas bemerkte: *"Sam. Wieso hast du das Tuch um deine Hand gewickelt?"*
Er war nicht dumm: *"Das Pulver hat deine Hand verbrannt!"*

Qualvoll zog Samantha die kleine Vic Stück für Stück hoch, wobei sie besonders auf ihre verbrannte Hand achtete, die enorm schmerzte, immer dann, wenn sie das Seil umgriff um es hochzuziehen. Und mit dem letzten Meter, nahm sie Victoria endlich mit der nicht verletzten Hand an sich: *"Ich hab dich, Victoria."* Brian war indessen weiterhin besorgt: *"S a m!"* Doch Samantha war absichtlich eine ganze Sekunde lang nur für die kleine, zitternde, weinende Victoria da, um ihr das Gefühl der Sicherheit zu geben.
Erst daraufhin rief sie hinunter: *"Ich bin okay."*

Fassungslos blickte Brian weiterhin seine Samantha an, um erst dann zu bemerken, dass hier unten im eisigen Wasser das Gesicht von Mrs. Aktins das erste Mal kurz überspült wurde: sie drohte zu ertrinken. Der Wasserspiegel war rasant weiter gestiegen.

Mr. Aktins kämpfte um seine Frau, wobei er versuchte das schwere Schrottteil irgendwie zu bewegen. Und selbst mit Hilfe des heraneilenden Brian, der unverzüglich mit Mr. Aktins versuchte das schwere Schrottteil mit letzten Kräften anzuheben, mussten beide Männer jedoch erkennen: das Wasser stieg zu schnell.

Plötzlich begann das ganze Schiff in sich, sich zu biegen.

Erneut platzten Eisenplatten aus den Wänden des Geheimversteckes, Bodenplatten tauchten schlagartig aus dem Wasser auf - und zu allem Überfluss schossen plötzlich einzelne Nieten wie Geschosse durch den Raum...und verletzten Brian schwer am Oberarm und eine weitere am Hinterkopf.

Entschlossen setzten trotzdem beide Männer alles daran Mrs. Aktins, die wild um sich griff, irgendwie zu retten...

Doch es war Mr. Aktins der als erster einsah, dass es keine Rettung mehr für seine Frau gab, als ihr Gesicht das erste Mal komplett unter Wasser verschwand und unter Wasser blieb. Unverzüglich holte Mr. Aktins tief Luft und beatmete seine Frau unter Wasser. Sekunden darauf kam er wieder hoch: *„Gehen Sie, Mr. Thomson!"* Brian wollte es nicht wahr haben, doch Mr. Aktins schrie ihn plötzlich an: *„Gehen Sie! Verdammt! Undretten Sie Ihr Leben!"*

Erneut holte er tief Luft und verschwand unter Wasser...

Unbeholfen blickte Brian hinauf zu Samantha und der weinenden Victoria, die alles mitbekam. Um gleich darauf bibbernd selbst zu tauchen...um evtl. unter Wasser doch noch irgendetwas lösen zu können.

In diesem Moment erschien Mr. Aktins tief einatmend wieder über dem Wasser, wartete, blickte hinauf zu seiner Tochter, dann zu Samantha - und bemerkte, dass auch Brian wieder pustend auftauchte. Sofort riss er Brian an sich und schlug im Bann einmal voll zu: *„Retten Sie Victoria!"*

Unentschlossen und erschrocken zugleich blickte Brian den älteren Mann an, bis dieser ein weiteres Mal ihm ruhig aber bestimmt, mit Tränen in den Augen deutlich machte: *„Gehen Sie und retten Sie Victoria."* Das war er: der letzte Wunsch eines Familienvaters der keine Chance mehr sah. Woraufhin Mr. Aktins tief einatmete und untertauchte.

Geschockt beobachtete Brian diesen schon entschiedenen Kampf mit dem Tod. Und erst Samantha konnte ihn dazu bewegen endlich wieder klar zu denken und hochzuklettern: *„Brian. Brian! Du musst rauf kommen!"* Brian blickte hinauf in die entsetzten Augen von Samantha und Victoria - um erst dann zitternd hin zum dicken Seil zu kraulen, um sich selbst zu retten.

Kaum hatte er sich die ersten drei Meter hinauf gehangelt, erfasste ein größeres Grollen das Mark des Schiffes.

Samantha rief: *„Beeil dich!"* Doch der Frachter erschütterte derart heftig, dass Victoria erneut den Halt verlor und hinabstürzte. Jedoch hatte Samantha sie im Reflex noch greifen können, während ebenso von unten Brian sie mit einer Hand bereits gepackt hatte, Victoria aber dennoch heftig mit ihrem Kopf gegen einen hervorstehenden Eisenträger gestoßen war.

Total verängstigt, weinend und stark blutend wurde Victoria von beiden wieder hochgezogen und hochgedrückt, woraufhin Samantha sie sogleich an sich nahm.

Erschöpft ergriff Brian mit seiner Hand den oberen Rand des Geheimversteckes während er - noch am Seil hängend - bemerkte, wie Samantha ihre verletzte Hand vor Victorias Gesicht hielt, da sie geschockt ihren Augen nicht traute.

Das Schlimmste erahnend blickte Brian ein letztes Mal zurück und hinunter - und wurde ebenfalls Zeuge, wie Mr. Aktins mit einem eisernen Gegenstand seine Frau unter Wasser umbrachte.

Das Wasser färbte sich bereits rot, während Mr. Aktins in Trance es selber nicht bemerkte, dass durch die letzte Erschütterung die Eisenwand mit dem Riss noch weiter aufgerissen worden war - und er mit seiner eingeklemmten Frau unter dem Schrott, aufgrund der Schlagseite des Frachters und der Strömung, langsam in den tiefergelegenen Nachbarraum schlitterte, während er weiter auf seine noch um sich greifende, zitternde Frau einschlug... ...sie sollte wenigstens nicht qualvoll ertrinken.

Stumm...bis auf das irrsinnig tosende gurgelnde Wasser verschlang das eisige Nordmeer seine nächsten Opfer.

Erschöpft und mit letzten Kräften kletterte Brian weiter hinauf und nahm die geschockte Samantha mit Victoria fest an sich.

Auf Deck, zwischen den einst geordnet verlaschten Panzern und Jeeps, beherrschte das Chaos aus Schrott und Hektik auf der teils total zerstörten Earlston den Überlebenstrieb der Seemänner, während der Frachter mit einer leichten Schlagseite, steil abtauchend vorn mit dem Bug bereits beinahe im Nordmeer verschwunden war.

Ein/zwei Männer stürzten aufgrund weiterer Erschütterungen des Schiffes zu Boden und rutschten ab ins eisige Wasser, während es dem Captain dennoch gelang seine Seemänner bis auf wenige Ausnahmen unter Kontrolle zu halten, so dass zwischenzeitlich zumindest ein Rettungsboot ohne Beschädigung zu Wasser gelassen worden war.

Während all dem donnerte ein weiteres Mal ein deutscher Bomber im Tiefflug heran, doch der Pilot erkannte selbst, ein weiterer Angriff war nicht mehr nötig.

Besorgt blickte der Captain dem Deutschen hinterher... ...woraufhin sich dieser am Himmel mit seinen Verbündeten sammelte...um dann die Schiffbrüchigen gemeinsam ihrem Schicksal zu überlassen.

Entschlossen wandte der Captain daraufhin seinen Blick zu dem zweiten noch intakten Rettungsboot an Bord - und gab weitere Anweisungen: *„Benson. Sehen Sie zu, dass die Männer die Ruder nicht abknicken!"* Er hatte äußerst große Besorgnis: *„Verdammt, lasst das Ruderboot nicht so dicht an der Bordwand herunter!"* Dann sah er, wie die Männer versuchten seinem Wort Folge zu leisten.

Benommen beobachtete er das Tun seiner Seemänner, um sich dann erst - besorgt und teils sogar auf allen Vieren - über sein dem Untergang geweihtes, schräg liegendes Schiff zu arbeiten.

Wobei er auf einen entfernten Pfiff eines Seemannes im ersten Ruderboot auf dem Wasser reagierte. Erleichtert sah er, dass dieser Seemann ihm einige Seekarten, den Sechstanten, Kompass und weitere Dinge hin hoch hielt, woraufhin der Captain kurz nickte und seinen Arm hob: gut gemacht.

Währenddessen bemerkte er jedoch, wie in 40m Entfernung 11 Männer seiner Crew recht unbeholfen und unter Angst ein Rettungsfloß zu Wasser lassen wollten, welches nur für acht bis maximal neun Personen berechnet war.

Kaum kappten sie die Seile an Deck, rutschte das Floß aufgrund der Schlagseite des Schiffes unvermittelt mit drei Überlebenden ins eiskalte Nordmeer.

Gegenseitig fauchten sich die restlichen Männer an Bord der Earlston an, während ihr Floß weiter aufs Meer hinaustrieb.

Erst nach einigen Sekunden beendeten sie ihre gegenseitigen Schuldzuweisungen und begannen damit, alle nacheinander ins Nordmeer zu springen, wobei - geschockt über die eisigen Temperaturen - einige der Männer aufschrien.

Hoffnungslos blickte der Captain weit um sich, registrierte, dass Benson das zweite Rettungsboot erfolgreich gewassert hatte, sah die Zerstörungen auf seinem Frachter, entdeckte einzelne Feuerherde an Deck... ...und konnte jedoch weit und breit keinen weiteren Seemann mehr ausmachen.
Erst jetzt war er sich sicher, er war der letzte an Bord.

Vorsichtig tastete er sich daraufhin am Brückenturm entlang, weiter hinunter zu Bensons Rettungsboot, wobei er im Vorbeiklettern des Brückenturmes eher zufällig den Halt verlor, beinahe stürzte, sich aber noch halten konnte...und erst durch diese Situation mit einem Blick auf ein dort am Brückenturm befestigtes Thermometer erkennen musste: es waren nur 1,5 Grad über Null.

Frierend kletterte er weiter hinunter an dem Brückenturm entlang...um letztendlich zur Reling des Frachters zu gelangen...
...und über diese hangelnd in das Rettungsboot zu steigen.
Sofort stachen die Seemänner kraftvoll ihre Ruder ins eiskalte Wasser: bloß weg vom sinkenden Schiff.

Gekonnt pullten die Männer ihre Rettungsboote - und das Floß eher behelfsmäßig - Meter um Meter, um Abstand aufzubauen.

Und erst aus der Entfernung heraus wurde ihnen sichtbar, in wie weit der Bug vorn bereits vom Wasser überflutet worden war und das achtern schon deutlich ein Teil der Schraube aus dem Wasser ragte.

Erschöpft erreichte Brian mit der verletzten Victoria auf dem Arm und Samantha an der Hand das Deck der Earlston...
...und sie mussten erkennen: die Ruderboote waren schon zu weit entfernt. Ebenso beobachteten sie die letzten schwimmenden Männer im Wasser, die frierend das Floß erreichten ...und mühsam hinaufgezogen wurden.

Total erschöpft aber entschlossen blickte Brian seine Samantha an: *„Wir werden es schaffen, Sam."* Beide wandten sich an die kleine Victoria - und nickten ihr wortlos zu: sie würden es gemeinsam schaffen.

Dann nahm Brian vorsichtig Samanthas Arm mit der verletzten Hand an sich um sie so behutsam an sich zu ziehen und um ihre Brandwunde am Hals zu begutachten. Sie offenbarte ihm diese große Brandwunde, denn es hatte keinen Sinn, weiterhin so zu tun als ginge es ihr gut: denn dem war nicht so. Wortlos musterte Brian seine Samantha - um sie dann einmal zärtlich zu küssen.

Beinahe teilnahmslos blickte Samantha ihren Brian weiterhin in die Augen, welcher erneut versuchte ihr Mut zuzusprechen: *„Wir werden es schaffen."* Er umarmte sie nochmals, doch erst durch diese Umarmung bemerkte er, dass Samantha schmerzunterdrückend zuckte: es war eine weitere Verletzung die sie vor ihm verheimlichte. Das Schlimmste erahnend öffnete er vorsichtig ihre Seemannsjacke...und stumm ließ sie es zu, dass er eine weitere große Verbrennung auf ihrer linken Schulter entdeckte, bis hinunter zu ihrer Brust: *„Oh, mein Gott."*, sprach er. Denn das sah nicht gut aus.

Ohne Worte zeigte sie ihm zitternd ihre Tränen. Einen Augenblick lang suchte er in ihren Augen, in welchen er nur noch Hoffnungslosigkeit sah. Doch dann fand er neuen Mut und blickte nach achtern zum hinaufsteigenden Deck und gab ihr und Victoria zu verstehen: *„Achtern an Deck muss ein weiteres Rettungsfloß sein. - Kommt!"*

Hastig eilten sie teils auf allen Vieren so gut sie konnten und aufgrund ihrer Verletzungen vorsichtig über das zum Heck hin aufsteigende Schiffsdeck, wobei sie sich durch dichten Rauch tasteten und ebenso einigen Brandherden an Deck ausweichen mussten.

Aufschreiend stürzte Victoria und verletzte sich ein weiteres Mal. Doch ohne lang zu diskutieren, griff Brian sich das Mädchen und trug sie auf seinen Armen weiter hinauf nach achtern.

Kaum erreichten sie das Heck hinter dem Brückenturm, entdeckten sie tatsächlich einen letzten Seemann, welcher das dort halb zerstörte Floß kappte...das Floß sich jedoch sofort selbständig machte und in Richtung Brückenturm, in Richtung Reling hinunter rutschte.

Brian erkannte die Gefahr und rief noch: *„Hey, dein Fuß!"*
Doch bevor der völlig apathische Seemann überhaupt reagieren konnte, hatte sich eine Schlaufe des Seiles des Rettungsfloßes um seinen Fuß gezurrt...und riss ihn schreiend mit übers Deck. Immer schneller rutschte das Floß hinunter, wobei es durch hervorstehende Eisenluken, Treppengeländer, etc. plötzlich begann zu holpern, sich sogar zu überschlagen, sich selbst zu zerstören...um dann als gesamter Holzhaufen über die Reling zu stürzen...und den armen Seemann mit sich riss.

Geschockt eilten Brian, Samantha und Victoria schräg übers Deck kletternd zur Unglücksstelle...und mussten von oben herab erkennen, der Seemann war tot. Und das sowieso bereits halb zerstörte Rettungsfloß...gab es nicht mehr.

Unter Schmerzen blickte Samantha zu Brian: *„Das war unsere letzte Chance."* Doch Brian hatte sich in diesem Augenblick bereits entschieden und blickte Samantha entschlossen an: *„Wir werden zum anderen Rettungsfloß rüber schwimmen."*

Samantha blickte auf das gut 60m entfernte Rettungsfloß. Brian untermauerte seine Entscheidung: *„Es bleibt uns keine andere Wahl, Sam."* Samantha benötigte einen Moment, um dann jedoch gefestigten Willens sich mit Brian an Victoria zu wenden, wobei sie das verängstigte Mädchen umarmte und ihr Mut zusprach: *„Victoria, wir werden es schaffen."* Brian ergänzte: *„Sie hat Recht. Wir werden es schaffen, Vic."*

Derweil zog Samantha ihren Mantel aus...umwickelte damit ihren Fotoapparat...eilte auf eine zerrissene Decksplane zu, riss kräftig ein Stück ab...und wickelte diese ebenso um den Mantel um ihrer Hand.

Unsicher blickte Victoria zu Brian, der währenddessen schon auf die schräg verbogene Reling kletterte, Victoria zu sich bat, sie ergriff...-...und sie ohne zu Zögern gute acht/neun Meter hinunter ins eiskalte Wasser fallen ließ.

Erschrocken über die unvorstellbare Kälte des Wassers, schrie die Kleine erneut auf, wie eine Viertelstunde zuvor, als sie im Geheimversteck ins Wasser fiel.

Erst danach überwand Samantha ebenso die Reling - und sprang dem Mädchen hinterher. Wobei auch sie erneut das Wort Kälte mit dem Eintauchen ins Nordmeer unterschätzt hatte. Erschrocken riss sie die Augen beim Auftauchen auf und bemerkte, wie ihr Atem ein weiteres Mal stockte.

Brian war Zeuge dieser beiden Reaktionen geworden - und wusste was auf ihn zukommen würde. Dann blickte er kurz vor seinem Sprung ein letztes Mal übers Heck...
...woraufhin er in einiger Entfernung den verstorbenen Ted sah. Der ihm über die lange Zeit über zu einem richtigen Freund geworden war.
Durch die Schlagseite des Schiffes kippte Ted in diesem Augenblick vorn über, rollte einmal mit den Innereien in seinen Händen und blieb leblos weiter liegen.

Erst daraufhin sprang auch Brian.

Geschockt über die enorm tiefe, eisige Wassertemperatur schwammen alle drei hechelnd, frierend und gleichzeitig nach Luft röchelnd durch das frostige Wasser des Nordmeeres und riefen in Richtung Rettungsfloß: *„H i l f e ! - H e y !"*

Zeitgleich schob Samantha einige Holzteile des zerstörten Holzfloßes zu Victoria hinüber, damit die Kleine sich daran festhalten konnte. Woraufhin sie erst dann auf ein weiteres Holzteil des Floßes ihren Arm mit dem eingewickelten Fotoapparat niederließ. Jedoch hatte sie größte Probleme sich zu bewegen. Brian bemerkte dies und kam ihr schwimmend nahe: *„Sam. Du musst das Salz auf deinen Brandwunden aushalten. - Du musst!"*

Mittlerweile waren die Männer auf dem Rettungsfloß durch das laute Rufen der drei anscheinend wohl letzten Überlebenden der Earlston aufmerksam geworden...-...und paddelten, so gut und schlecht man mit einem hölzernen Floß paddeln konnte, auf diese zu: da jeder von ihnen einsah, dass die Männer in den überfüllten Rettungsbooten zwischenzeitlich bei weitem zu weit entfernt waren.

Erschöpft kämpften Brian, Samantha und Victoria um jeden Armschlag im Wasser, der sie einen kleinen Meter näher ans Floß heranbrachte. Victoria weinte, da diese unbeschreibliche Kälte des Wassers wie tausend Nadelstiche auf ihren Körper einstach.

Auf dem Rettungsfloß jedoch spaltete sich während all dem die Meinung der Männer, denn einige der Männer hatten ein Problem erkannt: würden sie die drei mit aufs Floß nehmen, so würden sie sich selbst - die sie alle bereits bis zu den Knien im Wasser standen - noch weiter in Gefahr bringen: *„Wir werden absaufen!"*, brüllte einer der Seemänner.

Doch Cleghorn, der Erste Ingenieur, entgegnete: *„Wir werden sie auf jeden Fall mit auf dieses Floß nehmen."* Ein weiterer Seemann entgegnete: *„Das ist Selbstmord. Dieses Floß ist nur für acht bis neun Männer gebaut: wir sind schon 11!"*
Doch Cleghorn untermauerte seine Entscheidung: *„Ich bin hier der Ranghöchste auf diesem Floß. Und ich habe entschieden."*
Er wandte sich an die Männer mit den Rudern in der Hand: *„Pullt Männer! - Los! - Pullt! Pullt!"*

Weiterhin quälten sich Brian, Samantha und Victoria durch das tödliche Nass, wobei sie aus der Entfernung heraus Zeuge dieser Diskussion auf dem Rettungsfloß geworden waren...
...aber dennoch entschlossen weiter Richtung Floß schwammen.

Bis einen Augenblick später jedoch Victoria...ganz einfach...
...ganz ruhig...ganz still...sich selbst aufgab...um monoton einen letzten Schwimmzug zu vollenden, der keiner mehr war...
...um daraufhin bewegungslos im Wasser zu verharren: die unbarmherzige Kälte hatte sie ohnmächtig werden lassen.

Im richtigen Augenblick bemerkte Brian jedoch diese tödliche Situation: *„Vic!"*, wobei die Kleine bereits erste Zentimeter unter Wasser verschwand und versank. Samantha erschrak: *„Nein!"* Brian kraulte eiligst mit einigen Schwimmzügen auf das ohnmächtige Mädchen zu...und konnte sie tatsächlich tauchend noch unter Wasser packen, um sie kraftvoll wieder hochzuziehen. Energisch rüttelte er sie: *„Vic!"* Doch keine Reaktion. Kein Lebenszeichen des Mädchens. Samantha kam auf Armlänge herangeschwommen und rüttelte ebenso: *„Vic!"*

Doch nichts!

Brian erkannte: *„Sie muss ohnmächtig geworden sein."*

Sofort gab er ihr einen Atemzug mit Mund zu Mund Beatmung. Und noch einen.

Doch nichts!

In dieser Situation des ungleichen Kampfes mit dem Tod, unterbrach das Geräusch eines Dieselmotors eines U-Bootes die Stille des flachen Nordmeeres, welches in langsamer Fahrt durchs Wasser glitt. Es war das deutsche U-Boot 334, welches in einer Entfernung von 1000m unangemeldet die Diesel abstellte, um lautlos weiter durchs Wasser zu gleiten.

Oben im Ausguck befand sich ein Kapitänleutnant mit einem seiner Offiziere - und beide beobachteten einschätzend mit ihren Feldstechern vor Augen die Sachlage vor ihnen auf dem Meer.
Wobei beide selbst auf diesen einen Kilometer Entfernung deutlich erkennen konnten, wie weit die Earlston mit dem Bug bereits vorn im Wasser eingesunken war...
...währenddessen die Schiffbrüchigen in der ruhigen See versuchten, mit beiden Rettungsbooten Abstand vom Frachter zu gewinnen.

Bis auf das hölzerne Floß - welches für die beiden Deutschen unverständlich - jedoch langsam und mühsam wieder in Richtung Frachter paddelte.

Es waren nur noch wenige Meter, während auf dem Rettungsfloß die Männer bereits ihre Arme und Paddel weit, weit übers Wasser hinweg reckten...hin zu Brian, Samantha und der kleinen Victoria: die selbstopfernd weiterhin von Brian über Wasser gehalten und nochmals beatmet wurde, da alle drei tatsächlich doch noch das kleine rettende Holzfloß erreicht hatten.

Wobei Brian und Samantha erst auf diesen kurzen Metern den Unmut einiger Seemänner bemerkten und ebenfalls wussten warum: das Floß trug 11 Person - die zugedachte Nutzlast war bereits längst überschritten.

Noch waren es einige kraftzehrende, vor Kälte schmerzende Schwimmzüge...bis ein erster der Seemänner endlich Victorias Arm ergriff - und die Bewusstlose schnellstmöglich aufs Floß zog. Umgehend begann der Seemann mit der Reanimation des Mädchens, während drei weitere Seemänner die kleine sofort übers Wasser hielten. Zeitgleich begannen die restlichen Männer, die völlig unterkühlten Brian und Samantha ebenfalls aus dem Wasser zu ziehen. Wobei genau *der* Seemann Samantha die Hand reichte, der sie am Anfang ihrer Reise - als sie in Reykjavik an Deck trat - ansprach:
Wer sind Sie? Was wollen Sie? Wie lange bleiben Sie?
Wortlos suchte er ihrem Blick, gemeinsam mit seinem Kameraden, der Samantha gegenüber sagte: Frauen an Bord bringen Unglück. Beide blickten sie an, um zu zeigen: sie hatten Recht. - Dann zogen sie Samantha hinauf.

Sofort herrschte enormes Gedränge auf diesem viel zu kleinen Floß, auf welchem alle - aufgrund des viel zu hohen Gewichtes - nun bis zu den Oberschenkeln im Wasser standen.

Brian begab sich vorsichtig zur kleinen Victoria, um ihr die nasse Kleidung vom Körper zu ziehen. Frierend beobachtete Samantha das richtige Handeln von Brian - und ebenso, wie der Seemann weiterhin mit der Mund zu Mund Beatmung versuchte die Bewusstlose zu reanimieren.

Dann musste der Seemann, der Victoria beatmete, kurz inne halten da ihm schwindelig wurde - und unverzüglich übernahm Brian die weitere Reanimation.

Woraufhin Ingenieur Cleghorn seinen dicken, trockenen Seemantel auszog - und diesen der zitternden Samantha hinhielt: *„Ich bin vorhin auf dem Floß mit ins Wasser gerutscht. Er ist trocken..“* Er wies auf Victoria: *„Nehmen Sie, für das Kind.“*

Sofort legte Samantha den Mantel um den kaltnassen, in Unterwäsche auf den Armen der Männer liegenden Körper von Victoria und rieb damit. Cleghorn hielt das Mädchen ebenfalls mit hoch und blickte zur nass triefenden, zitternden Samantha: *„Sie ist ein blinder Passagier. Oder?“*

In dieser Sekunde begann Victoria im Unterbewusstsein mit einem heftigen Hustenanfall - und würgte Wasser aus ihrer Lunge.

Sogleich befahl Cleghorn: *„Auf die Seite. Legt sie auf die Seite.“* Erleichtert über die Lebenszeichen, kamen die Männer den Worten ihres Ranghöchsten nach und legten Victoria in ihren Armen auf die Seite, damit das Wasser besser aus ihrem sich würgendem Körper fließen konnte.
Victoria war weiterhin der Ohnmacht nahe, alles geschah im körperlichen Reflex…woraufhin aber ebenso deutlich wurde, dass sie sich langsam hustend, röchelnd mit bleichem Gesicht wieder erholte, als sie das erste Mal die Augen aufschlug.

Aufmerksam hatten während dieser ganzen Aktion der Captain, mit einem Fernglas vor den Augen, Benson und die anderen Seemänner das Drama auf dem Floß in gut 100m Entfernung mit verfolgt - und blickten sich verwundert an, da sie das Husten des Mädchens trotz der Entfernung leise vernahmen: *„Ich glaub das nicht. Thomson hatte einen blinden Passagier an Bord: ein Mädchen.",* stieß der Alte flüsternd aus, während er sein Fernglas absetzte um Benson anzublicken. Benson war ebenso ratlos: *„Sir. Ich wusste davon nichts."*

Doch in diesem Atemzug unterbrach der ältere japanische Koch laut rufend, da er in der Entfernung etwas entdeckt hatte: *„D e u t s c h e s   U - B o o t ,   A c h t e r n !*
Unverzüglich blickten alle Mann zurück in die gewiesene Richtung.

Auch Brian, Samantha und die restlichen Männer weit ab auf dem Floß wurden durch den Ruf ihres Smuts aufmerksam und blickten geschockt in Richtung des U-Bootes. So, wie auch die Seemänner des zweiten Rettungsbootes, weiter ab im Hintergrund.

Auf dem deutschen U-Boot suchte indessen der Kapitänleutnant oben im Ausguck mit verkehrt gedrehter Mütze und seinem darauf gestickten Namen Siemon konzentriert durchs Fernglas nach einem Weg: nach einem ganz bestimmten Weg.

In sich gekehrt nahm er dann das Fernglas ab, blickte seinen Ersten Offizier neben sich an und flüsterte leise, so als könne ihn der Feind hören: *„Zwei Rettungsboote."* Der Erste Offizier nickte wortlos. Auch er nahm sein Fernglas ab - um seinen Kapitänleutnant dann ebenso flüsternd auf etwas aufmerksam zu machen: *„Aber genau in Schussrichtung vor dem Frachter."* Er wies bedenklich mit langem Arm nach vorn und erklärte: *„Und dahinter - gute 60m vor dem Frachter - noch ein Floß, Herr Kaleu."* Behutsam setzte der Kapitänleutnant sein Glas wieder an - schätzte einen Augenblick lang die Lage dort draußen - und gab seinem Offizier leise zu verstehen: *„Aber unser Aal passt genau durch die Schiffbrüchigen hindurch."* Dann blickte er hinunter - durch die Luke des Turms seines U-Bootes in den Innenraum zur wartenden Crew - und flüsterte: *„...Entfernung: 1200. / Rohr Eins: Torpedo klar machen."*

Dumpf war zu vernehmen, wie der Befehl des Kapitänleutnants innerhalb des U-Bootes wie eine Kettenreaktion gleich mehrfach weitergegeben und von jeweils nächster Stelle wieder bestätigt wurde.

Was für eine Crew.
Was für ein Drill.

Und so vergingen nur Sekunden, bis eine Stimme aus dem Innern, dann dumpf und militärisch dem Kaleu zurück hinauf antwortete: *"Rohr Eins: klar."*

Der Kapitänleutnant des U-Bootes blickte nochmals gebannt durch sein Fernglas um sich zu vergewissern: *"...Rohr Eins: ...los!"*
Die Stimme aus dem Innern bestätigte: *"Torpedo: Feuer!"*

Eine ganze Sekunde verging...und dann beobachteten beide Seemänner oben im Ausguck, wie ihr todbringender Torpedo unter der Pressluft vorn ihr U-Boot verließ - um auf die manövrierunfähige Earlston zuzulaufen.

Mit enormer Geschwindigkeit schoss der Torpedo knapp unter der Wasseroberfläche durch die ruhige See.

Derweil gab ohne Worte auf dem Rettungsfloß und recht unfreundlich einer der Seemänner mit stummen Blicken Samantha frierend zu verstehen: hier sitze ich.
Obwohl er bereits im Wasser saß.

Damit kein weiterer Stress auf dem viel zu kleinen Rettungsfloß aufkam, ließ Samantha sich auf keine weitere Äußerung dieses Seemannes ein. Denn ebenfalls bemerkte sie, die dem Seemann unterstützenden Blicke weiterer Seemänner. Folglich blieb sie wortlos wie Brian stehen.

Verwundert blickte Victoria - die eingewickelt im trockenen Mantel von Cleghorn, weiterhin von Brian und zwei weiteren Seemännern getragen wurde - zur zitternden Samantha, welche wie alle im Wasser auf dem Floß stehend versuchte zumindest ihre Hände im trockenen Mantel zu wärmen. Victoria stotterte: *„...Sa-Samantha."* Die kleine zitterte noch durch und durch und flüsterte: *„...er, e-r ssitzt bis zum Bauch im`m Wasser. Warum wwill er nicht ststehen?"* Samantha blickte entkräftet auf den Seemann - und auf einige andere Seemänner, die alle vor sich hinstarrend, zitternd ebenfalls bis zum Bauch im eisigen Wasser saßen - und versuchte mau zu erklären: *„Ich w-weiß es n-nicht. Vic."*

Dann wandte sich Victorias Blick ab, hin zur Earlston: hin zu ihren verlorenen Eltern und Piet. Dies war der erste Moment nach dem schrecklichen Ereignis an Bord, in welchem sie überhaupt Ruhe fand sich ihrer verstorbenen Familie zu widmen. Tränen kamen in ihr auf.

Mit Panik in der Stimme unterbrach rufend ein Seemann auf eines der Rettungsboote die Situation: *„...T o r p e d o!"* Nur durch Zufall hatte er den herannahenden Torpedo als erstes entdeckt.

Erschrocken blickten die Männer in den Rettungsbooten auf den schnell herannahenden Aal, der Sekunden darauf in nur 20m Entfernung zwischen beiden Rettungsbooten mittig mit einem enormen Gurgeln und Zischen knapp unter der Wasseroberfläche vorbeischoss.

Daraufhin verging nur ein Augenblick bis auch Brian, Samantha, Victoria und die restlichen Seemänner auf dem Rettungsfloß ängstlich und mit großen Augen den Torpedo entdeckten, wie dieser ebenfalls in nur gut 20m Entfernung unwiderruflich mit seinen 33 Knoten gespenstisch, zischend vorbeipreschte.

Cleghorn schätzte überlegend die Entfernung hin zur Earlston... ...und dann wurde ihm schaudernd etwas klar, woraufhin er Brian und die anderen Seemänner energisch anschrie: *„Nix wie weg vom Frachter!"*

Sofort tauchten die Männer ihre Paddel so gut sie konnten ins Nass, um vielleicht doch noch einige Meter weiter weg vom Frachter zu kommen, wobei sie alle gebannt die Blasenbahn des Torpedos nicht einmal für einen Wimpernschlag aus den Augen verloren.

Sicher lief der Torpedo genau achtern auf Höhe des dortigen Mastes zu...-...um wenige Sekunden später mit einer gewaltigen Detonation zu explodieren.

Eine schwarze, etwa fünfzig Meter hohe Detonationswolke stieg auf, während Unmengen an Schrottteilen durch die Luft wirbelten...-...und einige Teile erst nach Sekunden in Nähe der Rettungsboote und des Rettungsfloßes heran sausend niederstürzten.

Ängstlich vernahmen alle Schiffbrüchigen diese lebensgefährliche Tatsache - und legten sich erneut in die Ruder. Jedoch bemerkte ein jeder der Schiffbrüchigen: der Bug der Earlston verschwand zwar weiter im Wasser, das Schiff selbst wollte aber nicht sinken.

Umso mehr war dies - besonders für die Überlebenden auf dem Floß - der Ansporn, weiterhin mit letzten Kräften um ihr Leben zu paddeln: bloß weg vom Frachter! Denn sie wussten instinktiv, dass die Deutschen einen weiteren Torpedo abfeuern würden. Und sie hatten mit ihrem langsamen Floß erst geschätzte 80m Entfernung zur Earlston erreicht.

Der Kaleu auf dem deutschen U-Boot hatte ebenfalls längst registriert, dass das Schiff nicht sinken wollte - und hatte demnach bereits einen weiteren Befehl `Feuer bereit machen´ ins Boot abgegeben, während er mit dem Glas vor Augen ein letztes Mal alles berechnend abschätzte...-...um dann seinen Feuerbefehl auszusprechen: *„Torpedo - los."*

Erneut verließ unter Pressluft ein Torpedo das U-Boot, um mit kraftvoller Geschmeidigkeit die Distanz zum Frachter hin zu meistern.

Augenblicke später reagierten an der Unglücksstelle die Schiffbrüchigen auf das weitere Rufen eines Seemannes in einem der entfernten Rettungsboote: „...*T o r p e d o !*"

(*Original Fotografie der Earlston.*)

Und Momente später passierte dieser zweite Torpedo dann auch Brian, Samantha, Victoria und die restlichen Seemänner auf dem Floß...um wiederum Atemzüge darauf erwartungsgemäß an der Außenhaut des Frachters zu detonieren...

...doch nichts.

„*Ein Fehlläufer!*", rief einer der Seemänner.

Nachdenklich reagierte Kapitänleutnant Siemon im Ausguck seines U-Bootes, blickte seinen Ersten Offizier an - und gab gleich darauf das Geschehene als Meldung hinunter ins U-Boot: *"Fehlschuss. Zwei WO.: Korrigieren, wie besprochen."*

Er blickte erneut seinen Ersten Offizier neben sich im Ausguck an: *"Ich schätze den Frachter auf über 7000 BRT. Ich will ihn haben."* Der Erste Offizier nickte, während der Kapitänleutnant ein weiteres Mal leise nach unten sprach: *"Rohr Drei...-...Feuer bereit?"* Die Stimme aus dem Innern meldete zurück: *"Rohr Drei...ist klar."* Der Kapitänleutnant setzte erneut sein Glas vor die Augen: *"Rohr Drei...Feuer!"*

Schon von weitem entdeckte der aufmerksame Benson im Ruderboot Augenblicke später den herannahenden Tod: *„T o r p e d o   v o r a u s!"*

Erneut waren alle Schiffbrüchigen gewarnt...und kaum zischte dieser dritte Torpedo unwiderruflich durch die beiden Rettungsboote - wobei er dieses Mal bis auf nur drei Meter an dem Rettungsboot mit Benson zuschoss - griff, unglaublich aber wahr, einer der Seemänner tatsächlich nach seinem Paddel und wollte dem Torpedo vorn auf dem Zünder einen draufhauen!

Unter Panik hechteten einige Männer schreiend auf den Seemann zu und konnten in allerletzter Sekunde verhindern, dass das Holzpaddel den Torpedo traf, jedoch nur knapp daneben: *„Bist du des Lebens?" „Du Wahnsinniger!",* herrschten sie ihn an, während der Torpedo unbeirrt kraftvoll seinen Lauf fortführte.

Kopfschüttelnd hatten Brian, Samantha, Viktoria und die anderen Seemänner auf dem Rettungsfloß dieses Schauspiel in einiger Entfernung auf dem Rettungsboot beobachtet, während sie jedoch ängstlich fortan den Torpedo anstarrten, der auch sie recht nahe gurgelnd und durchs Wasser zischend passierte, wobei sie gebannt weiter seine weiße Blasenbahn verfolgten...-...die genau auf den Laderaum Nr. zwei zulief: auf 1300 Tonnen Munition!

Kaum erkannten sie dieses Problem, versuchten sie hektisch und mit vereinten Kräften erneut noch weitere Meter mit dem Floß Abstand vom Frachter zu gewinnen: nur wenige Meter, die ihnen vielleicht das Leben retten sollten. Während ein Seemann urplötzlich an Deck auf der ca. 90m entfernten Earlston etwas entdeckte: *„Da ist noch jemand an Bord!"*

Erschrocken spitzten alle Männer ihre Augen und erkannten wie diese verletzte Person ebenfalls den Torpedo erkannt hatte - und so schnell wie möglich versuchte humpelnd, kriechend hinauf nach achtern zu gelangen: weg vom Torpedo!

Samantha traute ihren Augen nicht: *„... A n d r e w !"*

Just in dieser Sekunde stieß der Torpedo in die Bordwand. Atemlos verharrten sie auf ihrem Floß. Eine halbe Sekunde lang blieb alles ruhig, bis plötzlich mit einem einzigen blauen Blitz das ganze Schiff in der Mitte mit einer unbeschreiblichen Detonation explodierte!

Massen an Schrotteile, Schiffswände, Tonnen, Flugzeugteile, Flakteile, Jeeps... etc. wurden durch die Wucht der Detonation in alle Himmelsrichtungen durch die Luft katapultiert.

Und selbst eine komplette Dampfbarkasse, die oben als Decksgut bis hierher die Reise unbeschadet überstanden hatte, wurde von den explodierenden 1300 Tonnen Munition wie eine Streichholzschachtel so hoch in die Luft katapultiert, ...dass sie erst geschätzte 500 Meter vom Schiff entfernt wieder ins Nordmeer hinunter stürzte.

Um ihr Leben zitternd kauerten alle Schiffbrüchigen vor Angst zusammen, da um sie herum überall sogar autogroße Schrotteile gefährlich nahe ins Meer stürzten.

Und während dieser Panik erkannten sie, dass das ganze Vorschiff abgerissen worden war, während sich das Wrack mit dem Mittelschiff nun langsam, aber stetig schneller und steiler werdend nach vorn ins Wasser neigte.

Aus dem Schornstein quoll noch eine dichte Rauch- und Dampfwolke, wobei auf dem Achterschiff plötzlich wie von Geisterhand eines der schweren Browling-Maschinengewehre losfeuerte und sich dabei ständig wild im Kreis auf dessen Schiene drehte.

Mit einem ungeheuren Grollen und Donnern - und mit unbeschreiblichen Kräften schoss die Earlston dann plötzlich - mit dem Heck weiterhin aus dem Wasser ragend - hinunter in ihr nasses, eisiges, ewiges Grab.

Stumm beobachteten alle Schiffbrüchigen mit aufgerissenen und ungläubigen Blicken dieses Schauspiel, während sie Zeuge davon wurden, dass nur der verdammte Fesselballon auf dem Heck nicht untergehen wollte, da sich auf dem - schon unter Wasser befindlichen Heck - die Trommel mit dem Stahlseil weiter abrollte...bis dann doch schließlich der letzte Meter abgespult worden war...und das Gewicht des Schiffswracks auch diesen widerstrebenden Ballon, inmitten unendlicher Wrackteile grässlich in die eisige Tiefe riss.

Absolute Stille beherrschte den Augenblick. Bis auf das Gurgeln, des noch durch die aufsteigenden Luftmassen aufpreschenden Wassers.

Gebannt blickten die Überlebenden auf die Unglücksstelle ...und hatten derweil überhaupt nicht bemerkt, dass bereits direkt hinter ihnen das U-Boot in Stellung gegangen war.

Mit ruhiger Stimme überraschte Kapitänleutnant Siemon vom Ausguck aus die Schiffbrüchigen auf die Entfernung hin: *„Gentlemen!"*, während er mit seinem U-Boot weiter langsam in Schrittgeschwindigkeit von hinten auf die Rettungsboote zu glitt - und die ehemaligen Besatzungsmitglieder der Earlston ihren Augen nicht trauten: der Feind!

Was alles hatte man nicht über die Deutschen gehört.

Doch entgegen jeglicher Seemannsgeschichten, die innerhalb der Seefahrt über die Deutschen berichtet wurden, gab der Kapitänleutnant weiter militärisch aber neutral in der Betonung zu verstehen: *„Kommen Sie mit Ihrem Rettungsboot längsseits."*

Verloren blickten sich die Schiffbrüchigen an: *was* sollten sie? Doch dann - mit dem Blick hin zu ihrem Captain Stenwick - begannen sie dann doch, erschöpft zu dem mittlerweile nur noch 50m entfernten deutschen U-Boot zu rudern.

Augenblicke später legten sie längsseits an, während auf dem Deck des U-Bootes erste deutsche Mannschaftsgrade bewaffnet erschienen.

Sicheren Blickes sprach daraufhin der Kapitänleutnant mit allem militärischen Respekt direkt den ältesten des Rettungsbootes vom Ausguck aus an: *„Sie sind der Captain, Sir?"*

Captain Stenwick nickte einmal und blieb wortlos.

Wobei er bemerkte, dass ein jeder der Überlebenden dieses Aufeinandertreffen angespannt mitverfolgte.

Der Kapitänleutnant wies auf sein U-Boot und gab höflich zu verstehen: *„Kommen Sie an Bord, Sir. Sie sind ab jetzt unser Gefangener."*

Weit ab auf dem Rettungsfloß blickten alle besorgt aus gut 70m Entfernung auf das Treffen zweier Todfeinde, hier mitten auf dem Nordmeer, während einer der Seemänner völlig apathisch seinen Leidensgenossen mitteilte: *„Man sagt, die Deutschen fordern jeweils den Ranghöchsten der Überlebenden auf das Deck ihrer U-Boote...",* seine Augen wurden schmal: *„...um ihn dann vor den Augen der anderen zu erschießen."*

Captain Stenwick kletterte indessen an Deck des deutschen U-Bootes und wusste sich in dieser Situation richtig zu verhalten: er blieb wortlos. Alles was kommen würde, würde geschehen: ob er wollte oder nicht.

Genau aus diesem Grunde gefror Benson und den anderen Männern im Ruderboot gar der Atem, denn auch sie hatten ebenfalls die schlimmsten Geschichten über die Deutschen gehört.

Der weitaus jüngere Kapitänleutnant war zwischenzeitlich aus seinem Turm heraus zu seinen bewaffneten Mannschaftsgraden direkt an Deck des U-Bootes getreten - und informierte sich beim Captain: *„Sir. Wie hieß Ihr Schiff?"* Captain Stenwick antwortete das erste Mal: *„Es war der Frachter Earlston. Engländer."* Der Kapitänleutnant hakte nach: *„Ladung?"* Captain Stenwick wusste, es wäre sinnlos dem Kapitänleutnant eine Märchengeschichte aufzutischen: es war Krieg und sie fuhren einst in einem Geleitzug. Demnach war es klar, dass sie keine Früchte transportiert hatten: *„Tanks, Flugzeuge, Flaks, Munition."* Der Kapitänleutnant hakte nochmals nach: *„Zielhafen?"* Captain Stenwick gab weiter Antwort: *„Archangelsk."*

Der deutsche Kapitänleutnant überlegte für einen Moment, begutachtete das Rettungsboot, ließ seinen Blick aufs Wasser hin zum anderen Rettungsboot gleiten - und wandte sich dann an die Männer im Rettungsboot längsseits seines U-Bootes: *„Gentlemen. Ist das andere Rettungsboot im gleichen Zustand wie dieses hier?"* Doch nur Captain Stenwick gab die Antwort: *„Ja, Herr Kapitänleutnant."*

Der Deutsche ging nochmals in sich - und traf daraufhin eine Entscheidung: folglich wandte er sich an einen seiner Unteroffiziere und sprach diesem flüsternd einen Befehl aus.

Sogleich drehte dieser Unteroffizier ab, öffnete eine Luke an Deck und verschwand. Unmissverständlich wandte sich der Kapitänleutnant erneut an Captain Stenwick und erklärte: *„Wir können in diesem Kampfgebiet Ihre Männer nicht alle an Bord nehmen."* Er wies auf das Rettungsboot. *"Hoffen wir, dass Sie schnellstmöglich von einem Frachter aufgelesen werden."* Woraufhin der deutsche Unteroffizier erneut an Deck des U-Bootes durch die Luke erschien...und Captain Stenwick beobachtete, wie dieser Unteroffizier, seinen Männern im Ruderboot mehrere Decken übergab.

Unmittelbar darauf wurden die Überlebenden im Rettungsboot Zeuge, wie die Deutschen Captain Stenwick abführten... ...und ohne weitere Worte über die Leiter - die hinter dem Turm in den Turm hineinführte - allesamt verschwanden.

Kurz darauf startete das U-Boot die Diesel...-...und langsam kam einen Augenblick später das mächtige U-Boot achtsam in Fahrt, während oben im Ausguck der Kapitänleutnant erschien und mit seiner Hand zum Gruß an der Mütze den Männern im Ruderboot zu verstehen gab: *„Good luck!"*

Unterdessen glitt sein Boot in Schrittgeschwindigkeit in Richtung Unglücksstelle davon.

Verunsichert beobachteten Brian, Samantha, Victoria und die weiteren Seemänner auf dem Rettungsfloß in dieser Stille auf dem Wasser, dass das U-Boot langsam auf die Unglücksstelle zulief... - ...dorthin, wo weiterhin noch die verschiedensten Wrackteile aus der Tiefe des Nordmeeres an die Wasseroberfläche auftauchten, während einer der deutschen Marinesoldaten vorn auf Deck erschien und mit einem langen Bootshaken in der Hand Ausschau hielt.

Dumpf glitt das beeindruckende U-Boot kurz darauf in gewisser Entfernung langsam und monoton und unter dem rhythmischen Nageln der Diesel an dem Floß vorbei, wobei sie alle erst jetzt bemerkten, dass eine leichte Strömung ihr Floß bis auf nur gute 40m wieder an die Unglücksstelle herangeführt hatte. Die frierende Victoria verstand das Handeln der Deutschen jedoch nicht: *„W-was haben sie vor?"* Der neben ihr stehende und noch immer apathisch wirkende Seemann fühlte sich angesprochen und ließ erneut mit großen Augen einen vorwurfsvollen Satz los: *„Die Eisteufel? Plündern. - Plündern, mein Kind."*

In Schleichfahrt glitt das U-Boot Momente später sehr langsam über die Unglücksstelle, während der Deutsche mit dem Bootshaken hier und dort irgendwelche Kisten und Schrottteile längsseits zog...-...um sie danach wieder abzustoßen.

Weiterhin schossen von Mal zu Mal in dieser Stille gespenstisch Holzfässer, Schiffseinrichtungen und ähnliches urplötzlich aus der Tiefe...-...um wieder auf die Wasseroberfläche zurück zu klatschen.

Soweit das Auge reichte, hatten sich an der Wasseroberfläche unzählige Wrackteile angesammelt durch welche das U-Boot langsam glitt, wobei es von Augenblick zu Augenblick mehr Wrackteile wurden.

Doch plötzlich, nur wenige Meter schräg voraus, entdeckte der Deutsche an Deck tatsächlich im eisigen Wasser einen, nur noch mit kurzen apathischen Schwimmzügen halb erfrorenen Überlebenden!

Unverzüglich machte er sogleich laut Meldung: *„Herr Kaleu! Hier ist noch einer!"*, so dass sogar die Überlebenden auf dem Floß es verstehen konnten. Gleichzeitig hielt er dem Überlebenden bereits seinen Bootshaken hin: *„Come on!"*

Es nicht glauben könnend entdeckten nun ebenfalls die Schiffbrüchigen auf dem Floß den letzten Überlebenden. Samantha war völlig geschockt: *„...Andrew!"*

Der Kapitänleutnant war ungläubig: *„Was ist, Obergefreiter Schwabe?"* Obergefreiter Schwabe wiederholte seine Meldung: *„Hier schwimmt noch ein Überlebender! Manövrieren Sie das Boot näher an ihn heran!"* Unverzüglich wandte sich Obergefreiter Schwabe wieder Andrew zu und hielt ihm den langen Bootshaken, weit nach vorn gebeugt, mit langen Armen hin.

Wertvolle Sekunden verstrichen und kurz darauf war es ca. nur noch ein halber Meter: *„Come on!"*

Andrew - nicht mehr fähig zu sprechen - stöhnte, wollte zupacken, doch konnte er den Bootshaken nicht ergreifen: denn er hatte nur noch kurze blutige Armstümpfe.

Mit Furcht musste Samantha erkennen, dass der Krieg keine Gnade kennt, während sie mit Bestürzung eine Hand vor ihren Mund legte und gleichzeitig mit weit aufgerissenen Augen Zeuge dieser unmenschlich schrecklichen Szene wurde.

Direkt vor den Augen des Obergefreiten versank Andrew ohne ein Wort... - ...und glitt langsam, mit zitternden Armstümpfen hinab in sein nasses Grab der eisigen Tiefe des Nordmeeres.

- - -

Tief lag das einfache Rettungsfloß in dieser Polarnacht unter dem Gewicht der Schiffbrüchigen im Wasser und weiterhin beherrschte eine gedämpfte Tageslichtstimmung die klirrende Kälte. Wortlose Stille beherrschte die Szenerie: noch immer waren sie alle im Bann über das Erlebte und Gesehene.

Stumm versuchte ein jeder diese unmenschliche Situation - bereits seit Stunden bis zu den Oberschenkeln im Wasser stehend und vor sich hinstarrend - zu meistern, als Brian dann, ganz leise und still, in aller Ruhe bemerkte, wie einer der im eisigen Wasser sitzenden Seemänner, aufgrund der Eiseskälte wohl nicht mehr klar denken könnend sich selbst ertränken wollte: er ließ einfach im Sitzen seinen Kopf nach vorn ins Wasser absinken.

Sekunden vergingen, bis selbst die anderen Männer - vor Kälte in ihren nassen Kleidungen frierend und teils ebenso im Wasser sitzend - überhaupt realisierten, was mit ihrem Kameraden direkt neben ihnen geschah... Und erst daraufhin rissen sie ihn frierend zitternd wieder hoch: *„Hey, B-Bob..."* *„...mach d-doch kein Scheiß!"*

Erschrocken blickte die unterkühlte Victoria - die weiterhin von Brian und gleichzeitig von Cleghorn und den beiden anderen Seemännern getragen wurde - auf: *„Samantha, w-was macht er?"* Samantha, geschwächt durch die Strapazen, Verletzungen und ihrer großen Brandwunden, versuchte zitternd zu erklären: *„...er,...e-r..."*, sie sah wie der Seemann die Augen halb verschlossen hatte und einfach nur noch bis zu den Achseln im Wasser saß: *„...er s-schläft... ...g-glaube ich."*

Doch dem ebenso frierenden, ebenfalls verletzten und sehr geschwächten Brian fiel stotternd etwas auf: *„...er, er h-hat... ...s-seine Augen sind verdreht."* Erschöpft blickten alle auf die tatsächlich nur halb verschlossenen Augen, sie waren verdreht: *„...er is-ist tot."*

Gemeinsam begutachteten die weiteren Seemänner - jedoch alle ebenfalls aufgrund der irrsinnigen Kälte nicht mehr klar denken könnend - ihren toten Kameraden.

Dann, nach einem Augenblick, begannen sie wortlos damit ihn zu greifen...-...um ihn monoton und behutsam und mit regungslosen Blicken ins Nordmeer gleiten zu lassen.

Betroffen blickte Victoria zu Brian und Samantha, woraufhin Brian ihr nüchtern etwas erklären wollte, doch er konnte vor Kälte nur mühsam, erschöpft und bibbernd sprechen: *„...er w-war, war einer der Heizer."* Brian zitterte und zitterte: *„D-Darum hatte er n-nur ssein Unterhemd an."*

Brian starrte in Victorias Augen: es tat ihm leid, dass sie all dies in ihren jungen Jahren miterleben musste. Woraufhin ihm dann etwas einfiel - und er Cleghorn und den anderen Seemännern für einen Moment Victoria ganz übergab, um nach dem Walfischtran - welches stets auf jedem Floß in großen Mengen unter der Verlattung gebunkert wurde - zu greifen...-...um sich daraufhin daran zu machen, Samanthas Beine dick einzufetten.
Danach erst begann er, seine eigenen Beine einzufetten.

- - -

Nebelschleier verhüllten am nächsten Tag das trübe, seichte Nordmeer...und es war einer der Männer auf eines der überfüllten Rettungsboote, welcher an der Schulter vom schlafenden Benson rüttelte, um ihn darauf aufmerksam zu machen, dass sie den Blickkontakt über die Nacht hinweg zum anderen Ruderboot verloren hatten: *„Hey, Benson. Benson, wach auf!"*

Hoffnungslos beobachteten die noch immer auf dem Rettungsfloß stehenden Überlebenden, wie auf dem 30m entfernten Rettungsboot der Seemann nochmals an Benson rüttelte, um ihm die schlechte Nachricht nun endlich mitzuteilen: *„Benson, dass andere Rettungsboot ist weg!"*

Mit großen Augen blickte Victoria zu Samantha. Die bemerkte den Blick ihres kleinen Schützlings und nahm stumm und zitternd die Hand des Mädchens. Beide blickten danach wie alle anderen Überlebenden ringsum über das Nordmeer: *„...gleich in der ersten Polarnacht verloren wir den Kontakt zu einem der Rettungsboote."*

- - -

Im Laufe des Tages beobachteten die auf dem Floß verharrenden Überlebenden, wie Benson und seine Männer auf dem Rettungsboot monoton einen weiteren, seinen Verletzungen erlegenen Matrosen ins eisige Wasser hinab gleiten ließen.

- - -

Entkräftet aber doch behutsam griffen Brian und Cleghorn in der darauffolgenden Nacht erneut nach einem weiteren Heizer auf ihrem Rettungsfloß, der bis zum Bauch im Wasser regungslos da saß: auch er war bereits bleich und lebte nicht mehr. Währenddessen musste Victoria für diesen Augenblick im dicken Seemannsmantel eingemurmelt ebenfalls kurz im Wasser stehen, woraufhin Samantha die Kleine wärmend an sich drückte und beide diese schreckliche Tatsache beobachteten: *„...und die Männer, die während der Flucht von der untergehenden Earlston zuerst dieses Floß erreichten, hatten sich erschöpft und verletzt gesetzt. Sie saßen bis zum Bauch im Wasser. Wir, die man gar nicht auf dieses Floß lassen wollte, mussten stehen."*

Stunden später mussten die Männer auf dem Rettungsfloß erneut einen verstorbenen, erfrorenen Seemann ins eiskalte Nordmeer ablassen. Und in der kommenden Nacht hin sogar gleich zwei weitere Männer: *„In dieser zweiten taghellen Nacht auf dem Floß überlebten nur wir. Wir, die stehen mussten."*

- - -

Apathisch beobachteten Brian, Cleghorn, Victoria, Samantha und nur noch zwei weitere Seemänner, wie ein weiterer Seemann vor Kälte nicht mehr wissend was der Realität entsprach am nächsten Morgen den 23. Psalm sang: *"...der Herr ist mein Hirte..."*, er unterbrach weinend und sprach plötzlich zitternd mit sich selbst: *"...w-warum bin ich nicht zu H-Hause(?)...-...hey M-Mum, Dad und i-ich...ha-haben doch noch gestern Moos g-gesammelt...-...Dad ist nicht Tod."*

Irritiert beobachteten sie diesen einsamen Seemann. Und es war klar, dass das Schicksal auch bei ihm zugeschlagen hatte...
...woraufhin Stunden später sein Kopf nach vorn nickte. Einfach so.

Bestürzt mussten Victoria und Samantha mit ansehen, wie die restlichen Männer entkräftet sich um ihn bemühten, seine Beine rieben, ihn rüttelten und ansprachen: er solle wieder zu sich kommen: *"...er war der letzte auf unserem Floß der starb."*

- - -

Irgendwann im Laufe des Tages - nachdem die Männer und Samantha realisiert hatten, mit welcher Härte das Schicksal ebenso auch auf dem noch verbliebenen Rettungsboot zugeschlagen hatte - verzurrten Brian, Benson und die restlichen Seemänner mit vereinten Kräften ihr Floß an dem Ruderboot, woraufhin Samantha die kleine Victoria stützte, da diese nach diesem Manöver auf das Ruderboot übersetzen durfte: denn die Anzahl der Überlebenden auf dem ehemals überfüllten Rettungsboot war ebenfalls drastisch gesunken.

- - -

In der kommenden Nacht umhüllte dichter Nebel das Rettungsboot mit dem daran gezurrten Rettungsfloß, wobei die Seemänner auf dem Floß weiterhin erschöpft und frierend ausharren mussten, da sie - zwar nun auf der Verlattung des Floßes saßen - aber immer noch ihre Füße und Unterschenkel im knöcheltiefen Wasser froren.

Victoria beobachtete dies eingemurmelt vom Rettungsboot aus, wobei sie ebenfalls sah, wie Brian Arm in Arm mit Samantha in der unbarmherzigen Kälte ausharrte. Samanthas Blick tastete Brian ab, der in sich gekehrt aufs Nordmeer schaute: *„...irgendwann, am dritten oder vierten Tag in dieser brutalen Kälte, entdeckte Brian dann etwas Schemenhaftes im Nebel."*

Brian traute seinen Augen nicht, während er unsicher mit sich selbst hadernd versuchte, das Schemenhafte im gespenstischen Nebel weiter und besser zu erkennen: *„...k-kann ich meinen Augen trauen?"* Müde und verloren blickten die restlichen Überlebenden zu ihm, um gleich darauf seinem Blick in den Nebel zu folgen, denn: nur gute 50m neben ihnen trieb - sehr schlecht zu erkennen - ein fremdes Rettungsfloß mit einem Marinekanonier!

Brian war gleich der Erste der ihm zurief; doch der Fremde blickte nicht einmal auf. Sogleich begannen sie alle damit, erschöpft dieses fremde Floß rudernd zu erreichen... ...was ihnen nach mühevollen Augenblicken dann endlich auch gelang, wobei Brian nicht lange zögerte und beschwerlich auf das fremde Floß übersetzte, während Benson und Cleghorn beide Flöße aneinander hielten.

Brian hatte in erster Sekunde große Mühe - aufgrund seiner Verletzungen und der Kälte - vom Gleichgewicht her nicht zu stürzen, doch dann hockte er sich vor dem Fremden und sprach ihn bibbernd an: *„Hey, M-Marinekanonier."* Doch es kam keine Reaktion: *„Sag, w-wer bist du? Von welchem F-Frachter komm-mst du?"* Brian erhielt erneut keine Antwort, nicht einmal einen Blick: der Marinekanonier war völlig apathisch, völlig abgetreten. Er saß einfach nur da.

Brian konnte es nicht glauben und entdeckte erst daraufhin - unter dem Marinekanonier, im knöcheltiefen Wasser zwischen der Verlattung - einen weiteren Marinekanonier: tot.

Währenddessen hangelte sich Benson in dieser nebeligen, taghellen Nacht ebenso auf das fremde Floß - und sprach so wie Brian den jungen Marinekanonier an: ...doch ebenfalls keine Antwort.

Ahnungslos verharrten sie vor dem Fremden - und begannen erst dann, den anderen erfrorenen Marinekanonier zu greifen und in das Meer hinabzulassen.

Gleich darauf brachen beide die Notproviantbox auf - sie war noch gefüllt - und entnahmen einige Tabletten, so wie etwas Essbares.

Dann wandten sich beide ein letztes Mal an den nach wie vor nur apathisch dasitzenden, jungen, einsamen Marinekanonier ...doch keine Regung.

Hoffnungslos schauten sie hinüber zu ihrem Rettungsboot, doch auch dort nur ratlose Blicke.

Erneut hockten Brian und Benson sich vor den dahinstarrenden jungen Mann: *„Hey."* Doch der fremde Marinekanonier war bereits längst abgetreten. Zwar lebte er noch... ...aber jegliches Denken und Handeln war ihm abhanden gekommen. Frierend versuchte Benson es nachzuempfinden: *„...w-wer weiß, w-was er erlebt hat."*

Bedrückt verließen sie gemeinsam das fremde Floß, wobei Brian den Walfischtran ebenfalls mit hinüber nahm.

Verloren mussten Victoria und Samantha erneut begreifen, wie schmal der Grat zwischen Leben und Tod war, woraufhin einen Augenblick später der fremde Marinekanonier begann, langsam mit seinem Floß und der Strömung abzutreiben.

…ganz langsam.
…Meter für Meter.

Gebannt blickten alle Beteiligten ihm wortlos nach. Gefesselt durch das was vor ihren Augen geschah. Im Bewusstsein nichts tun zu können…-…bis er dann eine Minute später im geisterhaften Nebel von Mal zu Mal immer schlechter zu erkennen war… - …und dann für immer verschwand.

Wobei sich alle sicher waren, dass dem Fremden es sicherlich nicht einmal bewusst geworden war, dass Brian und Benson mit ihm gesprochen hatten.

Im Laufe des nächsten Tages mussten alle Beteiligten einmal mehr mit ansehen, wie die Männer erneut zwei Verstorbene aus dem Rettungsboot in ihr nasses Grab abließen. Victoria beobachtete dies - und sie sah, wie ebenso auch Samantha in den Armen von Brian dies beobachtete: *"...die unbarmherzige Kälte forderte weiter ihren Tribut."*

...so, dass nun die letzten des Floßes: Cleghorn, Brian und die entkräftete, verletzte Samantha und die weiteren letzten Seemänner endlich vom Floß in das Rettungsboot umsteigen konnten.

Wehmütig kappten sie einen Augenblick später das Seil - welches das Floß mit dem Ruderboot verband - und beobachteten starrend regungslos wie es langsam abtrieb.

Kaum hatten sie dann im Laufe des Tages einen letzten Verstorbenen zu Wasser gelassen ... übernahm Benson das Kommando auf dem Rettungsboot und gab zu verstehen: *"Ran, an die Ruder."* Samantha beobachtete mit Victoria die erschöpften Männer, welche tatsächlich daraufhin damit begannen, entkräftet die hölzernen Ruder zu wassern: *"...mit den noch ein Dutzend vorhandenen Personen, wusste Benson, dass wir nur dann eine Chance haben würden, mit dem Leben davon zu kommen und eventuell Land zu erreichen, wenn wir die Ruder ab diesem Tag keinen Augenblick mehr unbesetzt ließen."*

Stunden der völligen Erschöpfung vergingen, bis sich die Männer gegenseitig immer wieder ablösten: *"...und so saßen immer acht Mann an den Rudern."*

Auch der erschöpfte Brian erhob sich irgendwann von den Rudern, um Platz für seine Ablösung zu machen. Und deutlich war zu sehen, wie er sich daraufhin nur noch völlig entkräftet bewegen konnte. *„Sobald einer der Männer der Erschöpfung nahe war, stand er auf und seine Ablösung kroch unter der Plane hervor, die wir zum Schutz vorn über das Rettungsboot gezurrt hatten."*

Apathisch kroch Brian auf die Plane zu, hob sie monoton an - unter welcher ein weiterer Seemann gerade heraus kroch - und erreichte erst dann Victoria und weitere Seemänner, die sich um die erschöpfte und mit infizierten Brandwunden fiebernde, zitternde Samantha während seiner Abwesenheit gekümmert hatten: *„...dem Sterben nahe, trotzten und überstanden wir weitere mörderische Tage."*

- - -

Benson und Cleghorn waren die beiden, die am nächsten Tag die Nahrungsmittelverteilung auf dem Rettungsboot übernahmen. Denn sie sahen, dass mittlerweile auch Brian Schwierigkeiten bekam - aufgrund seiner Verletzungen und der Kälte - wichtige Aufgaben wie das Verteilen von Nahrung zu übernehmen...während die ebenfalls vor Kälte bibbernden und zum Teil nicht mehr klar denkenden restlichen Männer die Nahrungsmittel mit Brian monoton entgegen nahmen: *„...und auf den ganzen Tag verteilt gab es jeweils nur drei Tassen Wasser, angereichert mit Büchsenmilch und einen Schuss Kognak." „Wobei wir zehn, ganze zehn unmenschliche Tage auf hoher See ausharrten."*

Unter der Plane - und eingehüllt in Decken - sprach die total erschöpfte Samantha mit aufgeplatzten Lippen, schwach zitternd mit Victoria. Wobei Benson erkannte - während er sich in den letzten Tagen ebenso unter der Plane auch um die verletzten Männer gekümmert hatte - das Samantha seine Hilfe benötigte. Fortan beendete er sein Tun bei einem der Seemänner, wandte sich an Samantha und kümmerte sich - wie er dann erst bemerkte - um die beinahe Sterbenskranke.

Vorsichtig öffnete er einige Behelfsverbände - die keine waren - und fand schon beim ersten Anblick die Antwort darauf, wie katastrophal die medizinische Erstversorgung auf dem Rettungsboot war. Dennoch machte er sich daran die Wunden zu reinigen und zu behandeln.

Victoria weinte still und leise für sich - und hielt die vereiterten, verbluteten Verbände.

Brian erschien, vom Rudern erschöpft - und wohl wissend seiner Verletzungen und der Kälte nicht mehr klar denken könnend - unter der Plane. Er starrte nur noch vor sich hin.
Auch er sah und begriff das schlechte Krankheitsbild seiner Samantha, nahm ihren Kopf unter seine teils schwarz erfrorenen Hände - und verharrte monoton blickend, während Benson weiter versuchte die großen Brandwunden zu reinigen.

Es bedurfte großer Sorgfalt die Benson ansetzte an den Tag zu legen, denn jede noch so kleine Berührung an den offenen Wunden verursachte unbeschreibliche Schmerzen bei Samantha.

Und erst als Benson einen der Verbände wieder vorsichtig anlegen wollte, fiel ihm die enorme Kopfverletzung bei Brian auf - dessen Hinterkopf unter seinem dichten Haar versteckt - eine enorm klaffende Wunde aufwies: es war das Endergebnis einer dieser Nieten, welche ihn im Geheimversteck als Geschoss getroffen hatte. Doch da unterbrach die Stimme eines ungläubig laut rufenden Seemannes:
„Laaand! - Laaand in Sicht! - Da drüben ist Russland!"

Unverzüglich krochen Benson und Brian - Brian jedoch vorsichtig auf seinen verfrorenen Fingern - unter der Plane hervor, wobei Benson, ebenso wie all die anderen, mit ungläubigem Blick in weiter Ferne durch einige Nebelschwaden ebenfalls fündig wurde.
Überwältigt hauchte er dieses eine Wort: *„...Laaand."*

Schemenhaft war tatsächlich eine Küste am Horizont auszumachen, wobei kahles Gebirge aus dem Wasser ragte. Zu Fuße der Gebirgsmassen breitete sich unten flaches Land mit kargen Bäumen aus, welches so direkt das Ufer zum Nordmeer bildete.

Im Nu war alles und ein jeder in unglaubwürdiger Aufregung. Mit letzten Kräften pullten die Männer was sie konnten: doch nun saßen je zwei Männer an den Riemen.

Kraftvoll setzten die Paddel ins Wasser ein. Immer wieder und immer wieder. Und immer wieder blickten sich die Männer um:
- war das Land noch da?
- hatten sie sich nicht getäuscht?
- war es keine Fata Morgana?

Und ja:
- die Küste war noch da!
- sie blieb da!
- sie verschwand nicht!
- und sie kam von Augenblick zu Augenblick langsam näher: immer näher.
  Zwar immer noch schemenhaft - aber sie kam näher.

Benson beobachtete Brian - und nahm den wohl nicht mehr klar Denkenden an sich, um ihm Mut zuzusprechen: *"Brian. Ich schätze keine zwei Seemeilen. Da sind wir pünktlich bei Mütterchen Russland zum Teetrinken."* Doch der verletzte Brian blickte seinen seemännischen Gefährten ohne jegliche Regung an...lange...bis Benson bemerkte:
Brian war nicht mehr Herr seiner Selbst.

Die Freude von Benson wandelte sich. Sein Gesicht verfiel. Woraufhin er sich besorgt um seinen Freund kümmerte: *"Brian...- ...hey, Brian."*

Victoria kam ebenfalls unter der Plane hervorgekrochen, blickte in die richtige Richtung und konnte es nicht glauben. Frierend eilte sie über die Bänke zu Brian und Benson: *"Wir s-sind gerettet! W-Wir sind gerettet!"* Doch auch ihr Gesichtsausdruck verfiel, als sie bemerkte, dass Brian irgendwie nur noch apathisch da saß. Verunsichert erwiderte sie seinen Blick: diese Augen, die nichts sehend sie dennoch anblickten...

Wobei Brian nach einem Moment sie einmal zitternd mit seiner verletzten, aufgeplatzten, halb verfrorenen, halb verbrannten Hand übers Haar strich, um dann vorsichtig zu sprechen. Denn da war noch etwas, was er der Kleinen unbedingt mitteilen wollte: *"Victoria Aktins. Du s-sollst wissen: i-ich habe n-niemals von d-deinem V-Vater Geld genommen."* Victorias Gesichtszüge sagten alles aus: niemals hätte sie so etwas gedacht.

Brian nahm daraufhin ihr Gesicht in seine zitternden, kalten, schmutzigen Hände - um ihr einen zärtlichen Kuss auf die Stirn zu geben: *"Gott stehe d-dir bei. - Victoria Aktins."*

Ohne weitere Worte wandte er sich ab, mit einem Blick der nichts mehr aussagte. Er erhob sich, wobei er im Fortgehen Benson schwach umarmte, um nach dieser vorsichtigen Geste - nach einem Blick unter Freunden - unter der Plane verschwinden zu wollen. - Doch hielt Brian inne, da sie urplötzlich von einem ihnen zurufenden Fischer überrasch wurden, welcher mit seinem Fischerboot mit Segel aus einer Nebelbank heraus erschien...: „..." „..."

Unverzüglich blickte Benson zu den drei Russen in seinem Ruderboot, welche mit auf der Earlston nach Archangelsk fahren sollten. Benson machte eine Geste: doch die Russen schütteln verneinend mit dem Kopf.

Erneut rief der Fischer ihnen etwas zu.

Benson blickte ungläubig zu Brian, um dann nochmals bei den drei Russen zu enden: *„Ihr müsst ihn d-doch v-verstehen?"*

Doch ein weiterer Seemann brachte sich mit ein und sprach enttäuscht, zitternd dazwischen: *„Mr. B-Benson. Ich b-bin in Dänemark aufgewachsen...d-daher kann ich die S-Sprache deuten: der Fischer s-spricht nicht russisch, er spricht n-norwegisch."*

Cleghorns Gesicht verfiel. Er konnte, er wollte es nicht glauben: *„Und Norwegen is-st in deutscher Hand."*

Der dänisch sprachige Seemann nickte und musste bestätigten: *„W-Wir sind in F-Feindesland."*

Es dauerte einen Augenblick bis Benson sich dieser Hiobsbotschaft klar wurde. - Dann, nach einem Augenblick des Grübelns, fiel er eine Entscheidung und informierte seine Männer über seinen Entschluss: *„W-Wir sind n-nicht zehn Tage gerudert, um uns einfach z-zu ergeben."* Er hielt inne, um dann aber doch seine außerordentliche Entscheidung zu befehlen: *„Wendet - das - Boot."*

Ungläubig über das was Benson befohlen hatte, schauten sich die Männer an, um dann wieder bei Benson zu enden. Der erwartete sie bereits mit einem nach wie vor entschlossenen Blick...der klar ausdrückte: dies war ein Befehl.

Dann, tatsächlich, tauchten die Männer die schweren Ruder wieder ins Wasser und wandten mit ersten Ruderschlägen das Boot... ...doch kaum hatten sie auch nur annähernd erste 30 Meter geschafft, erschien im Tiefflug, ebenfalls aus dem Nebel, urplötzlich ein deutsches Flugzeug und bretterte auf das Rettungsboot zu, wobei der Deutsche eine komplette MG-Salve nur wenige Meter vor dem Bug des Rettungsbootes abfeuerte.

Verloren blickte Benson dem deutschen Flieger hinterher - der Deutsche begann derweil eine große Kurve zu ziehen, um ein weiteres Mal auf das Rettungsboot zuzufliegen - während Benson mit seinem Blick bibbernd auf Brian endete: *„I-Ich,...ich...habe ab-sichtlich ei-eine s-starke südwestliche Strömung in Betracht gezogen. Aber ich g-glaube, wir sind hundert Kilometer zu weit zurück nach W-Westen getrieben w-worden."*

Brian blickte ihn ohne Worte an, er schwankte leicht. Seine Beine, sein ganzer geschundener verletzter Körper schien langsam zu versagen, während ein weiterer Seemann den Satz von Benson benommen vervollständigte: *„Und d-damit in jahrelanger G-Gefangenschaft."*

Benson blickte ebenfalls mit starren Augen und benötigte einen Moment: *„Macht k-kehrt... ...a-auf d-die Küste zu."*

Ein weiteres Mal blickten sich die beiden Männer regungslos und verloren an. Benson nahm seinen Freund daraufhin in die Arme und sprach vorsichtig: *„Du liebst sie. Ich s-sehe es."*
Brian war nicht mehr fähig zu antworten und nahm zitternd Bensons Hand: „... ... ...",

Vorn unter der Plane kroch der alte japanische Smut hervor und sprach leise Brians Name aus. Wie in Trance drehte sich Brian ab, um Sekunden darauf, starren Blickes und unsicheren Ganges unter der Plane zu verschwinden.

Betroffen blickten Benson und Victoria ihm nach, während Benson das Mädchen an sich nahm.

Verloren, entkräftet und nicht mehr klar denken könnend kroch Brian unter der Plane zu seiner Samantha…welche mit suchendem Blick zitternd, schwitzend und weiterhin scheinbar des Sterbens nahe, schwach, sehr schwach zwischen den Männern lag und unkontrolliert zitternd Brians verfrorene Hand an sich nahm.

Ohne Worte suchten beide in den Augen des anderen, woraufhin Brian ihr einen zärtlichen Kuss auf die aufgeplatzten Lippen gab. Weiterhin blickten sie sich an... …und trotz dieser unglaublichen Strapazen, Erschöpfungen und ihrer Verletzungen, entdeckten beide dennoch im starren Blick des anderen dieses Feuer: das Feuer einer Liebe.

Das Feuer *ihrer Liebe*, der das Schicksal in einer solch kurzen Zeit so vieles abverlangt hatte. Und Samantha und Brian wussten beide: sie waren eins.

Entkräftet schloss Samantha ihre Augen... …um sie langsam nach einem Augenblick nochmals mühsam zu öffnen.

Victoria kam unter die Plane gekrochen. Samantha bemerkte liegend die auf sie zu kriechende Kleine, konnte ihr aber nur noch einen schwachen Blick widmen. Victoria bemerkte den Ernst der Situation - und konnte ihre Tränen nicht mehr zurückhalten. Kraftlos erwiderte Samantha Victorias Handgriff und ließ sie leise…sehr leise wissen: *„…ver-versuche…i-in Würde zu leben."*, während sie Brians Hand hin zu ihrer und Victorias führte, doch sie konnte nicht weitersprechen: *„… … …"*

Langsam wandte sie sich wieder an Brian, um hauchend und tonlos mit kraftlosen Lippenbewegungen anzudeuten: *„...ich liebe dich."*

Unter Tränen gab Brian ihr vorsichtig einen weiteren Kuss. Schwach und kraftlos nahm sie diesen mit ihren aufgeplatzten Lippen entgegen, wobei ihre Zungenspitze die von Brian berührte...-...um erst daraufhin Brian mit halbzufallenden Augenlidern alles zu geben was sie noch hatte, ihre wohl letzten Atemzüge.

Tränen glitzerten auf ihre mittlerweile leicht verdrehten Pupillen, während Brian sich entschloss seine Hundemarke abzunehmen. Dann nahm er vorsichtig Samanthas Hand... ...um seine und ihre Hand mit der Kugelkette der Hundemarke zu verbinden. Ein letztes Mal sammelte Samantha zitternd ihre Kräfte, um Brian sehr leise - und erneut nur hauchend mitzuteilen: *„...i-ich...liebe dich ü-über alles in der Welt."*
Sie musste erschöpft absetzen, um hauchend zu ergänzen: *„...ich,...w-wir hätten ei-eine un-unglaubliche Zeit gehabt."*

Auch Brian konnte seine Tränen nicht mehr zurückhalten und flüsterte: *„Ja,...dass hä-hätten wir. - Und i-ich liebe dich, Samantha."*

Samantha konnte nur noch hauchen: *„...ich lie-liebe dich, ...B-Brian Thomson."*

Während sie ihn mit ihren Augen weiterhin anblickte, einen längeren Augenblick lang... - ...und Brian und Victoria erst dadurch klar wurde, dass Samantha nicht mehr atmete.

Ein innerer Ruck jedoch durchzuckte den schon leblosen Körper von Samantha, wobei sie irgendwie *zurückgeholt* wurde.

Der weinenden Victoria entglitt ein leiser Angstschrei - und Brian packte Samantha sogleich erschrocken, während sie die Augenlider noch einmal halb öffnete...und röchelnd ins Leere blickte, um mit dem jetzt letzten Atemzug zitternd etwas preiszugeben, was allen eine Gänsehaut erzeugte:

„...i-ich s-sehe d-das Licht."

In Gedanken ruderte Benson rückwärts im Ruderboot sitzend, wie all die anderen Männer entkräftet in Richtung Küste, woraufhin dann jedoch einer der Männer hinter ihm vorsichtig auf Bensons Schulter tippte. Benson unterbrach seine Tätigkeit und blickte über die Schulter zurück.

Denn Brian kroch in diesem Augenblick unter der Plane hervor, während Cleghorn und der ältere japanische Smut ihm halfen Samantha unter der Plane hervorzuholen, damit er sie auf den Arm nehmen konnte.

Alle Männer unterbrachen ihre Rudertätigkeiten - und wurden Zeuge, wie Brian mit Hilfe von Cleghorn und dem Koch seine verstorbene Samantha auf den Armen in die Mitte des Ruderbootes trug, sich monoton auf den Rand des Bootes setzte, ohne Worte mit Tränen in den Augen Benson anblickte, Samantha daraufhin entkräftet aber gefühlvoll über den Rand hob, wobei Benson nach den Beinen griff - und etwas aus Samanthas Hosentasche in das hölzerne Boot polterte, doch niemand dies registrierte.

Beide Männer ließen Samantha dann vorsichtig und langsam ins Wasser hinab... ...wobei Brian, mit der stabilen Kugelkette seiner Hundemarke noch weiterhin um ihre und seiner Hand gebunden und nicht mehr klar denken könnend, tatsächlich ebenfalls ins eiskalte und sicher todbringende Nordmeer mit hinab stieg.

Betroffen beobachtete Benson mit der weinenden Victoria diese unaussprechliche Tat seines Seemannes.

Ohne Worte - und ohne einen Blick zurück zum Rettungsboot und der sicheren Küste - trieb Brian mit seiner Samantha ab...

Weinend und herzzerreißend blickte die junge Victoria dieser, durch einer kurzen aber starken Liebe wohl einmalig hervorgerufenen Situation vom Rettungsboot aus nach:
"...irgendwo hier vor der Küste muss es gewesen sein."

Und bemerkte erst jetzt etwas zu ihren Füßen - es war der aus Samanthas Hosentasche gefallende Fotoapparat.

- - -

Das Gesicht der weinenden Victoria zeigte noch immer die gleichen Gesichtszüge - welche sie als kleines Mädchen trug - während sie an diesem Nachmittag hier als alte Frau mit Tränen über den Falten, von der Küste aus aufs Nordmeer blickte und ihre erinnernden Worte wiederholte:
"...irgendwo hier vor der Küste muss es gewesen sein."

Gebrochen stand die alte Victoria auf einem kleinen Friedhof, wobei sich vorsichtig auf ihrer linken Seite ihre Tochter Deborah bei ihr eingehakt hatte - und auf ihrer rechten Seite ein sehr alter, in sich versunkener Pfarrer stand.

Alle drei befanden sich vor den Toren eines kleinen Fischerdorfes, auf einem winzigen Friedhof direkt an der teils felsigen Küste, wobei hinter ihnen eine kleine alte Holzkirche und noch weiter entfernt zurück, zehn kleine norwegische Küstenhäuschen die Szenerie abrundeten.

Von der Kirche aus dem Hintergrund kommend, erreichte die drei ein Junge im Messdienergewand - und stellte sich wortlos mit dazu.

Der äußerst alte Pfarrer bemerkte seinen Messdiener - als habe er auf ihn gewartet - und begann daraufhin mit vorsichtigen Worten etwas zu erklären: *"...ich kann mich noch gut daran erinnern."* Er wies auf eine Anzahl kleinerer Felsen im Wasser - gut eine Meile entfernt - und sprach zu Victoria: *"Es war der 15. Juli 1942, als das Flugzeug dort drüben über Ihr Rettungsboot hinweg flog und die MG Salve abfeuerte. Ich pflegte hier einige Gräber. Es kam auch wieder Nebel auf."*

Erst jetzt senkte Victoria den Blick vom Nordmeer, auf die vor ihr stehenden, beiden, weißen, alten, kleinen, schlichten Holzkreuze. Derweil fuhr der Pfarrer in seinen Erklärungen fort: *„Mr. Thomson und Mrs. McCancy wurden durch einen Zufall vier Tage später, drei Seemeilen von hier, im Netz eines Fischers aus unserem Dorf aufgefischt - und von mir und meiner Gemeinde hier beigesetzt."* Deborah blickte den alten Pfarrer an und bemerkte den jüngeren Messdiener, welcher sich demütig mit einer kleinen Holzkartusche in den Händen, noch einen Schritt näher neben seinem weiter sprechenden Mentor stellte: *„Wir konnten beide Leichname identifizieren: da beide im Wasser des Nordmeeres mit der recht stabilen Halskette seiner Hundemarke - die er wohl um seine und ihre Hand gebunden hatte, und auf welcher ebenfalls der Name Samantha McCancy eingeritzt worden war - noch Hand in Hand dort draußen trieben."*

Der alte Diener Gottes benötigte eine Sekunde: *„Anfang der 60ger Jahre dann, erschien im Rollstuhl ein älterer, krebskranker Mann in unserem Dorf."* Der Pfarrer blickte zu seinem Messdiener, woraufhin dieser einen Schritt nach vorn tat und direkt vor dem Pfarrer stehen blieb, während dieser mit gebrochenen Worten weiter erklärte: *„Und er berichtete mir hier vor diesen beiden Kreuzen, die ich ihm zeigte, sein Name sei Benson: Erster Offizier des Frachters Earlston."*

Ungläubig blickte Victoria den Pfarrer an, welcher tief in Gedanken weiter erklärte und auf eines der Kreuze wies: *"Wie er von der Existenz dieser beiden Gräber erfahren hatte, ist mir bis heute noch ein Rätsel. - Doch er legte damals schwer und gebrochen seine Hand auf dieses Kreuz...und sprach verbittert und verloren zu Mr. Thomson: dass er in einem Kriegslager von Victoria getrennt wurde. Victoria Aktins, um die er sich doch kümmern wollte: zum Krüppel hatten sie ihn geschlagen."* Der Pfarrer verharrte einen Augenblick: *"1965 erreichte mich dann ein Brief aus Amerika, in welchem die Frau von Mr. Benson mir schrieb, ihr Mann sei verstorben. Und sie solle mir mitteilen, ich möge weiterhin für Mr. Benson versuchen Victoria Aktins ausfindig zu machen."* Er hielt inne - und öffnete die kleine Holzkartusche des Messdieners: *"Jahrelang recherchierte ich, bis ich dann Ende der 60ger Jahre mit Hilfe des Roten Kreuzes eine Spur fand: in Australien."* Deborah ergänzte: *"Der Name meiner Mutter ist wohl auf der ganzen Welt vertreten."*

In Gedanken blickte sie ihre Mutter an, dann den Pfarrer: *"Der Brief benötigte 32 Jahre: um über Australien, Asien, Neuseeland, Südamerika und weiterer Länderstempel von Europa...doch noch zu uns zu gelangen."*

Der Geistliche nickte: so etwas konnte wohl anscheinend geschehen.

Dann beobachteten beide Frauen, wie der Pfarrer sich dem Messdiener zuwandte - und irgendwie vorsichtig handhabend aus der Holzkartusche eine angerostete Military-Halskette mit einer Hundemarke daran hervor holte.

Victoria traute ihren Augen nicht und nahm mit Tränen in den Augen diese Kette entgegen. Aufgewühlt tastete ihr Blick das alte Relikt ab - und dann las sie auf der Hundemarke den Namen *Brian Thomson*. Sie rieb mit den Fingern achtsam über die verrosteten Initialen von *Samantha McCancy* …und erinnerte sich, dass sie damals mit dem Messer ein Herz um beide Namen geritzt hatte, welches ebenfalls sichtbar wurde.

Sie war ergriffen und ihre Augen wurden feucht. Dann tat sie weinend einige Schritte auf beide Kreuze zu und kniete sich kraftlos vor die Gräber ihrer damaligen Retter.

In schwarzer Schrift - die langsam verblich - standen ihre Namen auf den schlichten Holzkreuzen, dessen weiße Farbe hier und dort bereits abbröckelte.

Brian Thomson

Samantha McCancy

In Gedanken an die Vergangenheit kniete Victoria weiterhin benommen vor beiden Kreuzen - um sich dann einen Schub zu geben, um tränenunterdrückend zu sprechen: *„Brian."* Sie benötigte einen Augenblick, um sich dann erst an das andere Kreuz zu wenden: *„Samantha."*

Eine weitere Sekunde verstrich, ihre Gedanken sammelten sich:
„Ich, ich habe nie in all den Jahren den Gedanken aufgegeben, dass ich endlich eine Antwort darauf erhalte, ob man euch eines Tages noch gefunden hat oder nicht."

Sie wischte sich einige Tränen aus dem Gesicht: *„Denn in all den Jahren hatte ich nur einen Wunsch..."*, sie hielt inne und atmete durch: *„...ich wollte euch gegenübertreten... ...und...und sagen,...dass ich euch Danke."*
„Danke für alles... ...denn ihr habt mir das Leben gerettet."
„Ihr habt es gerettet."
Sie ließ sich Zeit und benötigte einen weiteren Atemzug:
„Und ich habe versucht in Würde durchs Leben zu gehen."
„Möge Gott sich eurer annehmen. - Ich danke euch."

- ENDE -

- Gewidmet den Gefallenen des Seekrieges -

<u>*Beiwort:*</u>
Von den 35 - am 27. Juni 1942 in Reykjavik (Island) gestarteten Frachtern - erreichten ganze drei Frachter des Geleitzuges PQ17 den russischen Hafen Archangelsk.

Lizenzhinweise

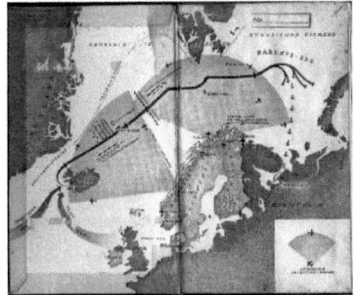

Quelle: Wikipedia Common

Quelle: Wikipedia Common

Quelle: Wikipedia Common

Quelle: Wikipedia Common

Quelle: Wikipedia Common

Quelle: Wikipedia Common

Quelle: Wikipedia Common

Quelle: Wikipedia Common

Quelle: Wikipedia Common

Quelle: Wikipedia Common

Quelle: Wikipedia Common

Quelle: Wikipedia Common

Quelle: Wikipedia Common

Quelle: Wikipedia Common

Quelle: Wikipedia Common

Quelle: Wikipedia Common

Quelle: Wikipedia Common

Quelle: Wikipedia Common

Quelle: Wikipedia Common